HISTORIA

Fernando García de Cortázar Ruiz de Aguirre, catedrático de Historia Contemporánea de la Universidad de Deusto y director de la revista cultural *El Noticiero de las Ideas*, es uno de los historiadores españoles más reconocidos y de mayor popularidad. Con un estilo ameno y brillante ha conseguido renovar la Historia y aproximarla a un público muy numeroso al que ha llegado también mediante la prensa y la televisión. De entre sus cerca de cuarenta libros destacan *Historia del mundo actual*, *Breve Historia de España*, *Biografía de España*, *Breve Historia del siglo XX. Historia de España: de Atapuerca al euro* y *Los mitos de la Historia de España*. Ha dirigido cincuenta tesis doctorales y la novedosa obra en diez volúmenes *La historia en su lugar*, en la que han participado doscientos historiadores españoles y extranjeros.

José María Lorenzo de Espinosa, doctor en Historia y profesor de la Universidad de Deusto (Bilbao), es especialista en franquismo y nacionalismo vasco. Ha publicado una veintena de libros, entre los que se cuentan *Rebelión en la ría*, *Dictadura y dividendo*, *Historia del mundo actual*, *Biografía de Eli Gallastegi*, *El nacimiento de una nación* e *Historia del País Vasco.*

FERNANDO GARCÍA DE CORTÁZAR
JOSÉ M.ª LORENZO

LOS PAPAS Y LA IGLESIA DEL SIGLO XX

LOS PLIEGUES DE LA TIARA

DEBOLSILLO

Diseño de la portada: Departamento de diseño de Random House Mondadori
Fotografía de la portada: © David Less/Corbis

Segunda edición: abril, 2005

Printed in Spain – Impreso en España

ISBN: 84-9793-557-8
Depósito legal: B. 20.405 - 2005

Fotocomposición: Zero pre impresión, S. L.

Impreso en Litografia Rosés, S. A.
Progrés, 54-60. Gavà (Barcelona)

P 8 3 5 5 7 8

ÍNDICE

Quisiéramos dedicar este libro a la memoria del sacerdote alemán Franz Reinisch, expulsado de la congregación palotina al negarse a prestar el juramento de fidelidad a Hitler, siendo más tarde fusilado por los nazis. En él queremos simbolizar los ejemplos de tantas conductas honestas irreductibles ante el poder y la escandalosa incomprensión con que las jerarquías han tratado a muchos católicos resistentes de este siglo.

LOS AUTORES

No puedo decir en verdad que ame a la Iglesia católica por ella misma. Si no creyese que ha recibido palabras de vida eterna, no sentiría ninguna admiración por sus estructuras ni por sus métodos y detestaría muchos capítulos de su historia.

F. MAURIAC, *Lo que yo creo*

PRÓLOGO A LA PRESENTE EDICIÓN

En 1991 se publicaba la primera edición de este libro, con el título *Los pliegues de la tiara. Los Papas y la Iglesia del siglo* XX. Sus autores eran Fernando García de Cortázar y José María Lorenzo Espinosa, profesores de la Universidad de Deusto-Bilbao. Su aparición provocó interés y disgusto, a partes iguales, sin que la posible controversia tomara demasiada altura por la voluntad expresa de los autores de no contribuir a ella. Esto no evitó que ambos fueran advertidos por las autoridades religiosas —Fernando García de Cortázar es jesuita— y universitarias, en sendas reconvenciones privadas. Se les hizo saber, entre otras cosas, que el libro había causado malestar en Roma. Ante esta situación y después de alguna pequeña discusión, los firmantes del texto acordaron de buen grado no volver a repetir la experiencia, renunciando expresamente a tratar en sus escritos asuntos relacionados con el Vaticano o los papas.

Unos meses después, en el mismo 1991, habiéndose agotado la primera edición, la Editorial Alianza puso a la venta una segunda entrega, esta vez corregida, en la que por iniciativa de los propios autores se habían moderado algunas expresiones, suprimido varios párrafos y atenuadas ciertas críticas presentes en la obra. Corrección a la baja que, sin embargo, no sirvió para corregir la posición de aquellas autoridades aludidas.

Casi quince años después, la empresa Random House Mondadori, nueva propietaria de los derechos de edición del texto, proyecta rescatar esta obra proponiendo a los responsables del libro una nueva publicación actualizada. Esta decisión está fundada en el importante momento en que se encuentra la Iglesia católica y las expectativas que se barajan para un posible cambio en el Vaticano, así como en la necesidad de hacer balance de un pontificado tan relevante como el del actual Papa. Por estos motivos, los editores creíamos que era la ocasión apropiada para recuperar y redimir esta interesante historia, sometida durante años a un injusto e inmerecido olvido.

Sin embargo, planteada nuestra propuesta a los autores, Fernando García de Cortázar nos hacía saber que no podía responsabilizarse públicamente de la actualización del libro, puesto que su condición de jesuita le obliga, para cualquier cuestión relacionada con el Papa, a solicitar autorización y someter las nuevas páginas a la censura previa de la jerarquía de la Compañía de Jesús. Algo que no deseaba hacer.

A pesar de esta circunstancia y de comprender la opción personal de García de Cortázar, Random House Mondadori, que no quiere aceptar ninguna forma de limitación de la libertad de imprenta, decidió seguir adelante con sus planes de actualización de *Los pliegues de la tiara* y ejerciendo el derecho de edición publicar el libro. En esta ocasión José María Lorenzo Espinosa asume, en exclusividad, la autoría de las páginas añadidas.

Por lo tanto, una vez solucionado este obstáculo, los editores se complacen en imprimir, con el título *Los Papas y la Iglesia del siglo XX*, el texto corregido de la segunda edición, al que se han sumado los últimos años del pontificado de Juan Pablo II, con análisis actualizados, aspectos nuevos, cronología ampliada y un resumen de los principales asuntos, problemas o cuestiones latentes, que presumiblemente afectarán a la comunidad católica durante el siglo XXI.

PRÓLOGO

La dictadura teológica

La noche del 13 de julio de 1881 la ciudad de Roma fue testigo de una escena esperpéntica protagonizada por una muchedumbre enardecida. Numerosos romanos, abalanzándose sobre el féretro del papa Pío IX —muerto tres años antes—, trataban de impedir su traslado al cementerio de Campo de Verano (San Lorenzo Extramuros), pidiendo a gritos que «su carroña» fuera arrojada al río. Poco más de ochenta años después, esa misma ciudad y el mundo entero, a través de la comunicación moderna, oficiaban de notarios respetuosos y dolientes del entierro de otro papa. Juan XXIII, muerto el 3 de junio de 1963, era inhumado con generales muestras de pesar, procedentes de los cuatro puntos cardinales.

Entre 1881, fecha del agitado traslado nocturno del ataúd de Pío IX, y el verano de 1963, en que fue llorado y despedido en medio del sentimiento católico y el reconocimiento mundial Juan XXIII, la Iglesia de Pedro había conocido uno de los períodos más convulsos, intensos y cambiantes de su historia actual. Si el intento de asalto por parte de los romanos al catafalco papal en aquella ocasión de 1881, sin que pudieran llevar a cabo el propósito de arrojar los restos pontificios al Tíber por la intervención del ejército italiano, se correspondía con el odio popular a uno de los más controvertidos y discutidos papas contemporáneos, la muerte de Juan XXIII por razones opuestas conmocionó y traspasó los límites de la cristiandad, en proporciones universales nunca antes alcanzadas por los titulares vaticanos.

El papa Mastai (Pío IX) se había ganado la enemistad de los italianos liberales, radicales o nacionalistas y de los grupos intelectuales de la Europa progresista por su intransigencia doctrinal y su defensa ultramontana de los derechos pontificios, así fueran éstos territoriales o puramente espirituales. A pesar de algunos antecedentes de simpatía con las reivindicaciones nacionalistas, que hicieron recibir su designación con muestras de júbilo por los patriotas italianos, el nuevo papa pronto encabezaría una Iglesia de antiguo régimen, aliada a las tradicionales castas de la Europa rancia. Representantes de un pasado que se defendía, sin posibilidad alguna, de la pujante burguesía liberal, surgida entre el fragor de la racionalidad francesa, el nacionalismo italoalemán o el pragmatismo económico británico. Su actitud dogmática además terminaría por crear abundantes tensiones en el mismo cuerpo católico, provocando la asfixia y la represión de algunas de las mejores luces católicas de la época. En especial cuando se hizo otorgar por el Concilio Vaticano I (1870) la facultad de infalibilidad.

Menos de cien años después Roncalli (Juan XXIII), elegido papa en 1958 como solución transitoria o provisional, supo poner a prueba la flexibilidad vaticana tensando la cuerda de la tolerancia y el ecumenismo hasta el reconocimiento sin precedentes de sus propios adversarios. Montado en las corrientes de su época, el papa Juan sorprendió a sus propios electores con pasos audaces y un estilo reformista que, aun conservando las esencias doctrinales, dio un tirón a la tortuga pacelliana anterior poniendo el baldaquino romano bajo el sol que mejor correspondía a los tiempos de su década.

Las diferentes emociones que se desataron en ambos sepelios pontificios, más allá de la escenografía de los grandes actos religiosos, pueden considerarse ajustadas a las personalidades de los dos sucesores de Pedro y simbolizan con absoluta precisión la distancia recorrida por la Iglesia, la doctrina y la pastoral católicas en una centuria definitiva para su historia actual. Del rechazo al reconocimiento, la nave vaticana ha pasado en el siglo XX por algunos de los peores momentos de su larga trayectoria, recalando tras la gestión roncalliana en el remanso de nuevas aperturas, que ahora (1990) se ven otra vez impedidas por el cíclico tapón de una gestión regresiva, como se ha denunciado por distintos teólogos del mismo campo católico.

En el corto periplo giovano quedaron atrás los anatemas y las connivencias, el ciego rechazo a la ciencia o a la cultura moderna, el visceralismo antisocialista, la complacencia frente a la barrera nazifascista, la conmoción durante las guerras mundiales y las atrocidades racistas, el miedo renovado y manipulado por el avance comunista y la perplejidad por los contagios internos ante todos estos fenómenos del siglo. Quedaba también asumida la pérdida de parcelas, algunas irrecuperables como el poderío temporal o el recortado fasto barroco de la corte papal. Otras permanecían en constante forcejeo como el misionar entre la clase obrera o la juventud católica y, en fin, al filo de los ochenta, la vena inquisitorial con que la Iglesia enmarcó sus peores referencias históricas, también se presumía superada tras el Vaticano II.

La Iglesia del siglo XX se ha debatido entre dos polos difíciles de complementar. De un lado nunca ha titubeado en su fe considerándose, como cualquier otra confesión, depositaria de la verdad religiosa única y revelada. Ello supuestamente debe proporcionar armas teológicas y filosóficas en abundancia para convertir cualquier creencia en faro y no en caverna, en luminaria y no en sombra. Pero por otra parte, el ritmo acelerado con que las ciencias y el pensamiento contemporáneos han avanzado desde mediado el siglo XIX, han dejado una y otra vez atrás las posiciones siempre anticuadas de los vicarios de Pedro.

De otro lado, una base teológica sólida, asentada sobre el firme convencimiento de estar bañándose en una verdad indiscutible, es al mismo tiempo una permanente tentación de intolerancia y fanatismo. Frente a ello una línea, no menos cristiana, que promueve la humildad y la caridad teologales trataba de compensar esa ausencia de espíritu crítico y de dudas razonables, que eran el primer peldaño del antiecumenismo —del anticatolicismo por tanto— y de la arrogancia religiosa e intelectual.

El forcejeo histórico entre estas dos corrientes, subyacentes en el periplo cristiano-católico, ha sido frecuentemente «solucionado» con el recurso a la descalificación intelectual o con el expediente atávico, feliz y momentáneamente superado, de la excomunión.

Atributos que corresponden en sentido estricto a un ejercicio desmesurado del poder político, elemento éste que la corte vaticana no ha hecho sino trasladar del ejemplo civil que la rodea y en el que beben siempre los altos funcionarios. Entre las dos velas que facultativamente pueden colocar los creyentes, a Dios o al diablo, rindiendo tributo a los residuos maniqueístas presentes en la cultura occidental, la parte de culpa que asume el poder siempre se justifica por el derecho y el deber a mantener incólume el dogma revelado. Cuya interpretación y arbitraje jamás ha dejado de emanar de los pliegues de la tiara.

Sin embargo, este ejercicio del poder ha conseguido arrancar ronchones de la piedad y el ejemplo cristianos hasta límites rupturistas, que se contienen cada vez con mayor dificultad. El factor religioso, original o introducido, pero añadido a los actos políticos de poder, imprime una innegable tendencia fundamentalista a cualquier actitud o actividad humana. Los doctrinarios se sienten así inclinados a la desautorización y marginación fatal de la tibieza o la flexibilidad, que observan los no integristas. Si esta actitud se examina desde el punto de vista de un posible abuso de poder intelectual, resulta tanto más odiosa cuanto más pretenciosas «razones» utiliza.

Además, el poder moral de la Iglesia, en la medida en que se separa de lo evangélico aceptado y se abraza a la definición del dogma, se nos descubre, en las situaciones extremas, como una mera utilización política. La facultad unilateral de representar a Dios en la Tierra, en cuanto está delegada desde 1870 (Vaticano I) en una única competencia «infalible», no por ser más pretendidamente espiritual deviene menos abusiva y contradictoria. La pérdida de colegialidad episcopal en aquel concilio para compensar los «sufrimientos» territoriales de Pío IX a manos de la joven Italia convertía a la declaración de no error en el fundamento de una dictadura teológica, servida por seres humanos y sobrellevada de forma harto difícil desde entonces. Aquella concesión, que no supo ser atajada a pesar de su vicio de procedimiento, no se produjo sino entre discusiones, desgarros e incluso deserciones vergonzantes de los prelados más lúcidos, que acertaron a comprender hasta qué punto significaba la tumba permanente para el incipiente y prometedor catolicismo liberal de la época.

Sin embargo, con el desarrollo contemporáneo de las ciencias humanas, el fenómeno religioso ha sido cada vez más examinado a la luz de su entidad sociológica y política, y mucho menos desde el prisma de la «verdad revelada». La dogmática ha cedido el paso a la consideración humana de la relación con Dios y con la trascendencia terrenal. El *religare* latino se ha temporalizado y asido con fuerza a los viejos anclajes renacentistas que hicieron del hombre el centro de la especulación científica.

Desde otro plano, el neohedonismo de las sociedades desarrolladas, la protesta de los marginados y los hambrientos, las demandas revolucionarias o los deseos de paz y bienestar, han sorprendido y obligado a forzar el alcance teologal de la Iglesia en el siglo XX. Pero al mismo tiempo, con fuerza de ave fénix, ha conseguido ampliar su pastoral pegándose al terreno de la realidad que la circunda, después de un secular forcejeo con la explosión laica. Las nuevas expresiones religiosas, difundidas en los continentes olvidados a través de un esfuerzo liberador, han sabido escarbar en las fuentes evangélicas la posibilidad de una veta de explosivo testimonio. Lo que históricamente se denunció en la vieja Europa como alianza con el poder, opio y sujeción de los intereses populares, está conociendo en regiones postergadas una transformación sorprendente y de alcance insospechado.

Como consecuencia de la Segunda Guerra Mundial la experiencia del horror, la compasión por la condición humana y el deseo de evitar lo que parecía fatal en plena guerra fría generaron en el mundo católico un nuevo vitalismo que intentaba rechazar al enésimo adversario: el nihilismo existencialista de posguerra. El resorte cristiano se alzaba entonces sobre sí mismo. De algún modo, creer que el mundo ha sido hecho por Dios representaba, para los más despiertos católicos de la posguerra, lo mismo que creer en su esencia de perfección. Estar convencido de que la creación es un acto de voluntad práctica no casual obligaba a admitir un sentido de perfectabilidad y una misión terrenal divinizable... Es decir, se trataba, en el giro del pensamiento cristiano de los cincuenta que inspirara entre otros Teilhard de Chardin, de la planificación de un mundo que se hacía..., que había que hacer... para Dios.

Al filo de los sesenta la disputa sobre la fe cambia de sentido, se abandona o se relega a un segundo plano. La imposibilidad de darle un contenido empírico o la dificultad para encajar en el pensamiento materialista occidental la idea de un Dios metafísico transformó el eje de la discusión. Los creyentes, en la fase final, remitieron la fe a un acto de gracia y convicción internas, no razonadas, según las cuales se utilizaba la cartesiana y gratuita asistencia divina, como garantía de conocimiento. Frente a esta actitud que excluía cualquier posibilidad de discusión, los incrédulos y agnósticos, los ateos militantes estuvieron de acuerdo en restar acritud a una polémica secular, ocupando sus esfuerzos y desviando su anticlericalismo hacia asuntos más pragmáticos, en el campo social o político.

En el lado católico este clima iba a coincidir con el desarrollo de una teología antropomórfica, que también tuvo un cierto reflejo en el intento de humanizar todo el ritual ideológico instaurado en el barroco para acercarlo al mundo. Los sectores más conservadores perderían en parte sus uñas litúrgicas y mitológicas, pero se mantendrían en las estructuras mistéricas fundamentales. De forma especial salió reforzada toda la cultura jerárquica y el distanciamiento escalonado, gracias a que se siguió manteniendo el rechazo a la confraternización, que sin embargo constituye uno de los pilares fundamentales del mensaje cristiano. Con ello se sobrelleva la contradicción de defender una religiosidad popular practicando un aristocratismo esencialista, con el que se preserva el signo de *auctoritas* indispensable para que todo siga igual.

Este polen dialéctico, no obstante, se transmitió por el cuerpo místico, fructificó en distintos lugares, fue pisoteado en otros..., pero al menos su aroma llegó a lo más alto. De la parafernalia medieval y de antiguo régimen que rodea a los papas —administración estatal centralizada, corte y honores barrocos, guardias suizos, ceremonias ampulosas, titulaciones, nobiliariedades, bancos vaticanos, etc.—, hasta el sincero y oportunista «soy uno de los vuestros» de Juan XXIII hablando con los pobladores de los barrios bajos romanos, los dos polos de tensión católicos han galvanizado la escena de los últimos años vaticanos. Sin perder el pulso y el ritmo del poder, acentuado y racionalizado durante la gestión de Pablo VI, la sensación de que algo se mueve al fin a orillas del Tíber embargó a muchos observadores del hecho católico, durante el espejismo de finales de los sesenta.

Mientras los teólogos de la liberación discuten con sus colegas de la Curia sobre si la cruz arzobispal debe ser de humilde madera —como la del Calvario— o seguir ostentando el actual diamante incrustado en metales preciosos, los católicos se dividen también entre los que ven a Cristo sólo sentado en la sencilla mesa del pequeño local parroquial en que vive el obispo Helder Cámara o los que adoran la imagen entronizada que preside las salas del consejo de algunas boyantes empresas capitalistas.

Entre el ser y el deber, los papas, presos de la angustia teológica, han resuelto muchas veces en la incertidumbre y ambigüedad pastorales o en fulminaciones y *non expedit*. En otras, quizá las menos, el camino señalado respondía al conjunto mayoritario de presiones difíciles de conciliar en una religión que se supone libre de apetencias terrenales, pero que cuenta con el refrendo celestial para que los herederos de Pedro aten y desaten aquí abajo... Mensaje y oportunidad que han sido bien aprovechados por los pontífices y sus ayudantes, al emplearlos en la confección del tejido de la Curia, auténtica maquinaria político-administrativa encargada de velar por el funcionamiento material de un destino espiritual.

MODUS OPERANDI

En opinión de Jean Chesneaux, los autores no son más que enlaces y las palabras, reflejos. Los libros pertenecen de hecho a los tiempos y a las gentes, y aunque quienes los firman se responsabilizan de ellos, no sin cierta presunción, el gran mérito es anónimo. Tal vez por eso los textos son más ambiciosos cuanto más sugerentes y etéreos. Esta obra, que ha recortado con austeridad preventiva trozos señalados de la historia que pretende mostrar, aspira sobre todo a levantar las vendas de algunos problemas. Al enseñar viejas y nuevas heridas o cicatrices no lo hace a beneficio de inventario, sino creyendo que es la mejor manera de servir al presente y a sus habitantes. O al conocimiento que de todo les corresponde.

Nada hay aquí que no haya sido tenido en cuenta antes. Ningún acontecimiento o rasgo inventado o falseado. Todo ha sido recogido por libros o por el continente colectivo de los pueblos y las personas. Pero sí existe un afán de suscitar, plantear o arriesgar nuevos enfoques. Se recoge la necesidad y su remedio, en un lenguaje sin complejos aunque respetuoso y respetable. Algunos juicios pueden parecer rotundos. Ciertas afirmaciones, poco compasivas. Es evidente que para otros, en cambio, el castigo a los autores está ya incluido en el pecado de su propia continencia. Pero sólo serían aceptables estos reproches si al mismo tiempo demuestran que ha existido intención deformadora y deshonestidad con quienes fueron responsables absolutos de sus actos o con quienes tuvieron a su alcance, aunque fuera brevemente, la posibilidad de hacer mejor al mundo sobre el que ejercieron su inmenso poder espiritual y material. Los que entraron de lleno en esta responsabilidad y en este poder no pueden esperar, para sus aciertos o errores, la tibieza de la Historia.

Por otra parte, ésta no es toda la Historia de la Iglesia como es lógico suponer. No se trata aquí de su meritoria labor asistencial, ni de su empeño educativo o de ciertas subsidiariedades a la responsabilidad que históricamente han competido a los Estados. En estas tareas, en las que se mezclan actitudes de desprendimiento heroico con intereses personales y colectivos menos altruistas, o con maquinaciones reprobables dignas del más severo juicio, también se proclaman algunas de las esquinas de esta institución.

Como toda obra integrada por seres humanos, la religiosa muestra una riqueza repleta de aciertos y errores. Persiguiendo y manipulando metas o ambiciones, junto a los buenos creyentes o a los luchadores en busca de la verdad, nos podemos encontrar la oscuridad y el siniestro vaguear de muchos individuos. Todos ellos componen una crónica que, como todas las históricas, no es sino un camino dialógico que se dirige hacia mejores tiempos, gracias al poder de herramientas como el deseo de cambio y la posibilidad de perfección, enraizadas todavía en la tradición de la cultura occidental en la que se inscribe, casi por completo, la Iglesia de Jesucristo.

En el apartado de agradecimientos debemos incluir la labor

de profesores y colaboradores del Departamento de Historia Contemporánea, de la Universidad de Deusto, como son José Luis López García, José Luis Ibáñez Feijóo y Anabella Barroso Arahuetes.

Por su parte, el Instituto Deiker de la misma universidad ha facilitado los medios materiales para realizar esta obra, lo que no implica que asuma los contenidos de la misma, ni sus opiniones expuestas dentro de la más completa libertad de investigación y expresión.

1

EL PÓRTICO DE LA GLORIA

Las divisiones del Papa

En la conferencia de Yalta, celebrada en 1945 entre las potencias aliadas, preguntaba Stalin a Roosevelt por las divisiones con que contaba el Vaticano para imponer sus criterios políticos a los triunfadores de la Segunda Guerra Mundial. Años después, en 1953, al conocer Pío XII la muerte del líder soviético, exclamaría: «Ahora que ha muerto podrá saber Stalin cuántas divisiones tenemos allá arriba».

Esta aseveración papal constituía la reafirmación, más o menos simbólica, de una de las principales enseñanzas del fundador de la religión cristiana. La frase «mi reino no es de este mundo» ha señalado durante siglos el punto de mira de la fe y la esperanza de los católicos, que se empeñaban o decían empeñarse en desechar las glorias y potestades terrenales a cambio del disfrute eterno prometido. Mezcla de nueva frontera y superioridad espiritual en la sociedad imperial romana de su época, el mensaje cristiano parece prohibir aunque no de forma explícita o tajante las «divisiones» terrestres, en favor de los goces inmateriales o la felicidad eterna, incompatible con algunos deslices físicos aquí presentes.

El censo militante que deseaba el hijo del carpintero de Nazaret habría de componerse no de soldados, armaduras y pertrechos bélicos —los que sin embargo daban y siguen dando voz y voto en el concierto de las naciones—, sino de legiones de humildes, procesiones de rezos y manifestaciones de millares de manos alzadas en señal de paz. Entre las cuales gozarían de preferencia las de los pobres. Un reino, por tanto, con el Sermón de la Montaña como programa de fondo y forma, dotado de contextura espiritual solvente y como tal de consistencia permanente. Una posesión que se situaba en el interior de cada militante y en la riqueza interna de la persona por sí misma, al margen de la fortaleza económica, social, física o guerrera con las que se medía a los hombres de la época de Jesucristo.

Pero este resumen ideal del mensaje nazareno, con el paso del tiempo, se constituyó lentamente en la parte marginal y menos explícita de la vida oficial de la Iglesia. La perfecta ósmosis realizada por el solio romano desde los tiempos del Imperio y a través del albor medieval, con el poder civil y militar, al que muchas veces representó con exclusiva pertenencia, sólo empezaría a verse afectada levemente después del envite del racionalismo del siglo XVIII y con la marea nacionalista posterior. La pérdida de los Estados Pontificios a manos de la unificación italiana y el necesario reciclaje vaticano pondría a finales del siglo XIX (1870) las cosas en su sitio, representando para la Iglesia una ocasión histórica desperdiciada de retomar las raíces cristianas y reflexionar sobre su auténtico sentido de reino espiritual, en el que no caben las razones o las divisiones militares.

En aquella ocasión entre los desgarros y lamentos de la Curia asomaron leves destellos de confianza y seguridad en el nuevo camino. La pérdida del poder temporal podría servir para una recuperación, que muchos ingenuamente creyeron definitiva, del papel espiritual libre de las ataduras terrenales predicado en Galilea al comienzo de nuestra era. Los nuevos tiempos, inaugurados con la aparente derrota de los Estados Pontificios, iban en efecto a ser la oportunidad esperada por la savia fundamental cristiana. La levadura apostólica se pondría otra vez en marcha intentando demostrar una inigualable versatilidad histórica.

La estructura milenaria que había sostenido la pugna de las persecuciones romanas, la confrontación islámica, los cismas y la sangría ideológica del modernismo liberal, podaba una vez más las hojas secas o inservibles y retoñaba al filo del cambio secular. El Vaticano I, clausurado entre el estruendo de los cañonazos liberales de los nacionalistas italianos que golpeaban la Porta Pía pontificia, centralizaba poderes y cúpulas reasumiendo las fuerzas dispersas y entregando a Pío IX el lenitivo de la infalibilidad dogmática contra la sensible pérdida territorial.

Desde ese momento la fuerza altiva con que el autodeterminado «prisionero del Vaticano» contagió al nuevo proselitismo cristiano iba a servir para consolidar y tratar de ampliar la influencia termo-espiritual de una religión que parecía tener todo en contra, en el plano del progreso y la modernidad. Los sucesores de Pedro que habían perdido a los intelectuales y a toda la clase política avanzada, que estaban en el filo de perder a la nueva clase proletaria emergente, apenas podían presumir de conservar el favor de la rancia aristocracia y de la juventud no avisada todavía. El reto de la modernidad consistía entonces en soltar las carcomidas tablas del viejo asunto y enderezar la nave por el curso misionero de las masas industriales.

Al clarín de llamada respondieron los epígonos pontificios, empezando por León XIII y su visión de las relaciones sociales. Después de éste, los baches ideológicos no impidieron el empeño por la juventud de un Pío X, o el interés por el desenganche de los obreros inevitable ya con sus homónimos XI y XII. Tras ellos, un temido y supuesto Pío XIII que nunca llegó, fue en la realidad una sorpresa transitoria llamada Juan. El pontífice de mayor carisma y popularidad del siglo. Carente de planes, programas o doctrinas, pero dotado de la intuición y sentido de la realidad exigidos por las demandas del momento.

La «genialidad» roncaliana oscureció un tanto la potente figura de Pablo VI, el hombre llamado en principio a liderar el gran viraje y que aceptó, sin embargo, la encomienda humilde de continuar la tarea giovana hasta sus últimas consecuencias. Después de ellos, la recuperación fundamentalista de Juan Pablo II ha intentado el surrealismo sintético de entender el mundo de fin de siglo encerrando los últimos veinticinco años de la Iglesia en un paréntesis cada vez más difícil de soportar.

Todos son sin embargo corresponsales del mantenimiento de esos *demos* y *logos* de apariencia universal que, traducidos en cifras y datos, son el exponente de la todavía presencia vital de la religión católica en el mundo. La capacidad de adaptación temporal, incluso en los períodos de la Contrarreforma y de mayor peso de la intransigencia vaticana, ha resultado ser la esencia de esta religión de ricos y pobres, humildes y poderosos, que no termina de asombrar a los espíritus más racionalistas por sus posibilidades de maniobra social en medio de cualquier mundo posible y por su dureza granítica que a cada crisis responde con nuevos carismas y también con nuevas seducciones.

Una religión que está resistiendo con fortuna el fervor misionero de tinglados como las iglesias electrónicas o la vocación omnipresente de sectas y confesiones. Bien asentada en bases milenarias, despreciando ahora que puede milagrerías y supersticiones, la Iglesia católica ajena también a los proselitismos de moda se deja llevar por el viento favorable de sus relaciones seculares, afianzadas en la misma sustancia equívoca de los pueblos del sistema capitalista. Desde el pulcro arreglo del asistente al deber dominical de Centroeuropa, pasando por la limosna de la burguesía bien pensante de Filadelfia hasta las ensangrentadas rodillas de la madre mejicana que se arrastra por la plaza basilical pidiendo un enésimo milagro a María Guadalupe, el gemelo hilo conductor de creencias acomodadas o de tristezas en busca de consuelo une a criaturas de ambos hemisferios gracias a la inspiración política bien centralizada bajo la cúpula renacentista del Vaticano.

Resiste Cristo y resiste Roma. En las junglas centroamericanas, en los *bidonvilles* europeos, en los marmóreos despachos de ejecutivos bancarios. Se mantiene el olor a mezcla de siglos que arrastra todavía la sotana preconciliar con su murmullo de signos cuasiespiritistas y supersticiosos. Y convive con el grito lentamente acallado en sangre del cura guerrillero. O con la nostalgia del ex cura obrero-sindicalista, que hace años se rindió al evangelio del segundo de los Vaticanos, sin acabar de aceptar el tópico del «conmigo o contra mí», que le excluyó de la comunión sacerdotal.

Trata de vigorizarse también en esa fuente de eternidad que son los adolescentes. Miles de cuerpos jóvenes con ideas viejas persiguiendo con gestos de victoria y saltos de discoteca las pantallas del eco papal en viajes, concentraciones de papódromo y espasmos que harían palidecer el carnaval electoralista de cualquier país asolado por el marketing. Así ronda Mefistófeles con su mejor sonrisa publicitaria los aledaños de algunos fáusticos viajes papales de nuestros días, denunciados sin parar por los restos del liberalismo conciliar. En ellos se defiende también la vieja, contradictoria y ambivalente doctrina que dejara en salvífica herencia aquel hombre que recorría los caminos palestinos seguido también de otras multitudes hambrientas de ideales y expectantes de milagros. Aquel hombre que tuvo más días terrenales de pesar que de gloria, pero que abrió uno de los capítulos más dilatados y persistentes de la historia de la humanidad.

La bóveda del cielo

En la década de los sesenta de nuestro siglo alcanzaba la religión católica el cenit de su expansión terrestre. Coincidiendo con los años del papa Roncalli y avecinándose un período de goteo incesante de desánimos y deserciones, las cifras clericales daban la mejor nota numérica de aquella voz predicada desde el fondo de los desiertos orientales. El mundo cristiano, en su incesante caminar, se había desplazado hacia el Este y el Sur, pero sobre todo hacia el Oeste en pos del Sol como persiguiendo la luz que necesitaba el hombre para alumbrar su desamparada noche.

La población del planeta se calculaba en 1965 en unos 3.295 millones de personas, en un momento de máxima expansión y desarrollo de la capacidad demográfica y económica de los países desarrollados. De esta cifra las estadísticas eclesiásticas asignaban a unos 1.000 millones la cualidad de cristianos. Entre ellos los católicos de obediencia romana sumaban una mayoría de no menos de 578 millones, frente a los 266 de protestantes y anglicanos, o los cerca de 45 de ortodoxos. Situados todos a la cabeza de una larga lista de sectas o confesiones también cristianas pero de menor entidad demográfica.

Estas cantidades suponían que al menos un 30,7 por ciento de los pobladores de la tierra estaba clasificado como cristiano en 1965 —de los cuales el 17,5 eran católicos bautizados— junto a otros 2.272 millones de terrestres que no lo eran. De estos últimos el continente asiático con más de 1.000 millones de no cristianos (hindúes, budistas y musulmanes sobre todo) acaparaba la mayor parte. Por el contrario eran los europeos los que, en términos absolutos y proporcionales codo a codo con los americanos, seguían ostentando la titularidad cristiana y católica con 404 y casi 246 millones, respectivamente, sobre una población de poco más de 455 millones en la que se incluye a la Unión Soviética. Las estadísticas americanas religiosas eran también espléndidas y tintadas del mismo triunfalismo numérico: para 429 millones censados, 252 se estimaban católicos. Otros 91 millones (protestantes, anglicanos, ortodoxos, etc.) rezaban asimismo en cristiano.

Durante los años setenta y ochenta, la población clasificada como católica se estabiliza en sus proporciones relativas y evidencia una curva descendente respecto a los decenios anteriores. Si hemos dicho que en 1964 respondían a esta denominación estadística un 17,5 por ciento, en 1973 eran algo más del 18,25, mientras que en 1985 la Oficina de Estadística y Sociología de la Iglesia (OESI) mantenía el dato en torno al 17,6 por ciento. Esto quiere decir que de los aproximadamente 4.817 millones de ese año se estimaban católicos a unos 852 millones.

Por continentes, América había superado ya con claridad a Europa y proporcionaba el mayor número de católicos, con un 63,4 por ciento del total de sus habitantes y 422,66 millones. El viejo continente, en cambio, con un 39,9 por ciento y 278 millones presentaba un aspecto absolutamente estancado y similar al de veinte años antes. Con cifras y porcentajes inferiores quedaban África, Asia y Oceanía.

Estas consideraciones, no obstante, no nos ayudan a calibrar el verdadero alcance de la crisis católica, al tenerse que formular sobre estadísticas globales que no separan las situaciones de mera clasificación de las de católicos practicantes o militantes. Para ello es mucho más significativo analizar los datos relativos a la recesión en el número de sacerdotes, la evolución de las ordenaciones o las cifras de las órdenes religiosas, con su abultado porcentaje de abandonos o el panorama de ausencia de vocaciones.

Los seminarios crujen

Mucho antes del período de desarrollo del siglo XX, centrado en torno a la década de los sesenta para los principales países considerados católicos, algunas embestidas importantes habían amenazado la solidez del cristianismo y restaron efectivos sustanciales a su militancia. Sin embargo, en estos supuestos, llámese racionalismo de los siglos XVII o XVIII o modernismo de los siglos XIX y XX, la resta de cristianos sólo afectaría a una parte de las capas intelectuales de la burguesía.

Más importante por su mayor alcance y profundidad resultó el efecto de las doctrinas socialistas, anarquistas y comunistas, quienes desde mediado el siglo XIX tomaron el relevo impetuoso del viejo laicismo. En este caso sería la nueva clase obrera industrial, sintiéndose marginada en el debate de sus problemas por curas y jerarquías, la que relegaba las prácticas y creencias religiosas heredadas.

A pesar de todo, la puesta a punto conciliar a comienzos de los sesenta pareció capaz de sostener el nuevo envite con resultado final satisfactorio. Nadie podía haber previsto, en el punto álgido de la renovación conciliar, que sólo unos años después el panorama fuera tan desalentador. Y sin embargo para 1969 los síntomas constituían ya una realidad preocupante y abiertamente reconocida. La intervención del cardenal francés Daniélou en el Sínodo episcopal de octubre de aquel año no podía ser más concluyente ni dejaba lugar a dudas. Las referencias a la «gravísima crisis» en el mundo occidental, a la «enorme ausencia de vocaciones, debilitamiento de la fe, particularmente entre los jóvenes», o a la «degradación de las costumbres», no podían ser ocultadas por estadísticas más o menos triunfalistas. Se imponía, entre algunos sectores más lúcidos, la necesidad de grandes dosis de realismo y la no menos necesaria revisión autocrítica de la grave situación.

La militancia católica se encontraba en una pendiente de deslizamiento continuo, minada por otras opciones sociales y por la aparición de nuevas costumbres y gozos vitales. El arrastre del reclamo revolucionario, la explosión sexual y las apetencias hedonistas de la primera generación de posguerra se encaminaban, sin ninguna duda, por otros vericuetos que los ofrecidos por el mensaje espiritual cristiano. Y en efecto eran los jóvenes, que en las estadísticas figuraban como católicos, los más afectados por este giro de las apetencias humanas. Muy poco después de la intervención de Daniélou, la Sagrada Congregación para la Doctrina de la Fe podía conocer de primera mano, por una encuesta encargada al efecto, la magnitud de la catástrofe. El informe señalaba una avalancha de peticiones de dispensa como en ninguna otra época anterior recordada. Desde 1953 hasta 1969 más de 11.000 sacerdotes desearon la secularización. Tres mil de ellos optaron por la vía de los hechos consumados, separándose de la Iglesia sin expediente ni autorización previa.

Estas cifras, alarmantes incluso para lo que se temía desde las oficinas vaticanas, no eran sin embargo sino el comienzo de un período de peores estadísticas y más crueles perspectivas. La profundidad de la crisis amenazaba con convertir a la religión católica, sobre todo en los países donde oficialmente era reconocida como mayoritaria, en una congregación de élites dotada de un gran poder cupular y jerárquico pero desdibujada o desinhibida en sus bases.

En los años setenta, la ordenación de sacerdotes católicos no sólo se frenaba en seco sino que disminuía apreciablemente. De los 7.169 —entre diocesanos y religiosos— ordenados en 1973 se descendía al fondo de 1979-1980 en los que no se llegaba a 5.800. No obstante, desde comienzos de los ochenta, coincidiendo con el empuje espiritualista que la gestión del Papa había insuflado a la tambaleante religión católica, la curva se recupera un tanto aunque sin alcanzar las ricas estadísticas anteriores. Para 1985 las ordenaciones subían ya a 6.785 en todo el mundo católico, anunciando mejores tiempos para los semicerrados y crujientes seminarios o centros de formación sacerdotal.

De los datos anteriores pudiera deducirse que el estamento clerical de la Iglesia católica ha finalizado una gran fase de «depuración» sacerdotal en la que se han aclarado las hojas del bosque para dejar las vocaciones en su punto. El quizá desmesurado acopio de jóvenes que ingresaron en seminarios o noviciados, en los primeros decenios de posguerra, se correspondía en realidad con una minusvalía social en la oferta de oportunidades personales. Esta unilateralidad, que pronto fue superada por la aparición de mayores posibilidades de realización en lo social o en lo individual, creó un espejismo perjudicial al no contar tampoco con un tamiz de seguridad propio, que hiciera de la elección una decisión meditada y libre, preferida a otras alternativas que por entonces no existían.

La crisis inferida por esta situación y por la misma reflexión posconciliar parece en cambio haberse estacionado en sus términos justos, al corresponderse con un cosmos social más pluralista, tolerante y polivalente que el imperante en decenios anteriores. En otras páginas, más adelante, volveremos a referirnos a los elementos esenciales de este problema que alcanzaron su cima, entre la población seglar y sacerdotal, durante el pontificado de Pablo VI.

EUROCENTRISMO Y RELIGIÓN

Si bien las cifras expuestas, en muchas ocasiones, tienen que ser tomadas en cuenta con discreción ya que pueden deberse más a la voracidad estadística que a una situación de hecho o a una práctica religiosa constatada, son útiles para extrapolar, aunque sea a la baja, la presencia global y la solidez demográfica de las religiones cristianas y de la católica en particular, al filo de los años sesenta y en nuestros días. Son también eficaces a la hora de analizar la estructura eurocéntrica del magma católico, cuyo aglutinador sigue siendo situado en la vieja Roma —corazón de la cultura y el poder espiritual europeos— casi desde hace dos mil años.

Sin embargo una historia de la Iglesia en el siglo XX sería, en buena lid, la crónica de los latidos y ronquidos de ese cerca del millar de millones actuales de católicos. Esa cifra de creyentes o de católicos nominales, extendida a lo ancho y largo del planeta, es la que teje cotidianamente el pulso de la vieja institución cristiana. Pero, como sucede en cualquier otra historia, en nuestro caso sólo han pasado a las páginas impresas aquellos nombres y hombres que constituyen, por distintas razones, la vanguardia del rebaño. Pensadores, filósofos, misioneros, ascetas, obispos, cardenales y papas. Sobre todo papas, de forma muy acusada a partir de la extrema centralización del poder en el trono romano en el Concilio Vaticano I.

Además, en este capítulo se observa una simplificación sorprendente hasta muy pasada la primera mitad de nuestra centuria en favor de un acusado eurocentrismo. El peso histórico del protagonismo oficial eclesiástico se reduce a unas pocas naciones. Entre las cuales Alemania, Francia, Estados Unidos o España, y ahora Polonia, pero sobre todo Italia se convierten en el epicentro de la actualidad católica. Estos países proporcionan el mayor porcentaje de jerarquías, con abrumadora diferencia favorable a los transalpinos. Pero también suministran seminaristas, monjas, sacerdotes, la casi totalidad de los misioneros y el mayor número de militantes de organizaciones de base hasta el Vaticano II. Sólo desde la década de los sesenta de este siglo se destaca o simplemente emerge el papel de las iglesias de otros continentes, de forma especial en Latinoamérica y África. En ocasiones actuarán como corazones autónomos bajo la epidermis católica, cuyo cerebro sin embargo se mantiene a la expectativa en Roma poniendo el énfasis en evitar cismas y dispersiones.

La historia de la Iglesia católica, por tanto, ha sido hasta los años sesenta del siglo XX la de los países europeos que se declaraban formalmente católicos y proporcionaban al censo de esta confesión el mayor número de eclesiásticos y seglares. Resulta evidente que este protagonismo está llamado a desaparecer, o al menos a atenuarse, en la misma medida en que el poder económico y político del viejo continente y de sus naciones ha tenido que ceder a nuevos poderes y nuevas fuerzas sociales actuantes en América, África o Asia.

Sin embargo, en aquellos lugares se planteará a muy corto plazo la necesidad de adaptar las viejas costumbres y redes eurocéntricas a las diferentes formas de entender la religiosidad y su relación con los graves problemas que afectan a los pueblos de estos continentes. Para lo cual son inservibles los mensajes anticuados y las soluciones particulares aplicadas entre nosotros hasta el siglo XIX. El reto de fin de centuria, para la Iglesia católica, es reencarnarse entre los nuevos pueblos dejando de lado la brújula euro-romana. La nueva venida del cristianismo entre los pobres del mundo se está haciendo ya, sin embargo, con o sin la ayuda y la voluntad europeas. También sin rupturas espectaculares o cismas de sabor medieval, pero a un ritmo distinto y totalmente propio. Y sobre todo, lo suficientemente desentendido del autoritarismo centralista como para adelantarse a éste.

A contrapelo muchas veces de esta presencia del futuro, el planeta vaticano sólo muy difícilmente, y en contadas ocasiones, trata de coger el tren en marcha del porvenir. La estructura organizativa del mundo católico sigue fiel al molde monárquico absolutista que la consolidó en pleno medievo y la afirmó a finales del siglo XIX, para impartir autoridad y atajar resquicios reformistas o liberales. La cúpula está presidida por la Curia romana y todo el complejo de jerarquías o autoridades administrativas que dirigen la Iglesia católica desde los diferentes dicasterios.

El escalón jerárquico más alto de la Iglesia y su concentración de poder lo ocupan, no obstante, el Papa y los cardenales. Entre los cuales se reparten las principales funciones de la Curia en Roma o las sedes metropolitanas más importantes del mundo. La labor directiva de los miembros del Colegio cardenalicio se alterna con la tarea de consejeros papales, que se les supone a los prelados. A través de los siglos la administración romana ha sufrido distintas reformas y modificaciones, casi siempre de poca monta. Una de las últimas, con Pío X en 1908, la dotaría de la actual estructura fundamental, posteriormente modificada en aspectos secundarios y de nomenclatura por los pontífices sucesivos.

El estamento más conocido y de hecho el que se puede considerar a modo de parlamento del entramado político vaticano es el Colegio cardenalicio. Durante la Edad Media los cardenales constituían una especie de Consejo papal de muy diversa composición y alternativas. El papa Sixto, en 1588, le dio forma estable y lo dotó de setenta miembros. Mediante una reforma oportuna, Juan XXIII rompió con el limitado número tradicional y en 1968 los integrantes del Colegio ascendían ya a 109. Entre ellos se sentaban, por primera vez en la historia de la Iglesia, algunos no europeos procedentes de continentes todavía «exóticos» para la composición del claustro cardenalicio como son África o Asia.

La italocracia ha sido y sigue siendo la nota distintiva del Colegio durante todo el siglo XX. El número de cardenales miembros de nacionalidad italiana ha venido oscilando entre los 29 de 1916 hasta los 35 de 1968. Frente a ellos sólo ocho franceses, siete estadounidenses, seis españoles o cinco alemanes apenas podían moderar en la evidente desproporción. El desequilibrio en favor de los miembros de procedencia italiana, que hasta mediado el siglo como decimos sobrepasaba el 50 por ciento del total, explica también la abrumadora presencia de papas de la misma nacionalidad. Presencia no quebrantada en nuestros días hasta la elección del polaco Wojtyla en 1978.

Monarquía electiva

Pero el poder que pudiéramos llamar «político» del Colegio, igual que en las prácticas «democráticas» actuales, queda delegado en su mayor parte en el mismo momento en que el cónclave elige a los papas. A partir de ese instante el pontífice asume la dirección teocrática de la Iglesia, resultando prácticamente imposible la más leve disidencia. En el *impasse* del cónclave, cuando la Iglesia permanece por unos días sin cabeza visible, las fuerzas sociales y políticas —e incluso los intereses nacionales— representadas por los prelados actúan y se disparan en una minicampaña electoral interna, que tiene como consecuencia el triunfo de alguna de las candidaturas en liza o la adopción de soluciones de compromiso intermedias.

Salvo contadas excepciones la historiografía católica presenta las elecciones papales del siglo XX como el resultado de determinadas tensiones en el interior de la Curia, a la que se supone dividida al menos en dos partidos inorgánicos. El enfrentamiento entre reformistas y conservadores, a tenor de las influencias sociales y políticas reflejadas del exterior, ha constituido sin duda la parte más sustancial de los actos secretos del cónclave.

Así la monarquía electiva fundada por los papas sigue funcionando con rigor y autoridad en medio de este forcejeo gracias a la enorme concentración de poderes que adquiere el elegido, desde el momento de su aceptación. La imagen pública de los nuevos papas, en esos momentos, es de asunción humilde de la abrumadora carga. El acto de aquiescencia se suele acompañar de leves protestas de inadecuación o incompetencia. Pero cualquier repugnancia queda vencida al final por la aceptación cristiana de los designios de la Providencia.

A pesar de esto, el impacto del poder sublima a los pontífices desde los primeros instantes de su elevación al solio y les dota de una sorprendente fuerza teologal, que se pone de relieve en inmediatas encíclicas, decisiones espectaculares de convocatorias, reformas de distinta índole, etc. Este mismo vigor se encuentra presente, asimismo, a la hora de completar largos reinados, de los que difícilmente dimiten los pontífices.

2

ROMA SE SUCEDE A SÍ MISMA

El tránsito de León XIII

El pontificado de León XIII constituiría no sólo la bisagra cronológica entre dos siglos sino también el comienzo de un período de tránsito hacia la conciliación entre religión y mundo real. Es muy probable que el mismo Papa y los colaboradores más identificados con él no fueran capaces de registrar en toda su dimensión la importancia de los pasos que dieron en los veinticinco años de su gestión, entre 1878 y 1903. No obstante, aceptando el reto de reconocer al mundo moderno en sus aspectos más positivos iniciaban ya el camino a una etapa histórica diferente. Una fase en la que ineludiblemente debían empezar a superarse los tics autoritarios, las supersticiones mantenidas sobre bases tradicionales acientíficas y los monopolios religiosos.

Sin embargo, no pudieron ser peores los augurios que en la recta final del siglo XIX esperaban al sucesor de Pío nono. El clima de hostilidad anticlerical enarbolado por los intelectuales de izquierda, el liberalismo, la masonería o el movimiento obrero tuvo en los años iniciales de su reinado una acritud sin precedentes. Los lazos establecidos durante siglos entre la Iglesia católica y el viejo orden empezaron a desgarrarse en la segunda mitad del siglo XIX con los enfrentamientos del Vaticano con Italia, Francia o Alemania. Las burguesías emergentes encaramadas en el poder de las jóvenes repúblicas se enfrentaron con todas sus fuerzas a las dinastías carcomidas y al absolutismo monárquico, que Roma al menos hasta León XIII apoyaba sin condiciones.

Soberanos como Pío IX, carentes del suficiente sentido de anticipación histórica y uniendo la suerte de la religión al mantenimiento de los viejos odres absolutistas, no hicieron otra cosa que enajenarse el odio de los republicanos y facilitar las invectivas de logias masónicas, cenáculos intelectuales o sindicatos obreros. Ni siquiera la pérdida de los Estados Pontificios y la clara regresión del poder temporal del papado fueron suficientes para frenar la animadversión de los gobiernos europeos, ya republicanos como el francés o monárquico-constitucional como el de Italia, enfrascados en una auténtica lucha contra el Vaticano por conservar las hegemonías políticas recién adquiridas.

En cambio el pontificado de León XIII, asumiendo iniciativas que en los años de su predecesor se consideraron heréticas, llevaría a cabo la tarea del primer *aggiornamento* romano en la historia actual de la Iglesia. Mediante los dos pilares básicos de su estrategia doctrinal, el reconocimiento de la pluralidad política en la forma del Estado y el ordenamiento de la doctrina social vaticana, el Papa de fin del siglo XIX trató de forma un tanto agonística de romper el aislamiento en que su antecesor había colocado a la grey cristiana. En ambos supuestos los resultados alcanzados fueron discutibles y criticados, pero supondrían en cualquier caso el primer reconocimiento de la necesidad de un cambio de ritmo.

El tránsito de fin del XIX fue abordado en medio de un poderoso auge del laicismo, encabalgado en el triunfo y desarrollo de la clase burguesa, cuyos elementos más radicales se habían formado en la lucha contra las monarquías reinantes. El anticlericalismo originado en aquellos países en los que el altar y el trono defendían con las armas en la mano los privilegios seculares de la aristocracia, fue recogido también por las capas pequeñoburguesas, las clases medias republicanas y el naciente poder obrero en sus formas socialistas y anarquistas.

La crisis finisecular con la que tuvo que enfrentarse León XIII, sin embargo, iba a suponer un reajuste acomodaticio de la estrategia vaticana. Al final de éste el solio pontificio seguiría en pie gracias a nuevas y más sabias alianzas con los grupos en el poder. La actitud conciliadora del nuevo papa facilitó la concordia en la Alemania de Bismarck, donde se formó el correspondiente frente antisocialista. Y en la España de la Restauración en la que la jerarquía se unió a la alianza aristocrático-burguesa. Sin embargo, cosechará peores resultados en Italia donde persistirán los antiguos problemas o en la Francia republicana donde el intento de *ralliement* sirvió para enconar los enfrentamientos y produjo además el rechazo del integrismo galo. A pesar de ello, puede afirmarse que el catolicismo diseñado por León XIII poniendo a prueba su versatilidad encontró el camino de sus actuales socios gracias a un muestrario de ofertas dispuestas para la siguiente batalla, esta vez contra los partidos obreros organizados en la Europa de las últimas décadas del XIX.

El pasado continúa

La política de distensión del papa León no fue sin embargo lo suficientemente arriesgada como para modificar el estatus de la cuestión romana. El deseo de la recuperación territorial, al menos en parte, no abandonaría nunca el escenario de las relaciones exteriores vaticanas durante los veinticinco años de su pontificado. De ese modo el resabio heredado del anterior Papa marcaría de manera grave las relaciones políticas de la vida italiana.

Este vicario, del mismo modo que su antecesor, se sentiría prisionero de un poder político ajeno y enfeudado a una dinastía que consideraba extraña a los intereses de la Iglesia. Los liberales, por su parte, habiendo logrado la unidad nacional y atrincherados en su triunfo, negaban cualquier posibilidad de restitución de la territorialidad al Vaticano. La coexistencia de dos poderes y dos soberanías en un mismo Estado sólo se sostenía penosamente gracias a la Ley de Garantías de 1871. Este documento, otorgado de forma unilateral por el Parlamento italiano tras la entrada de las tropas en los últimos territorios pontificios, consideraba al Papa como un súbdito más, aunque le reconocía categoría jurídica de soberano y autorizaba el usufructo de los palacios vaticanos asignándole una pensión.

La Ley de Garantías no había servido sino para enconar las posturas enfrentadas. Después de la excomunión del rey de Italia, Víctor Manuel II, el papa Pío IX anuló los efectos de la ley, rechazando la pensión del Estado y prohibiendo además a los católicos la colaboración política y la participación electoral. La situación así creada iba a significar la existencia de dos Italias. Una de obediencia papal, abstencionista en política y de ideología integrista. Y otra de marcado acento laico o anticlerical, segura de que el futuro del país no pasaba ya por la aduana vaticana.

La actitud de León XIII en este asunto, con ser menos firme y autoritaria que la de su predecesor, no serviría para facilitar el paso a una plena incorporación de los católicos a la vida pública. Resistió cuanto pudo las presiones para derogar el *non expedit* piano, a pesar de su propio convencimiento de la inutilidad del mismo y de la contradicción con los consejos dados a los franceses. El indiferentismo político era además extraño a todos los signos de la modernidad y como tal estaba condenado a desaparecer. De hecho Pío X acabaría con él a comienzo de su pontificado.

Sin embargo, León XIII no supo romper la resistencia en el seno de la Curia para llegar a un compromiso histórico con el Estado. La cuestión romana siguió pendiente más allá de su pontificado hasta los pactos lateranenses de 1929. Por el contrario, el sucesor de Pío IX se enfrascó en los mismos errores de la administración anterior, a pesar de mantener posiciones públicas favorables al diálogo.

Las fricciones entre Italia y el Vaticano fueron frecuentes en los años de finales del siglo XIX. Además del tumultuoso traslado del cadáver de Pío IX al que hemos hecho alusión, algunos actos públicos como el descubrimiento del monumento a Giordano Bruno (1889) o a Garibaldi (1895), entre otros, fueron ocasiones para ataques a los católicos y amenazas al «cautivo del Vaticano». León XIII pensó seriamente en un autoexilio por motivos de mera seguridad física, pero sus peticiones en este sentido no encontraron eco favorable en las cancillerías europeas.

Por parte de Roma se trataba de equilibrar el manifiesto rechazo público a la tiara con celebraciones de signo contrario. Se pusieron en pie una serie de festividades eclesiásticas, centenarios como el del III Concilio de Toledo (1889) y congresos como el antimasón de Trento (1896). En ellas León XIII se dejaba aclamar como «papa-rey» y denunciaba la situación a que lo sometía el gobierno italiano.

De otro lado, la visión personal del Papa sobre la vida política, en especial la italiana, se correspondía con las mismas fobias y temores del período anterior. Los masones, entre todos los modernistas, se habían convertido en el enemigo a batir para el Vaticano. La implicación que León XIII hacía a la democracia burguesa apenina de estar enfeudada a las logias masónicas constituía la razón para mantener las prohibiciones formales de participación electoral y política. El pasado continuaba por otros procedimientos.

CATÓLICOS EN LA «POLIS»

Esa actitud que relacionaba abiertamente la cuestión territorial y la participación política, inseparables para la estrategia vaticana, obligó a muchos católicos italianos a encontrar vías de militancia pública paralelas. Hacia 1874 se constituía la *Opera dei congressi*, con el objeto de influir en la vida oficial italiana por otros medios. En ella se integraban intransigentes y moderados, difíciles de controlar por un papado que se negaba a reconocer la necesidad de la incorporación católica a la política.

Las cosas no le fueron mejor a León XIII en sus relaciones con la república francesa, a pesar de que en este caso los esfuerzos y las concesiones estratégicas eran de peso. Poniendo de relieve una gran flexibilidad doctrinal, la encíclica *Nobilissima gallorum gens* de 1884 aconsejaba a los católicos franceses la aceptación del régimen republicano como forma de gobierno. El documento culminaba una serie de aportaciones vaticanas a la doctrina del relativismo político y a la no injerencia formal de la Iglesia en la forma del Estado.

No obstante el posibilismo romano, en este caso, estaba aconsejado por la necesidad de salvar los restos del naufragio anticlerical que las convulsiones de 1830 y 1848 habían provocado en la flota católica francesa. Y de forma especial subvenir al sostenimiento del Estado, después de la experiencia comunera de 1871. En efecto, sería la revuelta popular de marzo de este año, que puso la administración del Estado en manos de la Comuna parisina, la que sacara del sopor a los católicos franceses y provocara la modificación sustancial de la doctrina vaticana.

Sin embargo, incluso después de la represión y derrota de los *comunards* el conservadurismo y el integrismo galo tenían sus días contados. El ascenso de los políticos republicanos radicales y la irrupción, dos décadas después, de los socialistas en el Parlamento (1893) dieron a Francia el aspecto de una república mesocrática y laica, deseosa de evitar nuevas revoluciones mediante rupturas esenciales con el pasado. Los intentos de acercamiento de León XIII y los diversos reconocimientos de la forma republicana de gobierno no impidieron el período de las leyes laicas, que separaban Iglesia y Estado, instauraban la educación civil y trataban de rebajar sustancialmente la influencia católica en la sociedad.

A pesar de mantenerse en vigor el concordato de 1802, no era ya sino un vestigio de la antigua alianza cuando la encíclica *Au milieu de sollicitudes* (1892) declaraba legítimo el gobierno francés y pedía a los católicos de aquel país la creación de una oposición leal y constructiva, aceptando el modelo republicano frente al superado pasado realista. Esta iniciativa, sin embargo, serviría para aumentar las divisiones entre la derecha y debilitar el peso parlamentario de los católicos. Con escasa proyección electoral, los políticos confesionales apenas pudieron protestar los continuos ramalazos anticlericales que se sucedieron hasta los años de la Primera Guerra Mundial.

En cambio en la Alemania de Bismarck el Vaticano encontró una vía más favorable al experimento de la reconciliación. Si exceptuamos la España alfonsina, con el reconocimiento del catolicismo como doctrina oficial del Estado, si bien en medio de un creciente laicismo de la clase obrera y de los grupos intelectuales, habrían de ser los alemanes los mejores compañeros del programa internacional defendido por León XIII en su larga gestión. Para ello, no obstante, sería preciso superar los obstáculos creados por el enfrentamiento entre el régimen de Bismarck y el Vaticano en los años finales de Pío IX.

La unificación alemana bajo la hegemonía prusiana, seguida de la expansión económica y militar que culminó con la victoria de 1870 sobre Francia, alentó un proceso nacionalista que necesitaba supeditar cualquier fuerza espiritual o religiosa al nuevo Estado. Nacida como representante de los intereses de la burguesía industrial y de sus socios los *junkers* prusianos, la nueva Alemania asumió en nombre del progreso la lucha por la cultura *(Kulturkampf)* contra el oscurantismo medieval, simbolizándolo en la gestión de Pío IX. Se trataba, en realidad, de la versión germana del mismo enfrentamiento decimonónico que en Italia, Francia, Suiza, España y otros países oponía a liberales y conservadores, apoyados estos últimos por la actitud y la doctrina papales.

La campaña de laicización, propugnada por Bismarck, tuvo efectos contundentes en la Alemania católica. La reducción de obispados y parroquias fue devastadora, aplicándose penas y sanciones a los clérigos más contumaces, que infligían las medidas legislativas tomadas contra el poder eclesiástico. La defensa consiguiente de los derechos de la Iglesia, realizada desde Roma, resucitó el espíritu de las investiduras y revivió los aspectos nacionalistas del enfrentamiento luterano. Sin embargo, a pesar de este panorama de crispación, otras preocupaciones de mayor alcance en que se vieron envueltos ambos poderes acabarían por atenuar la polémica.

Además en plena campaña anticatólica, los cristianos alemanes respondieron al empeño laicista con una sorprendente unidad. Los obispos detenidos, los curas desterrados o las iglesias cerradas fueron el acicate imprevisto para la politización religiosa de los fieles. De ella surgiría un potente partido confesional, el Zentrum, en un momento en que el Estado se veía también acosado por los avances de la socialdemocracia y por el activismo anarquista. Es también el momento de la ruptura de Bismarck con sus aliados liberales que provocaría una profunda crisis política nacional.

La delicada situación se vería aliviada gracias al cambio en el sillón pontifical, sobrevenido a la muerte de Pío IX. El nuevo papa, de talante más conciliador y dispuesto desde el principio a mejorar las relaciones del Vaticano con los poderes burgueses emergentes, ofrecería a Bismarck la posibilidad de una salida airosa. Diversos contactos diplomáticos, denominados por algunos «pequeña Canosa», abrieron el paso a la liquidación lenta pero inexorable del *Kulturkampf*. La importancia que tomaría el relevo romano resultó entonces providencial para la ruptura del nudo creado y puso de manifiesto la necesidad y los deseos de ambos poderes (Estado e

Iglesia) de llegar a entendimientos nuevos que sostuvieran su poder y prestigio en el mundo moderno.

Al otro lado del océano se encaminaron las preocupaciones políticas de los papas, a medida que la comunidad de creyentes norteamericana se convertía en una de las más sólidas, influyentes y prósperas de la cristiandad católica. En 1895 la amenaza de conflicto entre la doctrina oficial del Vaticano y las fórmulas republicanas vigentes en Estados Unidos, hicieron intervenir a León XIII con una encíclica particular, la *Longinqua oceani*, en la que el pontífice moderaba su cálculo y trataba de conciliar la posibilidad de que la Iglesia recibiera el favor oficial en la pujante república, sólo como «condición más deseable».

Estados Unidos amenazaba con convertirse a finales de siglo en un lugar de encuentro poco afectuoso entre las dos grandes ramas del cristianismo, que podían trasplantar y reeditar sus anteriores guerras religiosas de la historia europea al suelo americano. Sin embargo, la línea abierta por la encíclica y la propia capacidad diplomática de los obispos norteamericanos, que se plegaron a la realidad política protestante, impidieron actitudes hostiles graves. Durante mucho tiempo, de hecho hasta la elección del presidente Kennedy en 1960, se mantuvo la costumbre de «impedir» que un católico llegase a la Casa Blanca, como una forma de rechazar las pretensiones romanas de tutela oficial sobre el republicanismo y como un cierto signo de la inferioridad institucional de los católicos en Estados Unidos.

La Roma de León XIII fue llamada también para arbitrar en cuestiones como la posesión de las Carolinas, entre Alemania y España, alcanzando de este modo un reconocimiento internacional inapreciable. Este hecho, en el que se ha visto una hábil maniobra del canciller prusiano para lisonjear la conocida vanidad del Papa, debe enmarcarse en una política de gestos recíprocos. Otros coqueteos oficializados en la entrega al canciller de la orden de Cristo y el reconocimiento agradecido y público del estadista alemán no hicieron más que certificar la derrota de la persecución católica y el comienzo de una *pax* germana para la Iglesia.

Una vez pasado el momento de excepción, el balance final resultaba favorable al mantenimiento de las estructuras religiosas entre los alemanes. A diferencia de lo que sucedería en suelo francés, el anticlericalismo oficial produjo en el Estado germano, por lo tanto, la concentración de fuerzas católicas y la formulación de un modelo político, en forma de partido, que habría de subsistir y mantenerse con una notable implantación hasta el período nazi.

La historia de la Italia contemporánea, por su particular acceso a la unidad territorial coincidiendo con la entrada en acción de las fórmulas democráticas burguesas, resulta fundamental en la crónica católica de la época. Las actitudes papales relativas a la vida política del país, correspondiendo a similares posiciones civiles de los gobiernos transalpinos, fueron de grave importancia para retrasar la llegada de los católicos a la mayoría de edad democrática. Hasta el pontificado de Benedicto XV (1914-1922) no se dan los primeros pasos hacia un entendimiento de las posturas políticas que ya empiezan a menudear entre los más avisados católicos.

León XIII, apoyándose en la Curia que veía en la creación de partidos confesionales una manera de escapar a la autoridad vaticana, hizo caso omiso de las peticiones de numerosos católicos e incluso condenó cualquier iniciativa en este sentido. Para la jerarquía vaticana del tránsito de siglo la participación en la política italiana representaba un reconocimiento y una concesión excesiva a las personas e ideales que habían invadido las posesiones papales y arrebatado al vicario de Pedro su poder territorial. Esta actitud llevada a sus últimas consecuencias dejaba el gobierno de la nación en manos de los liberales, sin la menor oposición conservadora. El dominio de la vida pública por aquéllos y el absentismo de una mayoría de los italianos facilitaron así el mantenimiento de la legislación anticlerical hasta bien entrado el siglo XX.

Fue necesario un doble relevo pontificio para que se aflojaran las riendas de la prohibición. Primero fue Pío X, no muy capacitado para asimilar la complejidad política de las nuevas naciones, pero sí con mayor sentido práctico, el que para impedir el avance socialista permitió algunas excepciones electorales que, poco a poco, terminaron prevaleciendo. Se trataba, sin embargo, de un pobre contrapeso para quien había desmantelado con la ayuda de su secretario, Merry del Val, el intento de Murri de constituir una democracia cristiana, independiente del Vaticano. A pesar de ello las fisuras aparecidas en el *non expedit*, provocadas sobre todo por el temor al socialismo, permitieron que numerosos votos católicos fuesen a los candidatos liberales más moderados. Tras este Papa, Benedicto XV, al mismo tiempo que derogaba las admoniciones abstencionistas, autorizaba en 1919 al sacerdote Sturzo la formación de un Partido Popular bajo la recomendación de no aparecer como confesional.

La vida del «Popolare» resultó breve y controvertida. Para unos, como el cardenal Gasparri, era el reflejo de una auténtica conciencia democrática entre los católicos. Para otros mostraba excesivas veleidades autonomistas respecto a los designios de la Curia. En sus primeras elecciones (1919) obtuvo cien diputados y su fundador, don Sturzo, fue de los primeros en denunciar al totalitarismo fascista. Ello, sin embargo, no impidió los intentos y ofrecimientos de formación de gobiernos, tanto a derecha con el propio Mussolini, como a izquierda con los socialistas. Tras el asalto al poder del fascismo, el partido se escindió y terminó por ser absorbido en la vorágine autoritaria, sin que la Curia se inmutase. Sus principales líderes huyeron o fueron encarcelados. Otros, como De Gasperi, tuvieron que esperar al peligro nazi y a los duros años de la guerra para encontrar apoyo en el Vaticano.

De las nuevas cosas

El pontificado de León XIII se distinguió también, siguiendo la línea iniciada por sus antecesores (Gregorio XVI y Pío IX), por una decidida toma de posición frente a las cuestiones planteadas por la oposición modernidad-tradición. Pero el aumento de intervenciones, respecto al período anterior, pone de relieve sobre todo la preocupación por recuperar el terreno perdido y ponerse a la altura de los avances sociales que estaban compitiendo con la tradicional hegemonía católica entre las masas.

Al mismo tiempo supone la puesta en marcha de una estrategia global calculada, en la cual se mercadea con el reconocimiento del nuevo orden burgués a cambio del derecho a impregnar la estructura moral de ese orden con las enseñanzas papales. Roma se creerá legitimada desde entonces para la intervención, no sólo por «haber recibido palabras de vida eterna», sino también por haber dado el «doloroso» paso de admitir el orden revolucionario de 1789 con pérdida de prebendas y privilegios materiales.

Este intervencionismo, que habría de ser conducido por Pío XII a extremos abrumadores pontificando sobre todos los problemas conocidos o por conocer, se reflejará en una abundante producción de encíclicas que ya empieza a ser notable con León XIII. Si su primera aparición doctrinal en 1878 con el documento denominado *Quod Apostolici Muneris*, iba a significar el comienzo del diálogo —todavía áspero— con el mundo moderno, en él se hacía ya una oferta clara de ayuda a los gobiernos establecidos para hacer frente a los «peligros» del socialismo, comunismo y nihilismo. Constituía un excelente puente que se abría a causa de la consolidación de los enemigos comunes. Era también el reconocimiento del orden burgués existente, que luego se intentó apoyar y justificar con la nueva doctrina social, a pesar de que la irrupción en 1891 de la *Rerum novarum* supuso un auténtico terremoto en algunos de los más destacados núcleos del catolicismo finisecular.

Entre ambas encíclicas el magisterio de León XIII trazaría un ambicioso proyecto que combinaba la identidad dogmática con un posibilismo aceptable para la mayoría de los Estados europeos. Primera piedra para posteriores etapas de acercamiento que hicieron factible en el siglo XX la pragmática diplomacia papal, la conservadora política de concordatos, los pactos lateranenses, el reconocimiento de fascismos o dictaduras, la guerra silente y el barroquizante verbo de Pío XII, la condena implacable del régimen soviético, la anatematización de marginados y nihilistas o el alineamiento incondicional con Occidente, entre otras cosas.

La *Rerum novarum* se publicaba en la primavera de 1891, coincidiendo con el ecuador de un período de paz europea que duraría hasta 1914. Período que sin embargo se distinguiría por el aumento de las agitaciones nacionales, en el seno de los antiguos imperios y por fuertes presiones sociales que discutían la forma de Estado y la estabilidad de las clases dominantes. En esos años se asienta también la explotación colonial de lo que ahora llamamos Tercer Mundo mientras se establecen los lazos de dependencia económica de un mercado mundial, en el que la hegemonía corresponde todavía a los europeos.

A pesar de ello el modelo liberal, que había llevado al poder político a los nuevos partidos, empezaba a dar síntomas de decadencia agotando sus recursos en las primeras crisis capitalistas y acosado por el naciente movimiento obrero. Como consecuencia de estas crisis dos fuerzas llamadas a protagonizar el futuro, el Estado y las masas trabajadoras, se desarrollan y enfrentan de forma insospechada hasta entonces. Contra este antagonismo, que el socialismo prometía mortal, la Iglesia tratará de apoyar una tercera vía sumándose a la discutida senda del corporativismo que aprovecharán también los interclasismos fascistas posteriores.

La conciencia social de los católicos a la altura de 1891 acusaba un considerable retraso en relación a las más avanzadas fuerzas e instituciones políticas. Salvo excepciones, la prédica cristiana seguía aferrada a la necesidad de resignación y a la espera en un más allá menos precario. Tan sólo algunas experiencias aisladas, que sin embargo no sobrepasaban el umbral paternalista, permitían adivinar un mejor futuro en esta parcela de lo social. Entre ellas deben destacarse iniciativas en Francia —Conferencias de San Vicente de Paúl (1833)— y en Italia —la labor de Don Bosco (1841), que buscan impedir que los jóvenes obreros acepten la «desviación» socialista.

Junto a esta oferta la recomendación de las prácticas caritativas a los más afortunados, asumida por la cúpula jerárquica, excluía en absoluto cualquier especulación sobre la injusticia del orden socioeconómico. Se podía recoger alguna reflexión teórica como las expresadas por *La Civiltà Cattolica*, la revista de los jesuitas editada en Roma, en favor de la dignidad obrera o la clarividente labor personal del obispo de Mainz monseñor Ketteler, en los años 1848 a 1873, junto a experiencias aisladas como los Círculos de obreros católicos, que operaban en España. Pero no eran suficientes para crear un estado de conciencia generalizado o para contrarrestar el terror oficial hacia el socialismo, sino todo lo contrario.

Sin embargo, la exaltación de la mansedumbre como modelo para los desposeídos carecía de fuerza de convicción en los años del empuje socialista y hubo finalmente de ser apoyada por un despliegue doctrinal de mayor alcance, que sirviera para atajar en la carrera emprendida por otras soluciones laicas. En esta puesta a punto, la reafirmación del orden existente se aderezaba con fulminantes reprobaciones para las doctrinas subversivas (socialismo y comunismo) y con tímidas aseveraciones a la inmoralidad económica del capitalismo. La actitud heredada de Pío IX en este sentido no deja lugar a dudas. Lo mismo la *Qui pluribus* (1846) que la *Quanta cura* y el *Syllabus* de 1864 aseguraban las posiciones conservadoras del pontificado anterior, que prácticamente llegan hasta 1891.

León XIII, que inicia su línea de pensamiento social en el mismo 1878, con la citada *Quod Apostolici Muneris*, recogiendo las mismas condenas de su antecesor y semejantes recomendaciones caritativas a los ricos o de contención a los pobres, aportará sin embargo un cambio apreciable a comienzo de los noventa. La encíclica *Rerum novarum*, a pesar de la considerable demora respecto a otras alternativas laicas, sentó como un estallido a la próspera y confiada burguesía católica.

Alguno de sus reconocimientos, como el del sindicalismo cristiano, resultaban auténticamente innovadores. Significaban el comienzo de la creación de asociaciones obreras confesionales dotadas de los mismos instrumentos de lucha y defensa que las agrupaciones laicas. Aunque con prevenciones, quedaban indirectamente bendecidas también la autonomía obrera y sus instrumentos de lucha, entre los cuales hasta entonces la huelga había sido siempre condenada por la doctrina papal.

Con todo género de precauciones, la *Rerum novarum* trata de equilibrar y justificar el derecho a la propiedad privada —algo insólito para el conservadurismo vaticano— remitiéndolo a una función social obligatoria. No sólo se acepta sino que se insiste en la necesidad del papel mediador del Estado en los antagonismos sociales. Lo cual suponía un salto gigantesco respecto del reconocimiento del Estado liberal. Los trabajadores y sus familias ven teorizado con suficiente claridad, por vez primera, su derecho a un justo salario. Esta aportación venía a introducir elementos humanísticos y éticos en el esquema economicista burgués del valor del trabajo, asimilando así el camino recorrido por los teóricos socialistas.

El aspecto que ha alcanzado mayor reconocimiento de toda la programática incluida en la encíclica es sin duda el relacionado con la libertad de asociación de los obreros cristianos. El documento papal condenaba la lucha de clases, pero no podía dudar de su realidad histórica. Y aceptaba el gremialismo sindical autónomo de los trabajadores católicos para llevar a cabo una mejor defensa de sus intereses dentro de esta lucha.

El viejo corporativismo interclasista, único apreciado por la Iglesia hasta entonces, quedaba así en entredicho. Y aunque no se producía su condena explícita resultaba duramente afectado. Por eso, si bien su vitalidad teórica siguió y sigue siendo utilizada en toda clase de manipulaciones sindicalistas, de hecho su derrota final, a manos del sindicato, quedaba encarrilada. Pero al ser rechazada en el esquema social cristiano la «fatalidad» de la lucha de clases y repugnar el antagonismo entre empresarios y obreros católicos, las tendencias interclasistas han mantenido una notable fortaleza en su seno, reavivándose ante cualquier oportunidad.

La *Rerum novarum*, por otra parte, trataba en realidad de consumar y contener toda una corriente socializante surgida en el seno católico desde la revolución industrial. La toma de posición pública de algunos obispos en favor de los obreros, ante la visión de los desastres sociales del capitalismo; las experiencias asociativas, en especial la de los americanos «Caballeros del Trabajo» apoyada sin condiciones por el cardenal Gibbons; el ejemplo radical del cardenal inglés Manning; los esfuerzos teórico-prácticos desarrollados en Bélgica o Alemania y la propia personalidad de León XIII, que fue reuniendo los elementos menos heterodoxos del movimiento sindicalista cristiano, produjeron lo esencial de una de las pragmáticas papales más conocida de la historia contemporánea.

En el debe de la encíclica hay que situar los restos de paternalismo o la superficialidad de tratamiento en algunos aspectos socioeconómicos claves. Entre ellos el reconocimiento acrítico de la propiedad privada de los medios de producción se realiza a posteriori, sin entrar en el núcleo de la filosofía o la historia de este derecho. Tampoco incorpora los elementos más avanzados de la economía política de la época, objeto de amplia discusión entre los intelectuales de fin de siglo. Finalmente, la puesta de largo de la dignidad obrera se realizaba exclusivamente desde el prisma religioso y moral, sin analizar la aportación del factor Trabajo en el proceso de producción y en la obtención del beneficio. Por eso el resultado de la doctrina papal era la reclamación de un salario justo, que justificara la función social del Capital. Para todo lo cual se aceptaba y aconsejaba la formación de agrupaciones gremiales de clase, sin intervención empresarial ni estatal.

Otro de los elementos más controvertidos de la enseñanza social de la encíclica resultaba ser su inseparable anticomunismo. El punto de partida negativo, del rechazo radical a los sindicatos y partidos políticos del espectro socialista o comunista, se incluía en la necesidad de detener la creciente «marea roja» que estaba descristianizando a los obreros. El fantasma del comunismo seguía recorriendo Europa, tal como habían asegurado cuarenta años atrás los fundadores del socialismo científico, originando coaliciones y conjuras en su contra. Entre las que el «Manifiesto comunista» de 1848 incluía al Papa y al zar, a Metternich y Guizot, a los radicales franceses y a los polizontes alemanes. Sólo cien años después, según veremos, el panorama había cambiado lo suficiente como para permitir el diálogo entre Cristo y Marx, la colaboración político-sindical e incluso la doble militancia de algunos católicos.

No es nada probable que León XIII se adelantase a su tiempo o fuese un demonio revolucionario, como creyeron algunos de sus contemporáneos más recalcitrantes que incluso se permitían rezar por la salvación de su alma. Pero no es temerario, ni mucho menos, considerar que trató de colocar a su Iglesia en un terreno más propicio, durante un período clave y todavía oportuno para tratar de recuperar el terreno perdido por los papas anteriores.

3

LA IGLESIA IMPOSIBLE

LOS PAPAS PLEBEYOS

Desde 1846 hasta la muerte de León XIII en 1903, el Vaticano estuvo monopolizado por dos hombres pertenecientes a la baja nobleza italiana, continuadores de la hegemonía anterior de este estamento. Después de ellos, con la salvedad del corto pontificado de Benedicto XV, hijo de marqueses por partida doble y último destello por tanto de la línea nobiliaria vaticana, se produce un recambio sociológico en los elegidos. La sede romana se la repartieron desde entonces papas no aristócratas de origen campesino-artesanal, como Pío X o Juan XXIII, de extracción funcionarial como Pío XII o Pablo VI, o un miembro de la clase media baja como Wojtyla. En estos supuestos las preferencias del Colegio cardenalicio se encaminaron hacia otras competencias pastorales o probadas excelencias diplomáticas, frente al poder de las familias que tradicionalmente aspiraban a colocar a sus vástagos en la silla pétrea.

Hablando en términos generales, puede afirmarse que a principio de siglo, con escasas excepciones, la vieja aristocracia había dado paso ya en la dirección de la sociedad a la burguesía enriquecida y a una primera generación pretecnocrática. La Iglesia se incorporaba también a este proceso, aunque de modo tardío y de manera insensible, reflejando en su tejido jerárquico los mismos resultados de la revolución social del siglo XIX.

Juan María Masttai (Pío IX) había nacido en Sinigaglia en el seno de una familia de la pequeña nobleza, mientras su sucesor Joaquín Pecci (León XIII) fue el sexto hijo de un hogar perteneciente a la baja nobleza. Por su parte, Giacomo della Chiesa (Benedicto XV) era hijo del marqués José della Chiesa y de la marquesa Juana Miglioreto. Desde que en sus familias fueron designados para el servicio religioso, se piensa en ellos como candidatos a los más altos puestos de la Curia. Su currículum eclesiástico se asemeja notablemente. Estudiantes en el Colegio Romano, más tarde Universidad Gregoriana, entran muy jóvenes con excelentes expedientes en la Academia de Nobles Eclesiásticos y presentan fulgurantes ascensos jerárquicos, siempre en el entorno vaticano en el que sus familias mueven influencias y relaciones.

Los papas «plebeyos», por el contrario, se distinguen de éstos no sólo por su procedencia social, sino por haber ascendido en la escala jerárquica gracias al apadrinamiento o la ayuda de algún obispo o personaje influyente, que los reconoce como auténticos descubrimientos. Destacan en el servicio pastoral, lo mismo en parroquias insignificantes que en diócesis de importancia (Venecia, Milán, etc.) y en nunciaturas de auténtica prueba (Varsovia, Berlín, Ankara, París, etc.), o en relevantes servicios diplomáticos jalonados de notables actuaciones internacionales. Algunos constituyen un caso de verdaderos papas-sorpresa (Pío X, Juan XXIII, Juan Pablo II, etc.), mientras en otros supuestos (Pacelli, Montini, etc.) su ascenso al solio estaba cantado y esperado de antemano.

La formación filosófico-teológica en estos papas no aristócratas suele ser inferior a la de sus colegas de la nobleza, salvo en los ejemplos reconocidos de Pío XII o Pablo VI. De todos modos, aunque en cualquier caso sea difícil ordenarlos en grupos ideológicos afines, lo más habitual ha sido una sucesión cíclica en la que cada pontífice se opone moderadamente a su predecesor, independientemente de la extracción social, la formación intelectual o la caracterización política que se le suponga.

Éste resulta ser el caso, precisamente, de José Sarto elevado al trono con el nombre de Pío X el 4 de agosto de 1903, siendo arzobispo de Venecia. El cónclave en el que fue elegido ha quedado como muestra de conflictos y tensiones, además de como modelo de injerencias políticas exteriores que hoy se considerarían intolerables, al menos en la forma pública en que se conocieron, pero que entonces estaban reconocidas e instituidas en el proceso electoral del papado. Durante cuatro días los prelados reunidos vacilaron entre el secretario de Estado, Rampolla, que hubiera sido el mejor continuador de la política moderada de León XIII, y la aceptación de las imposiciones del emperador de Austria del que se leyó una comunicación vetándole.

Otras presiones como la del gobierno francés jugaron también su baza en aquel escándalo del que, finalmente, resultó elegido un no papable inicial. La personalidad del sucesor, que se presumía habría de reaccionar contra las «veleidades» leoninas, resultaba por tanto del agrado de alemanes y austríacos. Sin embargo, el propio Pío X se ocuparía de modificar el reglamento del cónclave para evitar en el futuro el intervencionismo de los representantes de las potencias, al suprimir el derecho a veto de los Estados católicos.

Integrismo y discrepancia

Con Pío X se abatió sobre la Iglesia la pesadumbre de la cara B del ciclo histórico. No eran infundadas las alegrías de los imperios centrales al conocer su elección, fruto entre otras cosas de las gestiones oportunas del propio emperador Francisco José. Sin estar involucrado en las luchas internas de la Curia romana, el arzobispo de Venecia, no obstante, era sobradamente conocido por sus posiciones favorables a la recuperación del dogma y al mantenimiento de un orden social férreo.

Las tenues rendijas abiertas por León XIII, a pesar de su modestia, habían servido para provocar las furias del integrismo católico y despertar al sector más conservador de la Curia romana. El aperturismo, bien que moderado y tardío respecto a la general evolución social, había sido el coladero por donde afluyeron también los contenidos deseos de reforma de numerosos teóricos cristianos.

A principio de siglo, en vísperas del cambio de pontífice y de la caída de un nuevo ciclo regresivo, el panorama católico se encaminaba sin embargo con fuerza hacia propuestas de reforma de mayor alcance. En su dilatada historia la institución fundada por Jesucristo ha conocido constantes intentos de adaptación, purificación y cambio para poder sobrevivir a las convulsiones sociales más apremiantes. Cada vez que se hacía patente el peso de escandalosas desviaciones terrenales o resultaba insoportable la disfunción entre Iglesia y sociedad, la vena reformista aparecía encarnada en grupos o individuos, surgidos del mismo seno católico. Durante el siglo XIX, como hemos mencionado, el choque entre las nuevas ciencias positivas o los nacionalismos estatales europeos y la autoridad papal fueron el punto de enganche del espíritu renovador que se alojaba entre las filas de clérigos y fieles.

La lucha filosófica por primar la conciencia individual, la conquista de las libertades públicas o la actualización de las costumbres y la liturgia se enfrentaban a los argumentos de autoridad y al estatus adquirido por la Curia romana, durante siglos de estancamiento y privilegios nunca contestados. Al mismo tiempo el desarrollo de la participación política y la posibilidad de entrar en los procesos democráticos que estaba abriendo la revolución burguesa, chocaban con el *non expedit*, verdadero absentismo vengativo propugnado por el Vaticano.

Pero el programa de León XIII, a pesar de su tono conciliador, resultaba claramente insuficiente, sobre todo en la pujante vida política del Estado italiano. Numerosos autores «heterodoxos» surgieron del caldo de cultivo que permitió la leve apertura leonina. La mayor parte de ellos se miraban en el espejo próximo de los pensadores liberales católicos del período anterior: Lamennais, Döllinger, Montalembert, Ozanam, Dechamps y otros que en su época defendieron en las peores condiciones la necesidad de aceptar los aspectos positivos de la modernidad. En Italia la tarea más influyente, la del filósofo Antonio Rosmini (1797-1855) que estructuró en una acabada obra la necesidad de reconciliar la pastoral católica con el espíritu moderno, fue el frontón contra el que se estrellaron los primeros rigores antimodernistas.

La generación que toma el relevo durante los pontificados de León XIII y Pío X construye una auténtica edad de plata del pensamiento liberal católico, con mayor expresión en la acción política que en la formulación de grandes teorías filosóficas. No faltaban en ella miembros del Colegio cardenalicio o prelados como los titulares de las sedes de Capua, Cremona, etc. Pero la punta del movimiento la constituyeron, sin duda, una pléyade de autores y profesores eclesiásticos, nacidos a mitad del siglo XIX, que experimentaron en sus propias vidas las incertidumbres que reflejaban en sus escritos.

El movimiento que fue anatemizado como modernista tenía como denominador común los anhelos reformistas de todo un conjunto de teólogos, que de otro modo son difíciles de catalogar. Estas propuestas cristalizaron, sobre todo, durante el pontificado de Pío X, e incluían también fuertes controversias en materia de fe. Se intentaría colocar en su sitio respectivo a la creencia y la razón, separando una convivencia mal avenida con los avances y descubrimientos de las ciencias positivas. El rechazo a la caracterización teológica de la capacidad racional deductiva tenía como consecuencia la presentación de la revelación como única fuente de conocimiento religioso. El fideísmo y el tradicionalismo resultaban para los modernistas puntos de partida de las creencias, que no podían ser demostradas por procedimientos racionales. Toda la arquitectura teológica, basada en la posibilidad de llegar a Dios mediante los instrumentos del conocimiento, quedaba afectada en esta doctrina, que se hacía eco del agnosticismo de Kant.

Alfred Loisy (1857-1940), G. Tyrrell (1861-1909), Friedrich von Hügel (1852-1925), Romolo Murri (1870-1944) o Ernesto Buonaiutti (1881-1946) forman la primera línea del llamado modernismo católico de principio de siglo, el que provocó la reacción y el anatema del gobierno papal. Los miembros de este grupo pasaron por profundas crisis personales y por fases de duda e inseguridad en sus creencias, fruto de su inquietud intelectual o de la amplitud de miras con que se enfrentaban al mundo de comienzo del siglo XX. Todos también fueron acosados, de un modo u otro, por el Santo Oficio y en algunos casos excomulgados o separados de sus quehaceres sacerdotales y de la enseñanza.

Varios murieron, sin llegar a abjurar de sus discrepancias y sin reconciliarse con la jerarquía vaticana, en la seguridad de que la duda y el pensamiento crítico eran mejores armas para el futuro que el dogmatismo y la obediencia irracional. Su esfuerzo, en fin, se perdería en una maraña de incomprensión, olvido y conservadurismo impidiendo que la difusión y aceptación de sus ideas hiciera avanzar las posiciones católicas hacia lugares que indefectiblemente tenían que ocupar algunos decenios después.

La Iglesia, por su parte, también resultó afectada por el desarreglo. El rechazo de la cultura moderna alejada de lo religioso, ya iniciado en el *Syllabus*, donde se condena como tal al panteísmo, el naturalismo, el racionalismo, el socialismo y comunismo, el nacionalismo anticristiano, el estatalismo, la moral autónoma o el liberalismo y sus consecuencias, permaneció enquistado largo tiempo en la formación de sacerdotes. Varias generaciones de fieles quedaron también señalados por esta negatividad de lo actual, en la que la Iglesia desaprovechó una excelente ocasión de reconciliar, antes del Vaticano II, las creencias con la modernidad.

Caza de brujas

La pujanza del movimiento modernista entre los intelectuales cristianos, a comienzos de siglo, era lo suficientemente llamativa como para provocar la intervención de Pío X y cosechar las peores descalificaciones, al alcance del nuevo pontífice. Desde el mismo año de su elevación están registradas inequívocas y drásticas condenas personales o globales del modernismo católico y de sus integrantes. La primera década del siglo contempla la introducción en el índice de las obras de Alfred Loisy (1903) y su posterior excomunión en 1908. También la excomunión de Murri, en 1909. Son también los años de mayor actividad represiva de las distintas comisiones vaticanas encargadas de velar por el dogma y su correcta difusión. Visitas apostólicas e intervenciones continuadas de la Comisión bíblica con un acentuado conservadurismo señalaban el cambio de agujas en la ruta romana.

En 1907 verían la luz también la encíclica antimodernista *Pascendi* y el decreto *Lamentabili*, considerados como un nuevo *Syllabus*. La enseñanza papal identificaba al modernismo con el conjunto de todas las agresiones infringidas al dogma y a las creencias tradicionales, en el período contemporáneo. La encíclica se preocupaba de instituir un sistema burocrático «sanitario» encaminado a impedir que las nuevas ideologías penetraran en seminarios, congresos o publicaciones eclesiásticas. Se instituyó la fórmula del juramento antimodernista, obligatorio para los aspirantes de sacerdotes, que permaneció vigente hasta 1967. La labor policial se completaba con la creación de comisiones especiales diocesanas para rastrear los indicios de modernismo, en los mismos lugares y momentos de su aparición.

A la publicación de la *Pascendi* siguieron una serie de medidas y renovadas invectivas contra el pensamiento modernista. La depuración del profesorado universitario o de los seminarios, la severa censura y retirada de libros o publicaciones sospechosos fueron acompañadas del más férreo control apostólico sobre las diócesis y la pastoral cotidiana. En los años veinte Ernesto Buonaiutti, principal animador del modernismo italiano, era anatemizado en repetidas ocasiones, excomulgado y separado de su cátedra universitaria, por sus críticas a la doctrina antimodernista y sus protestas de falta de comprensión.

El ambiente de recelo alcanzaría también a las altas jerarquías y daría nuevas alas al integrismo vaticano, fielmente representado por el secretario de Estado Merry del Val y otros personajes del entorno de Pío X. Desde las oscuras telarañas de la Curia se protegieron las actividades de una especie de oficina de asuntos internos, creada por el cardenal Benigni con el objeto de conducir una auténtica caza de brujas entre los propios prelados. Esta organización secreta, denominada «Sodalitium Pianum», mantenía línea directa informativa con el Papa constituyendo la punta de lanza del integrismo vaticano. Se duda sobre sus verdaderas intenciones y sobre el peso que pudo tener en las decisiones más comprometidas de Pío X, pero se sabe del apoyo recibido de éste y de su contribución al ambiente de suspicacias y temores creado en las primeras décadas de este siglo.

Liturgia y apariciones

Las innovaciones papales fueron también notables en el campo disciplinar o en el de la exégesis bíblica. Los trabajos para la promulgación del Derecho Canónico, concluido por Benedicto XV, y la reforma de la Curia se unieron a la creación del Instituto Bíblico o a la edición crítica de la Vulgata. No obstante, un papa con determinadas carencias filosófico-teologales hubo de verse más inclinado a fortalecer la ortodoxia mediante la multiplicación abrumadora de las actividades pastorales o el aumento de la piedad cotidiana, que con la profundización y puesta a debate de los problemas de fe y doctrina.

Por estas razones, el intento de robustecer el ánimo de los creyentes se encaminó hacia la recomendación de frecuencias sacramentales, en especial la comunión. Sobre una normativa obligacionista de cumplimientos mínimos y amenazas escatológicas, centrada en torno a la misa como ceremonia principal de la cotidianeidad católica, se trataría de nuclear una vida piadosa de creencias dogmáticas carentes de cualquier posibilidad crítica. Entre éstas, seguía imperando una fe de certezas que excluía cualquier compatibilidad con la duda.

En los países más favorables al mantenimiento de relaciones preferentes con Roma se introdujo mediante concordatos bilaterales, a través del modelo educativo, una enseñanza basada en los mismos principios. La extensión y popularización de los catecismos, con su sonsonete repetitivo y acientífico, hacían posible que los niños crecieran en un ambiente dogmático y se preparasen para militar en una religión autoritaria, más de practicantes que de creyentes.

En ella la piedad se transformaba en un ritual complejo y reverencial, que servía más para defender una determinada doctrina que para hacer explícita la fe. Que estaba expresado en una lengua incomprensible para una mayoría de fieles, que sin embargo aceptaba y asimilaba el etiquetado sin pregunta alguna. Uno de los pilares de este sistema lo constituyó la confirmación de las prácticas tridentinas, entre ellas la marginación de la Biblia, en favor precisamente del doctrinarismo catecismal y de la repetición automática e intensiva de actos litúrgicos.

De este modo, Pío X, al incrementar la participación popular en los actos religiosos y al señalar la comunión o la misa dentro de un aparato ceremonioso y solemne como únicos vínculos oficiales con el Dios de los católicos, es el verdadero precursor de la liturgia posterior que mantuvo su vigencia hasta los años del Vaticano II. Con él se abren los tiempos y la posibilidad de las consagraciones nacionales al Sagrado Corazón de Jesús, de los congresos eucarísticos, de la acentuación de la piedad doméstica, rezos de rosario, primeros viernes, hermandades, adoraciones diversas, etc. Constituía una fórmula ambiciosa que iría tomando cuerpo con pontífices sucesivos proponiendo una mayor catolicidad de la vida pública o privada de la sociedad y sus miembros, y tratando de incorporar a los laicos a una mayor vivencia del dogma y las directivas vaticanas.

Sus antecedentes hay que situarlos, una vez más, en la segunda mitad del siglo XIX. Desde el complejo de las apariciones marianas, primero en Lourdes en 1858 y luego en Fátima en 1918, hasta los espectaculares Congresos Eucarísticos Internacionales, toda una programación de devociones, exposiciones y cumplimientos se organizan y dirigen desde el centralismo romano. Octavas y novenas, medallas y escapularios, reliquias y devocionarios van hilvanando el ensamblaje fosilizado de una religión meramente litúrgica y vacua. Sobrada de escenografía y panoplia, o aderezada con convulsiones pietistas, la representación cristiana fue puesta en entredicho ya en los años cincuenta por los círculos católicos más inquietos.

La pastoral excluyente del que luego sería San Pío X y su decidida vocación fundamentalista volvieron a enfrentar a la Iglesia con las principales fuerzas progresistas, dentro y fuera del cristianismo. Los más intransigentes vieron llegada su hora, después de la zozobra del período de León XIII, y la aprovecharon para volver a cerrar con siete llaves el baúl católico. La intolerancia frente a la modernidad, la sospecha ante todo lo que resultara nuevo y la indestructible censura redujeron la capacidad de pensamiento de toda una generación de seminaristas y militantes laicos. El desmantelamiento y la condena de las voces disidentes, incluso de las más moderadas y aprovechables, reprodujo los peores momentos de la gestión antimodernista de Pío IX.

Sofocando las más elementales inquietudes y apabullando con citas de autoridad las conciencias católicas en los últimos años del reinado de Pío X, Roma consiguió mantener inerme el bloque de sus fieles. Pero de ningún modo solucionar los graves problemas que ya estaban presentes en la semilla cristiana. Como opinan diversos autores, el Vaticano II al reproducir una buena dosis de las controversias reprimidas a principio de siglo por el autoritarismo papal, demostraría que el dogmatismo no era el mejor consejero para encontrar salidas a la presión de la olla católica.

El Estado vaticano retrocedió también en el contexto internacional. Retraso del que no pudo salir, a pesar de la incansable labor de la diplomacia romana durante la Primera Guerra Mundial y que quedó perfectamente representado en la total exclusión de la Iglesia católica en las negociaciones de posguerra. La creación años más tarde de la Sociedad de Naciones, órgano de arbitraje para preservar la paz mundial, fue interpretada por los órganos de la Curia como un ataque a las prerrogativas de mediación que antes se encomendaban con frecuencia a los papas.

Pero no eran sino fruto de la pérdida de credibilidad o de la misma incapacidad de la Iglesia para proveer su adaptación a un mundo que evolucionaba con inusitada rapidez, para el ritmo pesado y a menudo reaccionario de los pontífices. De otro lado, la política concordatoria, en especial la establecida con los regímenes fascistas, tampoco serviría para acreditar internacionalmente a Roma y sí, en cambio, para otorgar a aquéllos un reconocimiento de peso muy necesario ante sus propios súbditos.

De acuerdo con nadie

Benedicto XV gobernó la Iglesia entre 1914 y 1922, fecha de su muerte. Se trata por tanto de un corto reinado en el que sin embargo el dramatismo de una guerra de alcance no conocido hasta entonces sorprendió a los países europeos. En 1914 estaban a punto de cumplirse cien años desde Waterloo y casi cuarenta y cinco de la anterior guerra francoprusiana. Las naciones avanzadas del continente habían desarrollado un modelo de convivencia interna, inestable y complejo pero duradero en el que destacaban las buenas relaciones entre dos adversarios históricos de larga duración como eran Francia e Inglaterra.

Sin embargo, durante ese período una serie de elementos de alcance y poder no calculados se habían acumulado en las sociedades europeas. Por un lado, el progreso del nacionalismo en Centroeuropa amenazaba la vieja carcoma de los imperios centrales y el agonizante reducto turco. Por otro, los avances organizativos y la fuerza reivindicativa del movimiento obrero pedían con urgencia un lugar en la historia. Al término de la contienda los dos podían mostrar, entre la ruina y la sangre de los campos, buenas pruebas de su nueva situación.

Los católicos, igual que sucediera con los socialistas que rompieron su solidaridad internacional, se dejaron arrastrar por el incendio patriótico cabalgando en los carros de sus naciones, tras desoír las voces neutralistas de Roma. Cada bando en liza pretendió tener razón y defenderse del adversario agresor con una guerra justa, lo cual redujo a la nada los esfuerzos pacificadores del nuevo papa.

Benedicto XV fue elegido pontífice en los primeros días del mes de septiembre de 1914, es decir en el primer verano de la guerra de 1914, que había estallado a finales de julio. Su elección, por tanto, estuvo condicionada por los acontecimientos bélicos y, en especial, por la repercusión que éstos podían tener en la vida de la Iglesia. La realidad del conflicto se vino a sobreponer, durante el cónclave, a los problemas suscitados por el rearme integrista dentro de la Curia, que había sido facilitado durante los años de Pío X. Tal vez por eso, desde el primer momento el cardenal Della Chiesa, prelado boloñés, empezó a recoger votos por delante de los demás candidatos.

El futuro papa había sido discípulo y protegido del cardenal Rampolla y se le consideraba admirador y continuador de la línea diplomática aperturista de León XIII. Su paso, como sustituto, por la Secretaría de Estado, de la que fue apartado por sus claras divergencias con el titular Merry del Val, garantizaba también su conocimiento de las necesidades diplomáticas en aquel delicado momento. Fue, por tanto, una elección táctica que buscaba un hombre para la mediación en las cancillerías europeas y del que se esperaba, dado su talante flexible, un moderado equilibrio en la defensa de los intereses internacionales del Vaticano.

Los años iniciales de su pontificado, hasta que se firmó el armisticio, los dedicó Benedicto efectivamente a desarrollar diversas iniciativas encaminadas al fin de las hostilidades. Su primer documento público fue un llamamiento dirigido en favor de la paz y uno de sus más acertados nombramientos fue el de Gasparri, en la Secretaría de Estado, tratando de recuperar el tono de los años de León XIII. La labor de la Secretaría se enderezó en exclusiva a proponer diversas formas de diálogo y planes de paz, que fueron rechazados por ambos bandos en todos los casos.

Las diversas exhortaciones, encíclicas, cartas o recomendaciones personales lo mismo del Papa que de sus colaboradores, apenas tuvieron eco en los beligerantes. Por el contrario, lo mismo los países de los imperios centrales (Alemania y Austria) que los aliados (Francia, Gran Bretaña, Rusia o Serbia, a los que se unieron luego Italia y Estados Unidos), convencidos de sus justos derechos, acusaban a Roma por sus iniciativas pacifistas o le instaban a condenar al enemigo. En 1915 el Papa consideró un fracaso de la diplomacia católica la entrada en guerra de Italia y en 1917 vio cómo era rechazada una calculada oferta de mediación vaticana.

La reacción adversa de la opinión pública, incluso la católica, a estos intentos provocaría una inmensa decepción en el Vaticano. El clero y los fieles «nacionales» se incorporaron a las protestas de sus gobiernos contra el pacifismo benedictino. La prensa italiana resucitó las furias anticlericales del *risorgimento* y en Francia, nada menos que desde el púlpito de Notre-Dame, se desautorizaron las recomendaciones neutralistas del Papa. Roma era acusada de estar al lado de los imperios, donde el absolutismo y el principio de autoridad eran los rectores de la vida política.

Los germanófilos se alzaron también contra las protestas encendidas del cardenal belga Mercier, protegido del Papa, quien sin embargo no quiso hacer pública su condena por la ocupación de la Bélgica neutral. De este modo Benedicto XV anticipaba el dramático papel que un sucesor suyo, Pío XII, no iba a tardar en repetir. Incapaz de discernir con claridad en lo que más tarde sería teorizado como «guerra justa», el Papa se aferraba a los principios de imparcialidad estricta que León XIII había diseñado en el momento de reconocer la no maldad intrínseca de los Estados.

El balance de los intentos pontificios no puede calificarse sino de negativo en los aspectos diplomático y de presencia internacional de la Santa Sede. La frustración papal le llevó a mantenerse en silencio desde el verano de 1917, una vez que aceptó la absoluta imposibilidad de ser oído en los foros europeos. Desde entonces su actividad en favor de la paz se redujo a algunas gestiones diplomáticas discretas y esporádicas conversaciones privadas. El Vaticano salía de la Primera Guerra Mundial con algunos jirones más en su añoso sayal y veía cómo en las conversaciones de paz de 1919 se configuraba un nuevo mapa de Europa, sin tener en cuenta sus criterios y sin su participación.

No obstante, alguna compensación obtuvo la Iglesia católica en aquellos países en que los fieles y el clero, marginando al Vaticano, habían unido sus esfuerzos a la lucha común contra el enemigo. Lo mismo en Francia que en Alemania o Italia, pero sobre todo en la primera la imagen pública de los creyentes sufrió un positivo cambio de signo. Los católicos alemanes e italianos, con sus prelados en primera fila, se sumaron sin recelo a los esfuerzos nacionales. Desaparecía así la anterior fuerza opositora del clero romano a los Estados respectivos. Mientras en Alemania se disipaban con este apoyo los últimos resabios del *Kulturkampf*, en Italia no menos de 25.000 eclesiásticos eran movilizados, como soldados y capellanes, en los años de guerra. En 1916 además un reconocido católico, Filippo Meda, aceptaba un puesto en el gobierno de concentración.

En cuanto a Francia, la posición papal de neutralidad no pudo impedir que al menos diez mil sacerdotes se incorporaran al ejército galo, también como soldados o capellanes. Un ejército que contaba entre sus filas con cientos de miles de bautizados y que vio instituirse muy pronto la figura del sacerdote militar. Las leyes laicas y el anticlericalismo tradicionales se resintieron en el país de la revolución e incluso el católico Cochin formó parte de uno de los gobiernos del período bélico.

La guerra defensiva unió a los franceses de cualquier credencial espiritual en la defensa del territorio. El drama y el dolor de la contienda fructificó en una solidaridad nacional, por encima de las confesiones y creencias, no conocida desde los tiempos del imperio. Ello facilitó sin duda el restablecimiento de relaciones entre París y el Vaticano (1921) y una mayor flexibilidad en las relaciones recíprocas.

4

«LO QUE DESATAREIS EN LA TIERRA»

El culto al Estado

En uno de esos acelerones esperpénticos de la modernidad el mundo se encontró al filo de los años veinte con el despertar del fascismo como organización política. Algo que siempre ha estado latente y adormecido en la cultura política europea. La estructura ideológica del fascismo contiene elementos del nacionalismo decimonónico, fragmentado en la lucha contra los imperios durante la guerra de 1914 o en el forcejeo con las organizaciones obreras.

Pero el nacionalismo que adoptaron los partidos del nuevo orden europeo se diferencia sustancialmente del abrazado por el liberalismo de la construcción de las naciones. El culto al Estado, al orden unitario, a la fuerza física o a la violencia militar se sumaban en los fascistas al odio a la individualidad y al librepensamiento, a la indiferencia cultural y religiosa o a la saña persecutoria contra los obreros organizados en el socialismo, comunismo o anarquismo de principio de siglo. El sentido de universalidad predicado por el romanticismo del siglo XIX en su llamada a la solidaridad contra los privilegios del Antiguo Régimen, se sustituye ahora por el racismo, la afirmación del derecho imperialista y la alianza con las fuerzas sociales más reaccionarias para detener el peligro comunista.

El caldo de cultivo sociológico en el que emerge el fascismo es sobre todo la gran mesocracia (funcionarios, empleados, pequeños burgueses y campesinos acomodados) que incluye un conglomerado de capas sociales medrosas y mezquinas. Sus componentes odian a la aristocracia y sienten envidia del triunfo burgués, pero están sobre todo aterrorizados por el espectro de la revolución socialista. Este conjunto desclasado y carente de señas de identidad históricas encuentra en el programa nazi-fascista de los años veinte y treinta el asidero que garantizará la defensa de sus propiedades, la continuidad de un orden social o cultural mediocre y ramplón, el aniquilamiento de las expectativas revolucionarias y tal vez la salida de la crisis económica, que les acosa desde 1929.

En este plano las masas católicas europeas de principio de siglo constituían un excelente mercado para las ambiciones políticas del fascismo. Su relativamente cómoda situación socioeconómica, su estricto sentido del orden establecido y la incapacidad en que la doctrina vaticana las mantenía para entender los problemas del mundo, desde una perspectiva no dogmática, las convierten en admiradoras convictas y confesas de los intentos de los Mussolini, Hitler, Dollfus o Franco.

Pero esta complicidad por abajo no era sino el reflejo de otra connivencia más grave: la de la jerarquía papal que no reaccionó, o lo hizo tarde y mal, frente al totalitarismo de cuño capitalista, enfrascada como estaba en la constante condena de sus tradicionales adversarios: el liberalismo y el comunismo. Ceguera que, no obstante, no impedía ver las ventajas que podía reportar a la Iglesia apoyarse en un sistema rígido, intolerante y autoritario que se realizaba en lo político precisamente mediante la represión tanto del liberalismo como del socialismo. Una vez más los pliegues de la tiara se inclinaban hacia el lado más conveniente, pensando que aquella reacción contra el orden revolucionario no podía sino reportar beneficios a quien llevaba decenios luchando por la rigidez, la autoridad y el dogma. Roma actualizaba el benéfico monopolio atando y desatando en la Tierra lo que le gustaría ver atado o desatado en el Cielo.

Después de la Primera Guerra Mundial el Vaticano se lanzó a una campaña de aceptación de los poderes establecidos, para lo cual se utilizarían las ideas y enseñanzas de León XIII respecto a la relación Iglesia-Estado. Este Papa había mostrado en sus encíclicas una moderada disposición a aceptar las formas de gobierno nacionales, siempre que no atentaran al modelo de justicia social y política definido por la Iglesia y se mostraran respetuosos con los derechos de los católicos.

Según esta suerte de neutralismo político, los creyentes podían optar entre la participación tibia o el indiferentismo público pero nunca por la incorporación de los ideales religiosos a la vida política. De hecho la doctrina de León XIII no buscaba, ni alcanzó a formar, una auténtica conciencia política entre los católicos. Por el contrario, incluso se preocupó de marcar las distancias con los programas ya definidos por los pensadores de la democracia cristiana. El acabado formal de esta opción no podía ser otro que la concordia bilateral con los Estados de posguerra, tratando de precisar en sendos concordatos las funciones, derechos y deberes recíprocos entre Iglesia y gobierno.

Esta actitud del Vaticano hubo además de ser equilibrada con desautorizaciones a derecha e izquierda y con concesiones en el plano político que dejaron una vez más fuera de juego a toda la masa electoral católica. La responsabilidad de Roma en este desarme político debe ser examinada, sobre todo en los casos de Italia y Alemania, a la luz del ascenso de los fascismos. La aplicación de un modelo neutral en la Europa de los años veinte, en pleno fervor totalitario, se mostraría peligroso y colaboracionista. De este modo la incapacidad política de Roma y su acatamiento de los nuevos regímenes fueron, sin duda, factores de gran ayuda para la toma del poder por los dictadores.

Reinado universal

El antiguo bibliotecario del Vaticano, Aquiles Ratti, fue elegido Papa de forma inopinada el 6 de febrero de 1922, después de uno de los cónclaves más disputados que se conocen con más de catorce escrutinios. Su elección fue el resultado de múltiples factores entre los cuales destacaba el carácter de compromiso adquirido por los grupos de la Curia al final de las votaciones. Frente a la posibilidad de continuismo de la labor aperturista de Benedicto XV, representada por los cardenales Maffi y Gasparri, o la supuesta involución en favor de los ideales de su antecesor Pío X, por la que se pronunciaban Merry del Val o La Fontaine, el cónclave optó por lo inesperado.

La personalidad del pontífice, llamado a dirigir la Iglesia en las dificultades de entreguerras, era escasamente conocida a comienzo de su gestión. Sin embargo los que habían propugnado su nombre, como solución transitoria, sabían de su probado antiliberalismo y antimarxismo o de su talante autoritario. En el momento de ser elegido seguiría el tópico cuasi establecido de aceptación con pesadumbre. Pero una vez revestido con el mistérico vigor del papado, sorprendió a todos en su primera actuación pública: en lugar de impartir la bendición papal en los recintos interiores, por primera vez desde 1870, el nuevo pontífice se asomó al gran balcón que daba a la plaza de San Pedro. Desde allí perdonó a Italia y bendijo *Urbi et Orbi*.

El espectacular gesto del papa Ratti no correspondía a una casualidad sino a una decisión meditada reflejo de una actitud frente a la persistencia de la cuestión romana, es decir del desacuerdo entre el Vaticano y el gobierno italiano para la liquidación del contencioso que les enfrentaba desde 1870. La elección papal había tenido lugar pocos meses antes de la toma del poder por el fascismo mussoliniano, realizada en octubre del mismo año. Su formación e ideología tributarias de los ambientes conservadores lombardos se habían consolidado en sentido anticomunista después de su nunciatura en Varsovia, adonde fue enviado en 1919. Allí, la convivencia con el gobierno del dictador polaco Pilsudski despertó en el nuncio Ratti una abierta devoción por los métodos autoritarios aplicados a la vida política. E incluso el clima nacionalista, en que Italia se había visto envuelta durante la contienda europea y que ahora pretendía monopolizar el nuevo régimen, le empujaban a seguir sus pasos con simpatía.

Sin embargo, su disposición a mejorar las relaciones con el Estado y a jugar fuerte la carta de la solución romana encajaban perfectamente en el modelo conciliador de los papas aperturistas (León XIII, Benedicto XV, etc.) y en el gran proyecto de recuperar para la Iglesia el protagonismo internacional perdido. Razón por la cual mantuvo a Gasparri en la Secretaría de Estado y dejaría en manos de hábiles negociadores (los jesuitas y el hermano del cardenal Pacelli) las conversaciones con el fascismo.

En esta primera fase de continuismo con las actitudes precedentes, Pío XI trataría de hacer sentir el ya escaso peso internacional del Vaticano en el diseño del orden de posguerra. Sin embargo, las conferencias de paz rechazaron casi todas las sugerencias de la diplomacia romana, entre ellas las condiciones para reconocer al nuevo régimen soviético. Otro de los fracasos del nuevo pontífice fue el del intento de moderar en la grave cuestión de las reparaciones de guerra, causa posterior de conflictos.

La frustración creada por el nuevo orden internacional entre la Curia romana se intentaría atajar con una programación de alto vuelo nunca proyectada hasta entonces. Pío XI tardó casi once meses en publicar su primera encíclica. El tiempo necesario para constatar la realidad del irrelevante papel internacional de la Iglesia y la pérdida de influencia en el concierto mundial de la doctrina papal. Precisamente para contrarrestar estos factores, tras la toma de conciencia de la paupérrima realidad, el 23 de diciembre de 1922 aparece la *Ubi arcano*.

Este documento cierra el período de tanteo y el intento de conciliación del nuevo Papa, en el que se utilizaron los recursos de la administración anterior antes de romper con las posibilidades de acercamiento a las potencias surgidas de la guerra. A partir de la *Ubi arcano*, por el contrario, se inaugura un nuevo periplo de fundamentalismo cristiano cuyas líneas clave se perfilan en la propia encíclica. En primer lugar se realiza una severa crítica del nuevo orden internacional con condenas explícitas al «inmoderado nacionalismo», que se supone representado en la recién creada Sociedad de Naciones. A esta admonición se suma el rechazo a las luchas entre partidos, clases o Estados. La pérdida de la paz y el sosiego, tanto individual como familiar, se achacan al alejamiento de Dios observado en el mundo moderno. Incluso las modas, los bailes o la degradación del lenguaje, tratados como otros tantos hijos espúreos del afán de novedades, encuentran su lugar en la condena papal.

La encíclica rompe claramente con el moderantismo del papado anterior y recupera el lema de Pío X, tratando de instaurar un reinado universal de Cristo por encima de las realidades políticas establecidas. Se contrapone la sociedad actual con la religiosidad medieval, en una de tantas traslaciones idealistas, poniendo como modelo de concordia internacional el de una hipotética sociedad de naciones de la cristiandad. El cristianismo como fórmula de concordia y de armonía institucional cubriría y abrazaría, en el lenguaje de la encíclica, a todas las naciones. Esta oferta sería completada años después con una nueva programática, la encíclica *Quas primas* de 1925, que instituía la fiesta de Cristo Rey y proclamaba sin más el reinado de Jesucristo en la tierra. Un auténtico régimen de cristiandad, que en algunos lugares como España se completaba con elementos recuperados de la doctrina de León XIII, en un «reinado social de Jesucristo».

Este nuevo documento trataba de conciliar, con alguna dificultad teológica, la posibilidad de la potestad universal de Cristo sobre la Tierra, acogiendo a todos los cristianos por encima de las diferencias nacionales y de las fronteras de los Estados. Consciente de la intemporalidad del programa cristiano, la encíclica, sin embargo, sorteaba tamaña dificultad proponiendo el reconocimiento explícito de la realeza de Cristo y los efectos de su poder espiritual como lenitivo para restablecer la paz y la concordia.

Se trataba por tanto de que los Estados y sus gobernantes asumieran este reconocimiento expresándolo en un modo cristiano de gobernar. Por su lado, los gobiernos que hicieran aceptación pública de esta doctrina quedaban investidos de una autoridad moral y espiritual directamente avalada por la indiscutible potestad divina. De este modo se producía una recuperación de la teoría del poder vigente en el Antiguo Régimen, según la cual el rey era depositario del mandato celestial de gobernar. Una nueva alianza entre altar y trono asomaba así entre las zozobrantes repúblicas burguesas, que muy pronto iban a ser conmovidas por otra amenaza más rigurosa: la que proponía la vía fascista.

Mientras tanto la alianza se fue sellando entre grandilocuentes ceremonias, celebradas al unísono por la Iglesia y el Estado, con el nombre de congresos eucarísticos. A imitación de las concentraciones obreras o los desfiles de masas del fascio, los congresos utilizaban el aparato propagandístico de la época buscando efectos especiales como la presencia de reyes y gobernantes. En ellos, para contrarrestar los efectos del laicismo en la sociedad moderna, se consagraban las naciones a Cristo Rey con actos en los que monarcas, príncipes y estadistas hacían gestos de obediencia formal.

Pero la ofensiva del catolicismo oficial de entreguerras resultaba en exceso agresiva, incluso para la época fluctuante en que se producía. No era otra cosa, como hemos dicho, que un intento de imposición integrista de remedios ya fracasados en anteriores pontificados, que además negaba a la sociedad de su tiempo la capacidad de sobrevivir o mejorar sin aplicar soluciones cristológicas medievales. En este sentido, era una evidencia de que se conocían mal los problemas políticos de los siglos medievales y se desconocían, más aún, los principales rasgos que definían la evolución de las sociedades actuales.

La deformación, como historiador de escuela antigua del papa Ratti, y su posterior experiencia personal en los países del este europeo no le habían servido para entender las señales de los nuevos tiempos y sí para enfrascarse en un fundamentalismo trasnochado. El intento de crear un evangelismo político sería aprovechado finalmente como fachada por algunos gobernantes, que utilizaron la ingenuidad papal como llave de crédito ante sus súbditos más confiados. Mientras, en una sociedad que cambiaba siguiendo un ritmo laico y en el que el absentismo religioso ganaba terreno constantemente, las posiciones intransigentes procuraban un mayor aislamiento a la Iglesia y a sus jerarquías.

El ejército católico

El Papa y los componentes de la Curia eran conscientes de las dificultades reales para llevar a cabo el ambicioso plan previsto en las encíclicas. Sin una lucha incruenta pero tenaz y vigorosa, el triunfo del reinado de Cristo, es decir, la cristianización de la sociedad moderna, carecía de posibilidad alguna. En un mundo en el que las ideologías encarnaban o se agrupaban en organizaciones combativas y con gran capacidad de proselitismo, la doctrina que se trataba de imponer debería de contar con un verdadero «ejército», si quería dejar de ser sólo una intención.

Para ello la misma encíclica señalaba en la dirección adecuada. El apoyo a la militancia cristiana a través de la Acción Católica se convirtió en uno de los objetivos prioritarios del Papa. Como instrumento de penetración de las consignas vaticanas, la Acción Católica resultaba muy superior al papel que podía desempeñar el Partido Popular y cualquier otro de características autónomas respecto a Roma. Pío XI fue el Papa de la Acción Católica a pesar de que sus primeros pasos databan de los años del pontificado del décimo de los Píos. Pensada como un movimiento para incorporar a los laicos a la labor pastoral, el papa Ratti la convirtió en la «niña de sus ojos» y en cobijo para los que «deben luchar bajo las banderas de Cristo rey». Es decir en herramienta para el control doctrinal de la sociedad que estaba siendo acosada por un laicismo, definido en la *Quas primas* como erróneo y criminal.

El absolutismo romano encontraría en la Acción Católica, durante casi cuarenta años, la mejor plataforma para asegurarse que las «misiones interiores» en el seno de la descristianizada sociedad occidental llevaran el carisma de las órdenes y las autoritarias consignas de la Curia. Sin embargo, la amplitud y complejidad del movimiento creado en torno a la Acción Católica y su propia vocación social terminarían por hacer imposible su control totalitario desde Roma, como luego veremos.

Mientras tanto, en los años de entreguerras sobre todo, este organismo habría de ser el vehículo por el cual la jerarquía trataba de sujetar las peligrosas autonomías de otras organizativas católicas. No es de extrañar, por tanto, que en algunos países su implantación encontrara ciertas resistencias y temores. De modo especial en Alemania o en la propia Italia, la labor de la Acción Católica vino a interferir gravemente en la trayectoria de otros movimientos católicos, en el campo político o sindical, siendo culpable de una dispersión de fuerzas que favoreció la implantación de los fascismos. Esta dispersión y la falta de apoyo de la Acción Católica a los partidos confesionales (el Popular en Italia y el Zentrum en Alemania) se interpretaba como el deseo de la Curia a la desaparición de éstos.

Pero al mismo tiempo, si en los países de régimen totalitario la Acción Católica se vio obligada a soportar fuertes presiones y duras condiciones, en otros como Francia o Bélgica tuvo una evolución destacada y hasta cierto punto sorprendente. El movimiento, que el propio Pío XI definiría como la «participación de los seglares en el apostolado jerárquico», se organizaba pronto en ramas especializadas entre los jóvenes y los obreros. La más conocida de ellas, la JOC belga (Jeunesse Ouvriére Chrétienne), fundada por el sacerdote Cardijn en 1924, sirvió de modelo a una rama semejante francesa de 1926 y en la posguerra de los años cuarenta se extendió por todo el mundo católico.

El pactismo de Pío XI

Los regímenes totalitarios llegaron a tiempo de acogerse a los beneficios de la doctrina papal, aprovechándose de ella a través de los concordatos firmados en los años anteriores a la guerra mundial, o en los posteriores como fue el caso español. De las concordias firmadas por el Vaticano, en aquellos años, la más importante fue sin duda la efectuada con el régimen de Mussolini, ya que se llevó a cabo en el marco de una solución a la cuestión romana.

El problema de la ubicación del Vaticano en el territorio italiano, como hemos mencionado en distintas ocasiones, había sido el gran escollo para el mutuo reconocimiento de ambos poderes, desde que en 1870 la ciudad de Roma y los edificios propiedad de la Iglesia fueran ocupados por las tropas. Mientras existió un sistema de gobierno liberal, el Vaticano no encontró nunca campo de maniobra suficiente para llegar a un acuerdo, con un Estado del que el Papa se seguía considerando prisionero. Algunas gestiones llevadas a cabo en los meses de la primera posguerra se habían estrellado en la propia intransigencia del titular de la corona, Víctor Manuel III. En otros momentos las exigencias pontificias, que los liberales consideraban inaceptables, impidieron cualquier tipo de acercamiento.

En cambio, en el período de agonía del régimen liberal y la implantación de la dictadura de Mussolini fue cuando surgieron las condiciones adecuadas, en uno y otro bando, para llegar a una solución aceptable por ambas partes. El gobierno fascista, al que asistían poderosas razones políticas para dar el primer paso, realizaba los sondeos iniciales con representantes oficiosos vaticanos a finales de 1926. Desde esa fecha hasta la firma de los convenios, en 1929, transcurre un largo período de tensa negociación, en el que con frecuencia hubo amenazas recíprocas de ruptura.

Por último, los pactos lateranenses rubricados el 11 de febrero de 1929 en el palacio de Letrán sellaban el mutuo reconocimiento de los dos poderes, cerraban la cuestión romana y dotaban al Vaticano del estatus territorial y de la jurisdicción actual. Los pactos incluyeron un tratado, en el que el gobierno italiano reconocía al Estado de la Ciudad del Vaticano, situado en un pequeño territorio en torno a los palacios vaticanos. El Papa es el soberano de este Estado y de algunas otras propiedades eclesiásticas, en suelo italiano, que se consideran dotadas de inmunidad fiscal y territorial. Se reconocía también la nacionalidad vaticana para los habitantes del pequeño Estado.

Las cuarenta y pico hectáreas, sobre las cuales Pío XI era reconocido propietario y administrador, no tenían comparación alguna con la anterior extensión de los Estados Pontificios. Sin embargo, desde la caída de 1870 la Iglesia había tenido tiempo para asimilar y convencerse de que la pérdida territorial era inevitable y definitiva. Las alusiones del Papa, tras la firma, a la riqueza artística y espiritual que le restaba a la Iglesia o al ejemplo de la pobreza material de San Francisco, no eran sino el resorte moral para que el catolicismo recalcitrante se ayudara a pasar el trago.

De otro lado, el tratado compensaba al papado con algunas concesiones jurídicas y monetarias. La religión católica se proclamaba como la única del Estado italiano. Las jerarquías católicas gozarían de privilegios jurídicos y fiscales y fueron reconocidos, a los representantes vaticanos, los derechos de diplomaturas normales. El Estado proveía y facilitaba las comunicaciones del Vaticano con Italia y el resto del mundo, quedando garantizadas su total soberanía en materia de concilios, cónclaves y otras reuniones. También la figura del Papa quedaba protegida, encomendándose a la justicia del Estado la persecución de los delitos cometidos contra su persona en territorio italiano. Del lado crematístico, la Santa Sede recibía una compensación apreciable: un billón de liras en bonos del Estado y otros 750 millones en efectivo. Con estos últimos, poco después, se pondría en marcha la Radio Vaticana. Eran las primeras piedras de un Estado soberano, insondable y lleno de secretos, cuyos presupuestos y cuentas se ocultan como vergüenzas o tesoros.

Uno de los aspectos del documento que habría de crear mayor tensión entre Iglesia y Estado fue el de la relegación de la Acción Católica a meras actividades religiosas, marginándola específicamente de cualquier trance político. El vivo interés del fascismo para reclutar y «educar» a las juventudes, chocaba con el programa vaticano de movilización de los laicos, en especial adolescentes, que ya hemos mencionado. La rivalidad entre los «balillas» (juventudes fascistas) y las asociaciones católicas, únicas autorizadas fuera del régimen, desembocaría en frecuentes agresiones y altercados.

Fascismo lateranense

Sin embargo, Pío XI, en algunos momentos de entrega, había desatado su admiración por el Duce considerándolo un hombre enviado por la Providencia. Así que, a pesar de las dificultades citadas, nada pudo impedir que, tres años después de la firma de los pactos, le distinguiera con la Orden Pontificia de la Espuela Dorada. También Víctor Manuel III, al que se ha considerado uno de los reyes más anticlericales de la historia europea, recibió su galardón con la más alta condecoración vaticana posible: el collar de la Orden de Cristo. Los negociadores por parte católica Gasparri, el abogado Francesco Pacelli y el jesuita Tacchi-Venturi fueron agasajados por el gobierno, con otras tantas condecoraciones máximas. Eran los broches de un acuerdo que había dejado contentos a las jerarquías de ambos lados.

Muchos de los juicios expresados sobre los pactos son sin embargo divergentes de todo este concierto festivo. En tanto reconocen que produjeron cierto alivio en la opinión pública que los recibió con agrado por su carácter concordante, señalan también a numerosos grupos afectados negativamente. En primer lugar, en las mismas filas católicas se produjeron notables divisiones, sobre todo al comprobarse, poco después, el apoyo masivo de los fieles a la lista única fascista en las elecciones del mismo 1929. Los militantes en el exilio del Partito Popolare, comprendiendo que el concordato podía ser el golpe de gracia para sus aspiraciones políticas, criticaron los lateranenses sin ninguna concesión. Los que habían quedado en el interior, como Alcide de Gasperi, futuro presidente del gobierno a la cabeza de la democracia cristiana, mostraron en privado su decepción, esperando que concordato no fuera igual a concordancia, pero callaron en público por presiones vaticanas.

La izquierda italiana, empeñada en una lucha agónica y solitaria por contener el ascenso fascista, interpretó los pactos como un paso más en la alianza entre Iglesia y Estado para alcanzar objetivos socialmente conservadores. Por su parte en el arco parlamentario italiano también se registraron voces disidentes. Los viejos liberales y los fascistas más obstinados protestaron por motivos distintos, pero siempre en desacuerdo con el oportunismo de los firmantes que violaba la soberanía estatal según unos o hacía dejación de parcelas de poder, según otros.

La polémica sobre la mutua instrumentalización ha sido una constante siempre que se ha tratado de analizar el efecto que los pactos provocaron en los años treinta y el modo en que fueran presentados y utilizados por los poderes en liza. Varios años después de su rúbrica, don Sturzo exponía las posibilidades que se le habían abierto a Mussolini para tratar de constituirse en el brazo armado de la religión y a Pío XI de dejarse ganar por la tentación de extender la universalidad cristiana a punta de bayoneta. El acuerdo, en efecto, podía ser el inicio de una recuperación del viejo lema de la «cruz y la espada», enlazadas en nuevas empresas imperiales.

Lo cierto es que el régimen italiano después de Letrán pareció cobrar bríos inesperados y energías expansivas, que muchos creían superadas después del triunfo de las minorías nacionalistas en la guerra. La prensa y otros medios de propaganda del régimen, desde las semanas siguientes a la firma, empezaron a dar pábulo y animar a un fascismo lateranense, asegurando que la solución del problema romano ponía en manos del Duce la ocasión de extender la italianidad y el catolicismo por el *mare nostrum*. En efecto, Malta, Abisinia o Libia estaban en el punto de mira del expansionismo ítalo, que después del concordato se encontraba autorizado para llevar la «verdadera religión» a tierras de esclavos, encubriendo así sus intereses territoriales.

Así sucedió en la realidad, puesto que en octubre de 1935 las tropas italianas caían sobre los etíopes, que eran presentados por la prensa fascista y por la católica como paganos con costumbres esclavistas a los que había que alumbrar con la fe de Jesucristo. La invasión de Abisinia fue una auténtica prueba para la jerarquía católica y para el Vaticano, atrapado por la reciente firma de los pactos. Pío XI iniciaría la serie de silencios pontificios ante los abusos del fascismo, luego reeditada por su sucesor el papa Pacelli, mientras la falta de directrices y el confusionismo se hacían notar en escandalosas referencias patrioteras del episcopado italiano.

Los deberes nacionales y los derechos a la expansión italiana fueron de la mano de las obligaciones cristianas en las declaraciones y sermones de los obispos. Hombres como el cardenal Schuster (Milán) o los prelados de Padua, Udine, Reggio y otras capitales rivalizaron en sus alabanzas a los soldados o cerraron filas con el fascismo, ante las sanciones promovidas por la Sociedad de Naciones, en respuesta a la agresión. Al concluir el conflicto con la victoria italiana, la jerarquía católica persistió en su colaboracionismo aceptando los abusos y las ejecuciones sumarias de los resistentes abisinios, en medio del cruce de notas de felicitación con el rey y el gobierno.

Contra la estadolatría

La campaña de Abisinia constituyó, por lo tanto, una muestra de las posibilidades abiertas con las recientes relaciones entre la Iglesia y el Estado italiano. El mutismo papal y el apoyo incondicional de los católicos trasalpinos llenaron de satisfacción al Duce, pero contribuyeron al desprestigio internacional del Vaticano y obligaron al Papa a todo género de explicaciones privadas ante los representantes de gobiernos como Francia o Inglaterra. Muchos creyentes, italianos o no, se cuestionaban las consecuencias de los pactos lateranenses a los que acusaron de ser la causa de la arrogancia religiosa del fascismo o de la pérdida de la independencia espiritual del Vaticano.

La misma Curia empezó a comprender que algunos obispos habían ido demasiado lejos en sus manifestaciones en favor de la guerra y el régimen. La actitud de la prensa oficial vaticana *(Osser-*

vatore Romano) manteniéndose al margen del fervor episcopal, durante los meses de conflicto, resultó harto significativa al respecto. Sin embargo, la posición altanera y la prepotencia política que el aplastamiento de los africanos proporcionó a Mussolini no iban a servir más que para subrayar las diferencias latentes entre fascismo e Iglesia, que hasta entonces se habían mantenido contenidas en ciertos límites.

Los primeros roces serios habían tenido lugar en el mismo año de la firma de los pactos (1929) en el discutido campo de la educación. En esa fecha el Vaticano se vio obligado a recordar en la *Divini illius magistri* los derechos reconocidos a la Iglesia en materia educativa. Pero el Papa, sin perder de vista el modelo de reinado universal, llegaba más lejos compitiendo en totalitarismo pedagógico con las aspiraciones del mismo fascismo. Pío XI reivindicaba para la Iglesia el derecho a la preeminencia en esta materia y la necesidad de independencia absoluta para educar a fieles y evangelizar a no fieles en todo el mundo. Al mismo tiempo criticaba las nuevas tendencias educativas, como la enseñanza sexual moderna, la coeducación o las escuelas no confesionales.

Por otro lado, en los círculos vaticanos resultaba francamente molesto el sesgo totalitario y militarista que estaba adoptando el régimen, así como su cada vez mayor subordinación a las teorías nazis. De éstas, si bien la Curia miraba con buenos ojos la persecución del comunismo, no podía admitir de ninguna forma otras actitudes anticristianas como el racismo en general y el antisemitismo en particular. El intento de impregnar la vida y la educación italianas de estos sentimientos fue el punto de ruptura latente entre los dos poderes, teniendo como expresión las actividades de la Acción Católica italiana.

Durante el año 1931 el recelo y el enfrentamiento verbal entre responsables fascistas y miembros de la Acción Católica, sobre todo, fueron aumentando hasta llegar a provocar diversos ataques físicos a personas y centros religiosos. El movimiento cristiano era acusado de intervenciones políticas y connivencia con el perseguido Partido Popular, a cuyos refugiados prestaba ayuda. Los fascistas, por su parte, eran recriminados por incumplir el concordato de palabra u obra y por sus tendencias al totalitarismo.

En medio de un clima de apasionamiento e inminente ruptura, el Vaticano publica la encíclica *Quadragesimo anno*. En este documento, además de subrayarse la doctrina social de los papas y conmemorarse los cuarenta años de la *Rerum novarum*, Pío XI insistía en el papel de la Iglesia en el mundo del trabajo. Para el fascismo totalitario, una reivindicación de competencia semejante representaba otra intromisión intolerable en las facultades del Estado y del partido. De otro lado, el documento recogía la tesis de la libertad sindical y la posibilidad del pluralismo en materia de asociaciones obreras, con lo que se intentaba subrayar la oposición a las pretensiones del régimen.

La Acción Católica, a la que se estaban incorporando los militantes del proscrito Partido Popular, había consolidado su presencia social con un importante aumento de afiliaciones y extensión de sus publicaciones. La penetración católica entre los jóvenes y los profesionales rivalizaba con el intento de monopolio del fascismo en estos sectores. Esta recuperación sindical de los cristianos fue también advertida y denunciada por los jerarcas del régimen, que recordaban constantemente la vocación totalitaria del fascismo. Finalmente el gobierno cedería a las presiones del partido, alarmado por la presencia católica en la vida política, educativa y sindical al amparo del concordato y con el apoyo de la reciente encíclica social. En mayo de 1931, Mussolini disolvía las organizaciones juveniles y universitarias católicas y pocos días después la cúpula fascista culpaba a la Acción Católica de provocar malestar y confusión entre los italianos con sus injerencias políticas.

La medida hizo intervenir directamente al Papa, quien, al no ver satisfechas sus demandas de retirada de las prohibiciones, se decide a publicar la encíclica *Non abbiamo bisogno*, el 29 de junio de 1931, sobre el fascismo y sus relaciones con la Iglesia. Aunque algunos autores complacientes han querido ver en este documento una condena integral del sistema fascista, se trata en realidad de una respuesta concreta a las acusaciones contra las actividades de la Acción Católica, en la que colateralmente se repudiaban algunos de los fundamentos ideológicos del régimen. No obstante, la encíclica marcaba diferencias advirtiendo que el rechazo a la estadolatría y a las tendencias monopolistas del fascio no suponían una condena del partido y el régimen mussoliniano como tal. El Papa no olvidaba las buenas relaciones con el Duce ni la ocasión histórica y ventajosa de los pactos lateranenses.

La encíclica, por otra parte, fue la cobertura pública de una posterior tanda de negociaciones privadas conducidas por el inefable Tacchi-Venturi, que concluyeron con el señalamiento nítido y apolítico de la función de las organizaciones juveniles católicas. En el mismo acuerdo se formalizó el sometimiento a los obispos de las actividades de la Acción Católica. Con posterioridad a la crisis de 1931, las labores de este movimiento se encaminaron por senderos menos incómodos y específicamente religiosos. Después de arrinconar a la confesionalidad política católica, el Vaticano, cediendo a la presión fascista, culminaba su proceso de descarte público marginando a los únicos grupos activos que le quedaban.

La presencia católica en la vida italiana, y por extensión en el resto de Europa, se toleraría y observaría desde entonces en campañas contra las modas y los bailes deshonestos o contra la invasión del erotismo y otras apetencias modernas. También en la organización de misiones internas, para impedir el avance del protestantismo o para favorecer las vocaciones sacerdotales. Y sobre todo, se harían ver los católicos en la propaganda por mantener la enseñanza privada religiosa, en procesiones y peregrinaciones piadosas y en los campos de la asistencia social no atendidos por el Estado.

Una vez más lo «esencial» parecía quedar a salvo, sin consideración por algunos perjudicados residuales. Sin embargo, entre los católicos antifascistas cundiría de nuevo el desaliento por la ocasión perdida para condenar y enfrentarse a las pretensiones totalitarias del régimen. Los grupos más radicales hubieron de clandestinizar sus actividades, siempre acosados por la policía fascista, mientras veían a otros correligionarios colaborar con el régimen y a la mayoría permanecer sumidos en una pasividad exasperante.

El concordato nazi

No es probable que sin solucionarse la cuestión romana, con el Tratado de Letrán, hubiera sido factible cualquier concordia pactada entre el Papa y Mussolini. Pero la negociación de todo el «paquete» hábilmente planeada por el gobierno italiano hacía inimaginable cualquier salida parcial. El acuerdo incluido en los pactos se contemplaba entonces como colofón necesario al restablecimiento de las relaciones, una vez arregladas las diferencias sobre la soberanía territorial. Sin embargo, desde las dos partes concordatarias se apreciaba por encima de todo conseguir la disolución de la incómoda cuestión romana.

No obstante, una vez sorteado este escollo, tratar de normalizar la nueva situación con un pliego de comportamientos nuevos no fue fácil en absoluto. El Vaticano jugó siempre con la posibilidad de denunciar globalmente los pactos (tratado y concordato) considerándolos inseparables. En cierto modo esta carta de recambio contuvo en ocasiones a las partes y evitó una ruptura grave del estatus recién adquirido. Esta baza, en cambio, no pudo ser esgrimida por el Papa en sus relaciones con el régimen nazi con el que se firmaría otro concordato en el verano de 1933.

Las perspectivas católicas, como hemos indicado, habían evolucionado de forma favorable en los años de la república de Weimar. Se constataba un auge del movimiento religioso y una mayor presencia de las asociaciones cristianas. Pero el elemento más notable de aquellos años fue la consolidación del Zentrum, el partido confesional católico, que además de prestar miembros al gobierno constituía con sus noventa y dos diputados uno de los pilares republicanos.

De otro lado, el episcopado germano no se había mordido la lengua a la hora de calificar al partido nacionalsocialista, a su ideología y pretensiones totalitarias. Una asamblea de obispos, celebrada en Fulda en 1932, había declarado ilícita para los católicos la militancia o el voto a favor de los nazis. Pero esta explícita condena no tardaría en ser revocada por indicación de Roma. En marzo de 1933, Pío XI obligaba a los prelados alemanes a anular la prohibición señalando como verdadero enemigo al comunismo soviético.

Hasta esa fecha, el Vaticano se había mantenido a la expectativa optando por aplicar una política concordataria bilateral con varios *landers* (Baviera, Prusia y Baden), en los que vivían cerca de 20 millones de católicos. Sin embargo, en unos pocos meses desde la llegada al poder del partido nazi la situación y la actitud romana experimentaron un cambio sustancial. En primer lugar, nada más ser nombrado Hitler canciller, el Vaticano hizo saber, por vías indirectas, que no se identificaba ni con el programa ni con la suerte que pudiera correr el confesional partido católico. De otro lado, una vez malarreglada la crisis con el régimen de Mussolini, el Papa pensó en utilizar el mismo esquema para establecer un acuerdo con su homónimo alemán. Se trataría como en el caso italiano de salvar lo indispensable, sin reparar en el coste de semejante política.

El Zentrum, por su parte, se había visto envuelto en el desprestigio de la misma república. El caos económico, el paro y la inflación no pudieron ser controlados por la coalición de socialdemócratas y centristas, dejando al país en manos de la propaganda y la demagogia hitleriana. En las elecciones de abril de 1932 el ascenso del nacionalsocialismo fue espectacular, dando fuerzas a la intimidación de los escuadrones del partido nazi que se ocuparon de hacer desaparecer a numerosos políticos de la oposición política y sindical. No obstante, el golpe de mano de marzo de 1933 para alcanzar el poder utilizando la vía parlamentaria, no se pudo realizar sin eliminar primero a los comunistas con la manipulación del incendio del Reichstag y, luego, aprovechando la presión de Roma sobre los diputados centristas, que votaron la concesión de plenos poderes al líder nazi.

La compensación a esta actitud de la sede vaticana fue la rápida firma del Concordato de 1933. Convencidas ambas partes de las ventajas que les ofrecía el acuerdo, su negociación sólo duró ocho días. Los mandatarios nazis, a cuyo frente estaba el vicecanciller de religión católica Von Papen, se sorprendieron de encontrar una tan favorable acogida a sus intenciones concordatarias. Por parte vaticana el cardenal Pacelli, futuro Pío XII, que había sido nuncio en Munich y Berlín entre 1917 y 1929, condujo las apresuradas conversaciones, en las que resulta difícil creer que no surgieran elementos importantes de retraso o divergencia. Hitler, a quien el Papa piropeó diciendo que era el estandarte más indicado contra el comunismo y el nihilismo, recibió con el concordato el mejor regalo que le podía hacer Roma para refrendar su golpe parlamentario.

Las cláusulas del acuerdo, en el caso de que fueran respetadas por el Estado alemán, como indicaría el futuro Pío XII, parecían poner a salvo las pretensiones católicas más sustanciales. Se garantizaba el derecho de la Iglesia a mantener su enseñanza bajo régimen privado y se permitían las actividades de la Acción Católica. A cambio el Vaticano se avenía a prohibir a sus sacerdotes cualquier actividad política, lo que significaba cuartear al partido centrista que contaba con un buen número de líderes y diputados de esta condición. Aunque para entonces muchos miembros del partido, entre ellos su presidente monseñor Kaas, estaban tan cegados por el fulgor hitleriano que apenas opusieron resistencia a este suicidio político.

La sorprendente rapidez con que se consumó el concordato nazi ha sido siempre elemento interrogante para los historiadores de la Iglesia. Si además tenemos en cuenta los precedentes episcopales alemanes, en contra de la ideología nazi, es mucho más llamativa esta diligencia y necesita de una especial atención. Ya en su época las reacciones ante el acuerdo recogieron estos factores, sobre todo desde los países presumibles adversarios futuros del hitlerismo. El respaldo papal al nazismo ocupó los comentarios políticos franceses, británicos o polacos con matices críticos, en los que se recordaba el mismo trato preferente y erróneo dado a Napoleón en 1801.

En otros medios se inquiría sobre las razones antibolcheviques y las propias simpatías de Pío XI por los regímenes fascistas, mientras Pacelli, uno de los principales responsables del acuerdo, empezaba a preocuparse por las intenciones ocultas de los alemanes o por los flecos sueltos de la apresurada concordia. Como consecuencia de las urgencias las principales cláusulas habían quedado expresadas con una redacción ambigua y manipulable. Gracias a ello la propaganda nazi pudo lanzarse desde el primer momento a una tergiversación pública del concordato, saludándolo como la asunción por el Estado del control total sobre la religión. En las elecciones de aquel año la versión fascista de lo firmado fue aún más audaz, e incluso se utilizaron fotografías del nuncio apostólico rodeadas de esvásticas, para realizar propaganda pronazi.

Con viva preocupación

Los valedores vaticanos del concordato, hecha la salvedad del recelo indicado de Eugenio Pacelli, creyeron o fingieron creer que los límites de la libertad y el mutuo respeto acordados eran suficientes para evitar futuros conflictos. Sin embargo, las diferencias y dificultades empezaron a surgir desde el mismo momento de la aplicación regulada del concordato. El gobierno alemán, como antes había sucedido con el italiano, no estaba dispuesto en ningún caso a renunciar al monopolio educativo de la juventud. Del mismo modo no podía tolerar la existencia y las actividades de los sindicatos católicos, que gozaban de cierto predicamento en el mundo laboral germano. Estas circunstancias indujeron a una interpretación restrictiva del concordato por parte del Estado, en el sentido de impedir cualquier asociación confesional.

Se iniciaría así un período de acoso, prohibiciones y encarcelamiento de los militantes católicos, incluyendo a diputados y sacerdotes del partido centrista. Las presiones alcanzaron especial dimensión en el campo de la enseñanza. Se hostigaba a los padres que optaban por una educación confesional para sus hijos y se acusó de conspiración política antinazi a las asociaciones de padres de estudiantes. La respuesta vaticana, en forma de numerosas cartas y protestas verbales tanto del nuncio como del cardenal Pacelli, apenas sirvió para preocupar a algunos responsables de Exteriores. Mientras tanto, Hitler y su entorno cercano aprobaban y alentaban el plan de educación aria, que hacía de la raza y el Estado la única religión.

Los grupos juveniles de Acción Católica constituyeron el siguiente objetivo del partido nazi. Dado que el concordato permitía su existencia en paridad cultural o deportiva con las juventudes hitlerianas, se prohibió a los jóvenes la práctica del deporte organizado al margen de esta última asociación. También fueron negados a la Acción Católica la exhibición de uniformes o banderas, la existencia de bandas musicales y la organización de desfiles. Pronto surgieron enfrentamientos entre los adolescentes de ambas tendencias y menudearon las agresiones físicas. En el verano de 1935, tras diversos incidentes, se prohibieron las actividades juveniles católicas en algunos *landers*.

Los ataques de las juventudes nazis o de las SS eran acompañados de una similar agresividad pedagógica. La presión proselitista que se ejercía sobre la juventud alemana, a mediados de los años treinta, era notablemente intensa. Los programas escolares, los planes de estudios medios o universitarios y los cursos de adoctrinamiento en campos juveniles eran escuelas de racismo y estadolatría, en las que se exaltaban los valores militares y la lucha contra el comunismo, la religión o las degeneraciones del capitalismo liberal.

La intención de crear una raza aria pura y obediente a los designios del Fürher estaba acompañada además de la necesidad de marginar algunos sentimientos considerados débiles. Las virtudes defendidas por la ideología cristiana (bondad, caridad, amor o esperanza) se enfrentaban al ideario propuesto por el régimen que exaltaba la virilidad, la rudeza sentimental o la crueldad, tanto como las actitudes castrenses. Nadie, en posesión de un juicio ponderado, podía pensar en alguna afinidad entre el Evangelio y la doctrina que Hitler o Rosenberg habían expuesto en sus obras. Por esta razón, es más plausible pensar que con el Concordato de 1933, al margen de las simpatías personales del Papa, la Iglesia trataba sólo de salvar lo indispensable en una situación de auténtico retroceso y anuncio de derrota.

Pese a ello, las constantes infracciones al espíritu del concordato, la omnipresencia de la ideología totalitaria, la persecución, prohibición o cierre de centros católicos condujo al posibilismo vaticano a un callejón sin salida. Los responsables nazis, a diferencia del fascismo italiano, no estaban dispuestos a cejar en su acoso hasta la total liquidación de actos o actividades religiosas. En ningún momento la situación amainó ni se vislumbró el destello de algún entendimiento, entre las primeras escaramuzas y la publicación de la encíclica papal *Mit brennender sorge (Con viva preocupación)*, contra los abusos del régimen nazi.

Por el contrario, tanto la jerarquía alemana como los ideólogos del régimen se enfrascaron en constantes invectivas y descalificaciones mutuas, cada vez más irreductibles, durante los años 1935 a 1937. Sólo la necesidad de un frente común contra el comunismo impediría de hecho la denuncia del concordato y la ruptura formal, cuando la situación real no podía ser más escandalosa. En esos años Roma aguantó e hizo concesiones impensables dominada por el miedo al avance rojo, que con el triunfo bolchevique en Rusia se había convertido en blanco de todas las iras papales.

Sin embargo, durante el año 1936 y los primeros meses de 1937 el hostigamiento nazi y los insultos públicos a las jerarquías de algunos dirigentes del partido terminaron por colmar el vaso de un Pío XI, nada tolerante por lo demás. Los obispos alemanes, en un postrer intento de solución, tantearon la colaboración del régimen nazi para formar un bloque anticomunista en la guerra española, donde aseguraban se enfrentaba a un «credo que amenaza al mundo entero». Pero la oferta pastoral fue rechazada con arrogancia y renovados insultos, que no podían sino dejar peor parada la imagen pública de la Iglesia. Es entonces (marzo de 1937) cuando el Papa decide hacerse oír publicando un documento previsto meses antes.

La encíclica contra el nazismo, recomendada e inspirada por un grupo de obispos alemanes en enero de 1937, fue redactada por el cardenal Faulhaber, arzobispo de Munich, retocada por el cardenal Pacelli e introducida clandestinamente en tierra alemana. El 21 de marzo, domingo de Ramos, se leyó en todas las iglesias católicas produciendo una viva emoción entre los fieles y un inesperado estupor entre los nazis y el gobierno.

Los términos en que el documento condenaba el nazismo y su filosofía neopagana, por su claridad y contundencia, representaban un lenguaje distinto de la enunciación precavida habitual en el Vaticano. Se refutaban las teorías racistas y la exaltación nacional y se entraba a fondo en la descripción minuciosa de abusos y persecuciones anticatólicas, perpetradas por el Estado o sus escuadrones paramilitares. La denuncia del insoportable clima espiritual y de la opresión policial se acompañaba con críticas al mismo Hitler, calificado de profeta demente por sus aspiraciones a la divinidad. El Papa reafirmaba también los derechos de la Iglesia y el vínculo entre religión y ética, atacando la negación de una moral universal y un derecho natural. Concluía defendiendo las virtudes religiosas y las del cristianismo en particular, rechazando las imputaciones nazis a los valores del catolicismo.

El régimen no reaccionaría hasta pasados unos días en que, además de las protestas diplomáticas, emprendió una campaña de propaganda y difamación en la que intervino el propio jefe del Estado. La prensa nazi no publicó el documento, pero sí lo presentó como un intento antialemán de dividir al pueblo mientras la policía confiscaba todos los ejemplares posibles. Hitler, en un discurso, contraatacó refiriéndose a unos sacerdotes acusados de tráfico de divisas y se ejerció una censura absoluta sobre cualquier publicación católica. Pocos días después, durante una visita a Mussolini, el canciller nazi rompía el protocolo no yendo al Vaticano, mientras el Papa abandonaba Roma ostentosamente.

Como consecuencia de la encíclica no sólo las relaciones entre jefes de Estado y la comunicación diplomática se deterioraron, también la vida cotidiana de los sacerdotes y católicos alemanes empeoró de súbito. Recortes presupuestarios, desautorizaciones y negación de permisos de cualquier índole o montajes, como los famosos juicios por inmoralidad, fueron el desayuno habitual. El Papa, por su lado, arrumbó en parte su feroz aversión a la Rusia soviética y empezó a hablar de Alemania y del nazismo como el peligro más grave para la religión. Pocos meses antes de morir, se dirigía al Colegio cardenalicio afirmando la autenticidad de la persecución religiosa en suelo germano.

Intrínsecamente perverso

El episodio de la *Mit brennender sorge* y el período de la historia de la Iglesia en que se produce resultarían incompletos sin referirse a otro documento papal que vio la luz al mismo tiempo que la encíclica antinazi y en cierto modo como un contrapeso a ésta. El temblor vaticano por la suerte que pudieran correr los católicos alemanes y su propio prestigio entre los germanos con la condena del nazismo indicarían a Roma la conducta que debía seguir.

La prevención anticomunista no resultaba insólita en modo alguno, como ya hemos dicho. Existía una larga lista de intervenciones y advertencias pontificias contra la familia marxista, a quien a menudo se introducía en la misma cesta de condenas con el anarquismo, liberalismo, americanismo, nacionalismo, etc., como uno de los componentes del modernismo o mal del siglo. No obstante, cuando a partir de la revolución rusa o los sucesos mejicanos de principio de siglo se observaba que el movimiento podía pasar de la teoría a los hechos, el sobresalto vaticano fue semejante al que recorrió a los principales Estados burgueses.

Pese a ello, las relaciones con la URSS en los primeros años veinte fueron relativamente estables e incluso el papa Benedicto XV participaría en la ayuda internacional a este país, emprendida a consecuencia de los problemas alimenticios en 1921. Pero coincidiendo con la muerte de Lenin la situación religiosa se agravó en la joven república. Las prohibiciones y ataques al catolicismo se simultanearon con una menor hostilidad hacia los ortodoxos, que constituían la mayoría de los creyentes frente a los de obediencia romana.

Durante los años treinta la propaganda antivaticana en Rusia se incrementó reflejando las posiciones de los partidos comunistas europeos, empeñados en la formación de frentes nacionales antifascistas. El Vaticano vería así frustradas sus esperanzas de lograr una mejor situación comparativa con la Iglesia ortodoxa, la única reconocida por los zares. En los primeros años revolucionarios, aprovechando la confusión inicial y las declaraciones de igualdad de los sóviets, Roma había maniobrado hábilmente tratando de recuperar terreno frente a la Iglesia oriental, que ligada al régimen anterior aparecía en franca decadencia.

Ambas partes esperaban sacar ventajas de un mutuo reconocimiento. El nuevo Estado soviético, sumamente necesitado de aceptación internacional, creía que un acuerdo con tan poderosa fuerza espiritual le podría servir para intentar otras alianzas y tratar de romper el peligroso hostigamiento a que le sometían las potencias occidentales. Roma, por su lado, con la experiencia de anteriores convulsiones europeas, soñaba con pescar en el río revuelto de la confusión revolucionaria, en un país en el que sólo ocupaba un lugar espiritual secundario.

El Vaticano, entendiendo que se avecinaban tiempos felices, no regateó esfuerzos en planificar la «evangelización» de la nueva Rusia. Se fundó en Roma un Instituto Pontificio Oriental para formar misioneros y preparar el envite evangelizador, mientras se efectuaban conversaciones indirectas para entrar en relaciones diplomáticas con los soviéticos. Pero en los primeros contactos, llevados a cabo en 1922, el gobierno comunista ofrecería tan sólo, a cambio del reconocimiento oficial, la libertad de predicación para las misiones católicas, aunque no la igualdad de derechos con los ortodoxos. Baza que pretendía guardar para ulteriores pasos negociadores. Sin embargo ya no hubo más que otra oportunidad posterior de diálogo, en la que sirvió de intermediario el entonces nuncio en Berlín monseñor Pacelli. En aquella ocasión la tanda de conversaciones, iniciada en 1925, se interrumpió sin embargo tras la desaparición de Lenin, en un período en que la URSS ya había obtenido reconocimiento internacional suficiente como para no precisar el apoyo vaticano.

A partir de entonces, y desde 1928 con mayor énfasis, la profundización de la propaganda laica y la persecución administrativa oficial sustituyeron a un período de menor beligerancia. El Papa protestaría en 1930 por los «ultrajes y sacrilegios», en los que incluía las detenciones y asesinatos de curas, que se estaban cometiendo sin control estatal. También se manifestó en desacuerdo por la enseñanza atea y los ataques a las normas cristianas de castidad que se producían en la nueva república. En marzo de ese mismo año, Pío XI ofreció una misa expiatoria por Rusia a la que asistieron unos cincuenta mil fieles, entre los cuales numerosos rusos exiliados, pero sólo media docena de representantes de la totalidad de naciones con legación en Roma.

La misa repetida en las iglesias católicas del mundo venía a suponer la ruptura de hostilidades y el establecimiento de una mutua animadversión pública entre Roma y Moscú. En todas las homilías leídas en aquella eucaristía siguiendo la consigna papal se señalaba al comunismo ateo como un movimiento dispuesto a socavar la civilización cristiana. Se reafirmaban las denuncias proclamadas desde 1917 y el Papa anunciaba a los cuatro vientos «las culpas y errores» del que habría de ser, desde entonces y hasta los años sesenta, el peor enemigo oficial de la Iglesia vaticana. Los dirigentes soviéticos, por su parte, recogiendo con una mano el desafiante guante de Pío XI, respondieron con acusaciones de conspiración a los clarines de guerra santa, mientras que con la otra estrechaban la del presidente norteamericano Roosevelt, a punto de ser reconocidos en toda su dimensión internacional.

Mientras tanto, también en Méjico, uno de los países latinoamericanos de mayor agitación sociopolítica y en el que la Iglesia sumaba apreciables propiedades, la persecución religiosa adoptaba la forma del ateísmo revolucionario. La Constitución de Querétaro de 1917 había ilegalizado las órdenes religiosas y dispuesto la confiscación de los bienes eclesiásticos, como base de la reforma agraria. Al mismo tiempo, para impedir la labor de agitación del clero se restringió la acción pastoral y se redujo sensiblemente el número de sacerdotes autorizados. Sin embargo, los preceptos constitucionales apenas se aplicaron hasta 1926, fecha de la llegada al poder de un socialista anticlerical, el presidente Elías Plutarco Calles.

Unas semanas después de su elección la aplicación de la ley le enfrentaba radicalmente a los católicos. La resistencia religiosa llegaría a poner en pie un ejército de cuarenta mil hombres, que se llamaban a sí mismos «cristeros». La Iglesia católica mejicana entró entonces en una fase de semiclandestinidad y de beligerancia armada, que duró hasta 1938, para lo que contaría con el aliento directo de Roma. Varias encíclicas, sobre todo la *Firmissimam constantiam* de 1937, promulgada en el período que se llamó la Pascua de las tres encíclicas, condenaban la constitución mejicana y predicaban la cruzada religiosa autorizando la formación de grupos guerrilleros católicos. La documentación pontificia reconocía el derecho a la insurrección y a la «defensa violenta» en casos extremos, que indudablemente apuntaban al supuesto mejicano. De este modo se justificarían las partidas de fieles, siguiendo la recomendación papal, «en defensa de la justicia y la verdad», para tratar de recuperar uno de los patrimonios eclesiásticos más importantes del orbe.

La crueldad con que se enfrentaron gobierno y rebeldes, en un dramático pulso que produjo miles de muertos, recordaba los peores y más fanatizados momentos de las guerras de religión europeas. Los «cristeros», nombre popular de los guerrilleros, impusieron en las zonas por ellos dominadas un catolicismo intransigente, en el que los curas encabezaban partidas y bandos capaces de cualquier atrocidad en sus ataques o en el mantenimiento del orden religioso. Por el lado gubernamental la represión adornada de fusilamientos, torturas, quemados vivos o encarcelamientos superó también cualquier límite imaginable.

Finalmente, la mediación de diversos países del entorno y las presiones directas de Estados Unidos, otro de los grandes propietarios de la zona, interesados en frenar las veleidades revolucionarias de los aztecas, consiguieron que el gobierno aflojara las riendas anticlericales. El arzobispo exiliado de Méjico fue autorizado a regresar, se incrementaría el número de sacerdotes y se devolvieron parte de las propiedades de la Iglesia. El Estado, por su parte, conservaría las tierras más productivas y conseguía relegar la enseñanza religiosa a los recintos privados. A partir de estos sucesos la mutilada visión personal del Papa y, probablemente, una información escasa o poco comprobada, hizo ver a los círculos romanos la mano oculta del ateísmo comunista entre los renglones constitucionales de lo que no era sino radicalismo laico con algunas influencias socializantes.

En este mismo supuesto podemos inscribir los enfrentamientos entre la Iglesia española y el Estado durante los años de la Segunda República. Un enfrentamiento agrio y dramático presidió las relaciones político-religiosas de la España de los treinta, a pesar de los esfuerzos conciliadores del nuncio Tedeschini. De un lado, el radicalismo republicano acosado por la reivindicación histórica de masas de campesinos y obreros que veían a la Iglesia aliada con el poder social, al que culpaban de su postración histórica. De otro, el catolicismo español de la época, ejemplo de antiliberalismo donde los haya, que se propuso desde el primer momento el derrocamiento del régimen en lugar de estudiar las posibilidades de colaboración, por mínimas que éstas fueran.

El Vaticano, por su parte, aunque no mostraba la misma intransigencia antirrepublicana de su sucursal hispana, incluyó en la «oleada roja mundial» a todos los países que buscaban un horizonte para la satisfacción de las demandas de los trabajadores, definiendo a la nueva doctrina como «intrínsecamente perversa». Para ello se haría coincidir una nueva encíclica, la *Divini Redemptoris*, con la antinazi publicada el 19 de marzo de 1937.

En esta encíclica se hacía un repaso superficial al marxismo como doctrina atea inspiradora de movimientos subversivos. La doctrina de la Iglesia sobre el hombre, la familia o la sociedad se ofrecía como resorte eficaz contra la desmoralización comunista. El Papa estimaba inconcebible la consideración que hace el marxismo de la fe y la religión, como meras capas superestructurales de la clase burguesa para engañar y manipular a los trabajadores. En el párrafo final Pío XI lanzaba su famoso anatema contra el comunismo estimando que era «intrínsecamente perverso» y el peor enemigo de la civilización cristiana.

Este documento papal se hacía público también en un momento de gravedad fundamental para un Estado, que en aquel momento conocía los sinsabores de una guerra civil. Para esta circunstancia la encíclica incluía un pequeño apartado en el que se contemplaban los «horrores del comunismo en España» y se mencionaba la «furia antirreligiosa» de la zona gubernamental. Tras el fallido intento republicano de reconducir al país por una senda regeneracionista y modernizante, la falta de colaboración de las fuerzas de derecha en esta tarea y el mismo acoso católico al gobierno, estuvieron en el origen del enfrentamiento social abierto en España desde abril de 1931 y que se concretó en la sublevación militar del verano de 1936. La *Divini Redemptoris*, que en las filas franquistas oscureció los efectos del rechazo al régimen nazi, vino a significar un pliego de cargos añadido al debe con que generales, obispos y falangistas caracterizaban a la República española. Las afirmaciones vaticanas constituyeron un apreciable respaldo a los fines del levantamiento antigubernamental, encontrando una rápida y lógica continuidad en la propia actitud del episcopado español.

Pocos meses después —el 1 de julio de 1937— los prelados hispanos —con la negativa expresa de los de Tarragona y Vitoria—, encabezados por el cardenal primado Gomá, dirigen una carta colectiva a todos los obispos del mundo en la que se proclamaban en contra de la persecución marxista y en favor de los alzados. El documento, de una gran repercusión, tuvo la virtud de elevar el conflicto civil español a la categoría de gran acontecimiento católico de su época. No sólo por la caracterización religiosa, que para una parte importante de los interesados adoptaba, sino también por las reacciones enfrentadas que produjo entre los mismos cristianos europeos. Entre éstos son destacables los pronunciamientos contrarios a la posición episcopal de algunos autores franceses, entre los cuales estaban Maritain y Bernanos.

En cualquier caso, la doctrina papal sobre el marxismo y sobre los movimientos de izquierda en general no dejaba lugar a dudas. Se condenaban sin paliativo alguno, con la misma dureza que el paganismo nazi, pero con la importante salvedad de que en el supuesto comunista la admonición vaticana no dejaba ningún resquicio al entendimiento, propugnando la lucha en todos los frentes para conjurar el peligro de una filosofía irreconciliable con los intereses religiosos. Durante largos decenios esta doctrina oficial de la Iglesia pesaría como una montaña sobre las actividades y pensamientos del catolicismo. La condena tajante de los socialismos colocó muchas veces a los cristianos en el lado contrario, es decir junto a capitalismo o fascismo, solamente por razones de exclusión dogmática. Habría que esperar a los años cincuenta y a las sesiones del Vaticano II para encontrar cambios apreciables en esta situación, como luego veremos.

A LA PUERTA DEL FIN DEL MUNDO

Pío XI murió a los ochenta y un años, después de haber dirigido la Iglesia católica durante diecisiete con un peculiar carácter autoritario, en una travesía comprometida y compleja. Su administración ocupa el período de entreguerras (1922-1939), retorcido entre el crecimiento y la crisis, en el que tres concepciones sociales distintas se enfrentaban en los países europeos. El viejo capitalismo liberal, tratando de remozar lo menos posible sus rasgadas vestiduras, se veía acosado por los avances obreros y por la puesta en marcha de la experiencia soviética. Pero no lo era menos por las aspiraciones totalitarias del fascismo, que ofrecía al orden burgués una gestión más eficaz y pragmática, huyendo de cualquier contemplación o debilidad liberal.

Las simpatías vaticanas por esta última vía, que parecía asegurar el paso enérgico y controlado de la historia, no pudieron cuajar en relaciones de amistad y colaboración. Como hemos visto los concordatos firmados con Italia y Alemania se vieron alterados y estuvieron siempre al borde de la denuncia. Las aspiraciones totalitarias de educación fascista de las masas y la juventud chocaron con las pretensiones religiosas de cristianización de la vida pública, tan caras a los pontífices. Incluso las competencias carismáticas del Papa, en una época de eclosión de líderes políticos y de apetencias caudillistas, se enfrentaron con las de hombres como Hitler o Mussolini, que se arrogaban la dirección de la humanidad.

Además, en los últimos años de vida de Pío XI, la embestida racista se avalanzó de forma descarnada sobre la legislación alemana e italiana. Durante una fase previa la prensa y la radio, en poder de los ideólogos del régimen, prepararon el terreno jaleando un creciente antisemitismo que no tardó en ser refrendado por los gobiernos y las leyes. La prohibición de matrimonios mixtos, la marginación de los no arios o la persecución que los judíos padecían en Alemania, se sumaron a los proyectos de esterilizar a los deficientes mentales, propuestos por el nazismo. El Vaticano no pudo por menos de oponerse al racismo teórico y a sus derivaciones legales, que consideraba en abierta contradicción con la propia esencia de la religión católica, cuyos orígenes históricos además son hebreos, y con los mandatos evangélicos de caridad y hermandad universales.

Sin embargo, la capacidad de maniobra del Vaticano en los países fascistas se encontraba gravemente afectada por la desaparición de los partidos confesionales, a los que él mismo había ayudado a caer. Encerrado en el callejón de los concordatos, el Papa y su Secretaría de Estado fueron incapaces de enfrentar la situación al no atreverse a la ruptura formal, cuando el deterioro de hecho convertía a los tratados en papel insolvente. Tomada la decisión de no aceptar las provocaciones para la denuncia concordataria, a Roma sólo le quedaba jugar la baza de las relaciones diplomáticas o de la influencia personal del pontífice. Resortes ambos que poco podían impresionar a los dictadores encaminados al dominio totalitario del continente. Manteniéndose en su papel de no alineación, todas las notas de protesta enviadas al Führer y las cartas dirigidas a responsables gubernamentales, o las gestiones del Papa ante Mussolini y el rey de Italia durante 1938, resultaron tan ineficaces como las propias cláusulas del concordato.

De este modo Pío XI, que se había complacido en los primeros años de su mandato por la evolución derechista y el sesgo autoritario que tomaba la vida política europea, tuvo que aceptar con amargura su error y condenar la verdadera cara de los regímenes del nuevo orden. Su responsabilidad histórica por esta retranca ideológica, fundamental para la evolución política y el ascenso del fascismo en los países católicos, en los que tal vez el mayor desacierto táctico fue la autoinmolación de los partidos confesionales y la aceptación del apoliticismo de la Acción Católica, es difícil disculpar. Las admoniciones antifascistas, en las que debemos incluir también la desautorización del movimiento galo Acción Francesa, llegaron demasiado tarde a un mundo que se preparaba para una guerra inevitable.

En política exterior, el cambio de estrategia respecto al papa anterior, Benedicto XV, obedecía sin duda a la profunda desconfianza que la Curia sentía por la autonomía e independencia del Partido Popular italiano o del Centro alemán. El talante direccionista de Pío XI y su equipo gobernante, y su afán por recuperar el cetro de la influencia universal de Roma, le llevarían a basar todas sus relaciones exteriores en el gozne de los concordatos. Toda una filosofía de pactos y tratados se elaboraría durante la gestión de este Papa, adaptándose al nuevo mapa europeo y obligando a modificaciones importantes en el derecho canónico vigente.

Entre 1922 y 1937 fueron rubricados acuerdos bilaterales con Letonia, Baviera, Polonia, Lituania, Rumanía, Austria, Alemania, Yugoslavia, Checoslovaquia, además de los comentados con Italia y la Alemania de Hitler. En las mismas fechas se reglamentaba también la labor de la Iglesia en las colonias asiáticas de Francia y Portugal.

Pero este insaciable protagonismo de un hombre acaparador y desconfiado, que evitaba delegar tareas, se ocupaba personalmente de labores insignificantes y, para ocultar sus insuficiencias, se rodeaba de colaboradores mediocres o estrechos, no se vio nunca correspondido por una similar destreza política. A pesar de lo cual en los últimos meses de su vida, parece que había podido centrar mejor el núcleo de sus filias y fobias. Antes de morir en febrero de 1939, dedicó sus escasas fuerzas a condenar con la autoridad y rudeza que le caracterizaban los abusos fascistas. No obstante su visión, deformada todavía por el «enemigo común marxista» y por la defensa exclusiva y centralista de los derechos de la Iglesia, apenas le dejaba entrever la dramática dimensión de lo que se le venía encima a Europa: la guerra, que iba a significar el fin del mundo para cincuenta millones de seres humanos.

5

DE CUERPO PRESENTE

UN PAPA PARA UN DESASTRE

La guerra de 1939 a 1945 es en la reciente historia mundial el conflicto que abre una nueva era caracterizada por la constante amenaza bélica, el miedo a perderlo todo y la conciencia de la miserabilidad humana. El hombre posthitleriano se verá a sí mismo y a sus semejantes como capaces de cometer las mayores atrocidades contra su propia especie. Estará persuadido de que el género humano tiene sus días contados y que perecerá, en un plazo corto, bajo el fuego total de la próxima contienda. Pero estos supuestos, alentados interesadamente por la política de bloques, ha provocado algunas reacciones imprevistas.

Además de la codicia de los fabricantes de aniquilación mutua, que han visto en este temor la ocasión propicia para vender sus productos de «defensa y disuasión» y han alentado el fatalismo más irracional, han surgido algunas voces esperanzadas y firmes que han servido para recuperar la confianza del hombre en sí mismo, más allá de la historia. El mundo de posguerra ha visto también crecer el descrédito del militarismo y de la clase política o de los Estados a él asociados. Y aunque a duras penas y con un elevado costo de sangrientos encuentros convencionales y localizados, los que han querido evitar el enfrentamiento final, por el momento, se han salido con la suya. La Iglesia católica ha intervenido, por activa o por pasiva, de modo decisivo en todo este proceso.

La guerra mundial de los años cuarenta fue una de las más previstas y anunciadas de la historia. Pero ante cuyas señales, la clase política y los gobernantes contemporáneos tuvieron menos capacidad de respuesta. No hubo grandes sorprendidos cuando Alemania, después de comprometer a sus aliados italianos con el Pacto de Acero, invadió Polonia en septiembre de 1939 tras haber conseguido de las cancillerías europeas otras reivindicaciones «menudas». Entre ellas la unión con Austria o la anexión de los sudetes checoslovacos, sin tener que disparar un solo tiro, constituyeron un aperitivo del gran bufet posterior.

La misma torpeza y exasperante ineptitud con que los países europeos dejaron avanzar la amenaza fascista en la década de los años treinta o cedieron a sus provocaciones y exigencias, contagió a los responsables de la Iglesia católica, sucesores de Pío XI, en un período histórico necesitado de respuestas e intervenciones, más que de preguntas o inhibiciones. Al morir este Papa en febrero de 1939, asomándose ya los clarines de guerra y las amenazas de los tanques, la Curia pensó de forma unánime en un hombre glacial y distante, capaz de portarse con la mayor de las indiferencias políticas en un mundo demasiado cargado de pasiones. De este modo, el cardenal Pacelli fue un candidato indiscutible que apenas precisó de tres votaciones, en el cónclave más breve de los tres últimos siglos de la Iglesia. Parece ser que incluso el mismo Pío XI, enfermo y cansado de su infortunio como papa vehemente e interventor, había recomendado a su secretario de Estado como el único sucesor aconsejable en aquellas circunstancias.

Los prelados recordaban con inquietud los años de Pío XI, un Papa que rara vez se contuvo y nunca dudó en dar rienda suelta al genio y al temperamento que le distinguían. Analizaban también con preocupación la tensa situación internacional, a la que nadie quería añadir más acidez. Por estas razones no tardaron en aceptar que lo mejor era un diplomático avezado o un consumado negociador repleto de esquinas y recovecos. Pero al mismo tiempo frío y experto en el arte de decir poco con el mayor número posible de palabras o de callar, cuando todos esperasen lo contrario.

Sin embargo, con su elección los padres del Colegio no hicieron sino reproducir, en el mismo grado de responsabilidad, las preferencias y errores de los medrosos representantes de las cancillerías antifascistas, incapaces por su abulia política de atajar con actitudes enérgicas los continuos empujones de Hitler o Mussolini. Dejaron así a la potencia espiritual de la Iglesia privada de la fuerza de intervención necesaria en aquellos momentos. Los católicos de los países en conflicto se enfrentarían, repitiendo la confrontación de 1914, sin que Roma supiera hacer valer su condición de guía supranacional. Por el contrario, la opción papal de exquisita neutralidad rechazada en uno y otro bando se parecía más a una deserción de su patriarcalismo tradicional, en uno de los peores momentos de la historia mundial.

Desde esta perspectiva no puede decirse que la elección de Pacelli fuera del todo acertada. Es cierto que los socios del Eje (Alemania e Italia) habían temido por su más que probable designación, atisbando en él un seguro continuador del intervencionismo de Pío XI. Y también que los futuros aliados creían ver en el Secretario de Estado un duro escollo para el fascismo. Pero esto no hace sino subrayar más aún el error de unos y otros. Por el contrario, Pío XII, al igual que la mayoría de dirigentes políticos o espirituales de su época, no era de los más indicados para oponerse o intentar oponerse a líderes agresivos y dispuestos a todo, como fueron los dirigentes fascistas de los años treinta. De este modo un hombre elegido para la paz se convirtió en el Papa que no hizo sino oficiar de notario del desastre que desangró a la humanidad en los primeros años de su pontificado.

La Iglesia silente

Pío XII había asistido y colaborado desde su puesto en Roma (Secretaría de Asuntos Eclesiásticos Extraordinarios) y desde la nunciatura de Munich a la práctica neutral de Benedicto XV, durante los años de la guerra europea. Cuando le llegó la ocasión de regir los pasos de la Iglesia en circunstancias semejantes trazó una copia de aquélla pero exagerando la carga diplomática y el distanciamiento de cualquier contendiente.

Todos los esfuerzos de los encargados vaticanos estuvieron dedicados, en los años de guerra, a condenar la inutilidad del conflicto y a evitar los juicios extremos sobre culpas o agresiones injustificadas. De este modo, el pontífice trataba de conservar su independencia moral y su soberanía espiritual pero creaba gran confusión en multitud de creyentes que veían a los nazis y fascistas italianos como responsables de crímenes o abusos merecedores de «palabras de fuego».

Los primeros meses de la gestión de Pío XII, hasta la fecha de inicio de la guerra, fueron quizá los de mayores esfuerzos y frustraciones del nuevo Papa. El recién coronado se dirigió, sin éxito, a los gobernantes europeos mediante distintas iniciativas que trataban de mediar y corregir la tensión latente. Sin embargo, sobre todo las gestiones ante Hitler o Mussolini, condenadas de antemano, sólo sirvieron para desenfocar en la visión papal las verdaderas intenciones del Eje.

A finales de agosto de 1939, con Pío XII totalmente desorientado y acuciado por el crecimiento de las expectativas negativas, el Vaticano sirvió de mediador ante Polonia en favor de las pretensiones alemanas sobre el enclave de Danzig. Tras una alocución en defensa de la paz la noche del 24 de agosto cuando se conoció la firma del pacto germano-soviético, el Papa fue mucho más allá de lo que habían llegado los países democráticos con la entrega checa, proponiendo al gobierno polaco la aceptación de cualquier exigencia alemana para evitar el conflicto.

Nada más desatarse la guerra, los embajadores aliados (Francia e Inglaterra) pidieron a Roma la condena del país agresor de una nación católica. Pero el Papa, recordando las mejores esencias de la estricta neutralidad vaticana, se negó en rotundo. A cambio de esta intervención directa, Pío XII se quejaría en la encíclica *Summi Pontificatus*, de octubre de 1939, por la sangre del pueblo eslovaco, evitando escrupulosamente la mención del Estado agresor. También permitiría a la Radio Vaticana y al *Osservatore Romano* la difusión de informes y noticias sobre la cruenta ocupación nazi y la persecución al pueblo polaco.

Ocho meses después de la invasión de Polonia, el ejército alemán penetraba en Bélgica y Holanda para preparar su ataque a la república francesa. El gobierno de los Países Bajos y el rey de los belgas recurrieron al Papa implorando la condena católica por el atropello sufrido. La respuesta vaticana, en forma de telegrama al rey Leopoldo, incluía expresiones de emoción y solidaridad, pero evitaba de nuevo la condena directa del país y del régimen atacante. La actitud del Papa constituyó una nueva decepción para la opinión pública de los países adversarios de Hitler, pero ninguna queja en este sentido serviría para conmover la roqueña neutralidad del rígido pontífice.

Por el contrario, a pesar de las presiones cada vez más enérgicas sobre la Secretaría de Estado, los monseñores responsables del departamento no se apartaron un ápice de las consignas de la tiara. El Papa se mostraba, en privado, dispuesto a pronunciar condenas incendiarias contra los nazis, pero ninguna salió de sus labios, por miedo «a empeorar la situación de las víctimas». Ésta fue sin duda una de las fases más lamentables y criticadas de toda la crónica católica del siglo XX. Frente a la Iglesia que el Vaticano llamó del silencio en los países comunistas, esta otra del enmudecimiento causaría de nuevo estupor y decepción en todo el orbe cristiano.

La grave actitud de Pío XII ha sido con frecuencia un dardo afilado para un sector mayoritario de la historiografía eclesiástica. Al no alzarse, con toda su fuerza espiritual, contra el genocidio judío, las agresiones militares o los crímenes de guerra, el Papa asumió una responsabilidad que le persigue más allá de su desaparición. La guerra total, emprendida por los nazis en 1939, originó violaciones y atropellos de derechos humanos como nunca hasta entonces había registrado la historia mundial, pero sólo obtuvo del Vaticano condenas tibias de carácter general.

Las explicaciones oficiales dadas por la Secretaría de Estado, que ponían como disculpa la existencia de cuarenta millones de católicos en Alemania, la complicada situación geopolítica del Vaticano o el propio temor de los polacos invadidos a denunciar las atrocidades, se volvían contra Roma con facilidad. Tampoco servía como explicación de la no condena, la pretensión de mantener la unidad de los fieles por encima de los bandos y las trincheras. Porque se toleraba a la Radio Vaticana atacar continuamente a los alemanes, y la realidad era que la división estaba ya organizada en forma de ejércitos enfrentados, mientras numerosos creyentes se sacrificaban y resistían a las pretensiones del nazismo o sus socios.

Con su comportamiento distante Pío XII se ganó merecida

fama de pontífice angélico, pero a costa de perder quintales de humanidad. En medio de los horrores del holocausto, de los que Roma estuvo siempre excelentemente informada, el Papa puso a prueba sus dotes de moderación y prudencia, renunciando a la tentación de colocarse abiertamente junto a los agredidos. Todas sus alocuciones y escritos en favor de la paz y por el cese de hostilidades tuvieron la virtud de amontonar conceptos exquisitos o tortuosas definiciones contra el racismo o el militarismo, pero nunca la admonición tajante que tantos esperaban. Incluso después de la invasión del cinturón francés (Bélgica, Holanda y Luxemburgo), cuya condena sí efectuó como hemos dicho, guardaría total mutismo en los casos de Noruega, Dinamarca o los países bálticos, también ocupados.

Mejor tratadas han sido las gestiones privadas, aunque no coronadas por el éxito, del Vaticano para evitar la alineación italiana con el Eje o para colaborar con el intento de derrocar a Hitler a comienzos de 1940. Existieron también otros contactos diplomáticos, antes de que los alemanes extendieran la guerra al Oeste y también ofertas papales a Inglaterra o Francia, junto a audiencias a enviados norteamericanos, pero que sólo sirvieron para incordiar a los embajadores del Eje y decepcionar a los aliados. En el mismo capítulo podemos situar las condenas ante el ataque soviético a Finlandia, durante el invierno de 1939. En esta ocasión —mensaje de Navidad del 24 de diciembre— no por casualidad el Papa señaló abiertamente a los comunistas agresores como «la nueva amenaza imperialista».

Aparte de esto, Pío XII siguió siendo el pontífice de las emociones contenidas, abdicando de cualquier vehemencia que muchos hubieran considerado justificada y enlazando, por encima de su apasionado antecesor, con el también frío y distante Benedicto XV. Bajo el pretexto del hipotético endurecimiento de la situación, el Papa quedó cautivo de su propia insonoridad. La neutralidad fue mantenida más allá de lo exigible, sobre todo en el caso polaco, cuyos obispos esperaron inútilmente oír las voces vaticanas. En este supuesto la Secretaría de Estado formaría bloque con el pontífice escogiendo el «mal menor» de la seguridad vaticana, para mantener sus posibilidades de mediación, un estatus imparcial y evitar «males mayores». De Roma nunca llegaría la declaración de guerra, ni el torrente de fuego condenatorio, que esperaban tantos católicos comprometidos con la resistencia. A cambio, la integridad territorial del Vaticano sería respetada por los alemanes durante su ocupación de Italia, en los últimos años del conflicto, y sus habitantes gozaron de la inmunidad física que la Wehrmacht y las SS habían violado en el resto de Europa.

El Vaticano batió su récord de asepsia moral y entreguismo cuando Italia entró por fin en guerra en junio de 1940. El Papa y sus ayudantes guardaron el más desesperante de los silencios, mientras consentían de nuevo el espectáculo de los obispos filofascistas, que clamaban por las armas italianas y pedían el sacrificio de los católicos por el Duce. No menos de treinta prelados italianos, desafiando la neutralidad, enviaron telegramas de felicitación a Mussolini entre alusiones a deberes marciales y patrióticos.

Con el transcurso de la guerra, a medida que los alemanes se apoderaban del poder en la capital italiana, la situación de los católicos y la seguridad del enclave neutral del Vaticano empeoraban notablemente. Las presiones sobre la Curia aumentaron en la misma proporción que engrosaba el número de refugiados en las dependencias situadas en territorio protegido por el concordato. Un millar de asilados, entre diplomáticos, perseguidos políticos y sus familias, se cobijaban en el corazón de la Roma fascista rodeados por el recelo oficial y la persecución de la Gestapo. Al mismo tiempo, en el apogeo del nazismo, los militantes cristianos que habitaban en Alemania o en las zonas ocupadas por los nazis veían cómo se recrudecía la antigua presión política.

No obstante, ni las difíciles condiciones en que se desarrollaba la vida cotidiana en el pequeño Estado, ni la eliminación de católicos en los países invadidos sirvieron tampoco para provocar un cambio de actitud en el Papa. Cada vez que se refería a la situación política y militar o juzgaba acontecimientos dolorosos, en público o en privado, recurría a sus conocidos arabescos verbales utilizando metáforas tanto más irritantes cuanto a realidades más dramáticas aludían. Esta escrupulosa neutralidad se emplearía, por tanto, para mantener la independencia vaticana en una hipotética mediación que nunca tuvo lugar.

La obsesión extrema por preservar hasta el final las posibilidades de paz y el arbitrio imparcial del Vaticano fue la que aconsejó el silencio de Pío XII y sus secretarios. Pero esta actitud no era sino el resultado de la deformación diplomática de los dirigentes de una institución celosa y nostálgica de su antiguo poder supranacional, que el ritmo de la historia estaba convirtiendo en añicos. La Iglesia católica, de este modo, hacía dejación de la defensa de los derechos naturales de millones de seres, escandalizando a propios y extraños. Así se mostraba al menos en 1940 el cardenal francés Tisserant, en una conocida carta en la que denunciaba la política acomodaticia de Roma y calificaba de ignominiosa la situación de la Curia, puesta a cubierto con la declaración de ciudad abierta para la ciudad del Tíber, mientras el dolor y el sufrimiento recorrían Europa.

Roma contra Moscú

Hemos mencionado antes la ruptura de la continencia verbal de Pío XII, haciendo la excepción de referirse a los soviéticos como agresores de Finlandia y como nueva amenaza para Occidente. También, en ocasión de la invasión de Polonia, el Papa rompió su abstinencia diplomática para condenar sin cautela a las tropas de Stalin. En cambio, como sabemos, la misma explicitud estuvo ausente de sus referencias a los atropellos alemanes, italianos, japoneses o de los aliados. Sin embargo, tal mudanza en actitudes no correspondía a un lapsus de las bien controladas emociones pontificias, sino a un cálculo estratégico basado en la total ruptura de relaciones y perspectivas entre Roma y Moscú, cuyos antecedentes hemos apuntado en páginas anteriores.

Durante toda la guerra, pero de forma especial desde el verano de 1943, el Vaticano no ahuyentó la preocupación sobre un eventual reforzamiento de los partidos comunistas europeos y del italiano en particular. El temor a una situación revolucionaria en la posguerra o a una toma del poder por las izquierdas en Italia obligó a Roma a jugar algunas bazas comprometidas. Hubo varios intentos diplomáticos por hacer ver esta posibilidad a los aliados, antes de que los avances militares de la Unión Soviética dejaran desarbolado el frente Este. Para entonces los alemanes habían tanteado la mediación papal en busca de una posible paz con los aliados, que dejara fuera a sus enemigos comunistas. Sólo la resistencia de los diplomáticos americanos, bastante escrupulosos en el reconocimiento de la colaboración rusa contra el nazismo, evitó la formalización de estas iniciativas.

De este modo, el Vaticano se encontró prácticamente solo frente al avance del socialismo en el Este. Por otra parte, Pío XII había heredado de su predecesor pocas cosas, pero entre ellas su acendrado anticomunismo era un hecho constatado. A este legado debemos añadir la experiencia personal de Pacelli durante su nunciatura en Munich en 1919, cuando presenció en directo la posibilidad de una revolución obrera. En aquella ocasión la sede de la representación vaticana fue asaltada por los «espartaquistas» alemanes y el nuncio vivió la angustia de serias amenazas físicas. Pío XII, no obstante su aparente frialdad y distanciamiento aristocrático de las situaciones más comprometidas, poseía un espíritu impresionable más allá de lo razonable. Según él mismo reconocería mucho después, los acontecimientos muniqueses se convirtieron en una inolvidable pesadilla, pasando a formar parte de sus fobias y temores. No podemos extrañarnos, por tanto, de su rigor ante la república de los sóviets, derivado en parte del recuerdo obsesivo por el peligro que le acompañaría toda su vida.

Polonia, el país católico por excelencia, fue sin duda el punto de referencia sustancial en el contencioso religioso de posguerra. Después de la actuación nazi, efectuada sin el menor cuidado por las formas, la intervención soviética más profunda aunque menos dramática se encaminaría a lograr un desarraigo religioso total. En Polonia estaba en juego la capacidad de atracción del realismo socialista, frente a la de los creyentes polacos dotados de una fe simple y poco razonada, pero mucho más arraigada de lo que podía suponerse. Las medidas tomadas por el gobierno en este país y también en Hungría, Checoslovaquia, Yugoslavia o cualquiera de los Estados comunistas, en contra de las actividades católicas, condujeron a la detención y acoso de sacerdotes y jerarquías como los cardenales Mindszenty y Stepinac, a los que se acusaba de colaboración con los enemigos del régimen.

Poco después la intervención de Moscú recriminando al Papa y al Vaticano su alineamiento con los americanos, en los peores años de la guerra fría, no haría sino alejar cualquier posibilidad de entendimiento. A pesar de ello, un sector del clero en los países de la órbita soviética trataría de llegar a acuerdos de coexistencia con los grupos más moderados de los partidos gobernantes, contribuyendo así al recelo romano. Por último, los favorables resultados electorales de los partidos comunistas en Italia y Francia terminaron por alarmar a Pío XII y sus secretarios. En 1949, el Papa pide a la Acción Católica una intervención urgente en la vida política para frenar a los comunistas, y el primero de julio del mismo año por un decreto del Santo Oficio se castigaba con la excomunión a cualquier católico que les apoyara en alguna forma.

En esta ocasión Roma no había titubeado, pensando en la comprometida situación en que podía colocar a los creyentes del otro lado. Por el contrario, derrotado el fascismo y dividido el mundo en dos bloques amenazantes, el Vaticano empezó a definir un proyecto de doctrina en favor de uno de ellos, que habría de informar la actividad católica hasta los años de Juan XXIII. El documento del Santo Oficio señalaba el comienzo de una fase centrada en los ataques y la crítica al pensamiento o a la militancia comunista. Un par de años después, en la Navidad de 1951, el Papa definía a los fieles de los países del bloque soviético como la «Iglesia del silencio».

Desde aquellas fechas, cualquier intervención papal en forma de radiomensaje, alocución a peregrinos, declaraciones en audiencia, etc., estuvo siempre señalada por las referencias negativas a Moscú y a los países del bloque socialista. Esta actitud obligaba a refrendar las posiciones del conjunto occidental, pronto agrupado en torno al liderazgo de Estados Unidos. El escozor antisoviético del Papa se puso de manifiesto en 1956, tras el aplastamiento de la revuelta húngara por los tanques rusos, al recriminar a la ONU su tibieza y sugerir la creación de un ejército internacional para evitar casos similares. Desde este punto de vista el alineamiento del Vaticano con las tesis occidentales no sólo era absoluto, sino en algunos aspectos más radical y dispuesto incluso a ignorar las áreas de influencia recíproca definidas en Yalta.

Los límites del Capital

El gran debate tras la guerra se planteó entre las dos fuerzas políticas, sociales y económicas en que el conflicto había dividido a Europa y al mundo. El capitalismo liberal y el socialismo soviético, cada uno en su parte, habían resultado vencedores lo mismo en lo militar que en lo ideológico. En los países estadísticamente católicos las preferencias por las soluciones que ofrecían ambos sistemas se encontraban moderadamente divididas en los años de reconstrucción y posguerra. A comienzo de la década de los cincuenta, los partidos comunistas detentaban todo el poder en el bloque soviético y en la inmensa China, mientras que en Occidente conseguían buenos niveles de aceptación en países importantes como Francia e Italia. Las preferencias socializantes contaban también entre los laboristas ingleses y en los grupos de oposición a las dictaduras en España o Portugal.

Sólo en Estados Unidos resultaba claro el rechazo a las tendencias bolcheviques, anatematizadas al máximo en los años de guerra fría y el conflicto de Corea. Desde este país se estaba exportando a la Europa arruinada un modelo de crecimiento basado en la propiedad privada y en la libre iniciativa, que se oponía frontalmente a la planificación estatal desarrollada en el Este. La carrera por la reconstrucción y la creación de condiciones de bienestar y consumo ocuparían a ambas ofertas durante dos buenas décadas, con resultados diversos pero positivos en términos generales. Desde la perspectiva vaticana quedaba en pie la definición moral de los dos sistemas y su convalidación o no para llevar a cabo las reformas sociales necesarias.

La elección prooccidental, que en lo político habían efectuado el papa Pacelli y los secretarios vaticanos, resultaba bastante comprometida teniendo en cuenta que en ella se incluía el mantenimiento del capitalismo liberal, contra el que la Iglesia y los papas se habían pronunciado, si bien no con el mismo rigor que contra el modelo socialista. Los precedentes de la *Rerum novarum* y de la *Quadragesimo anno*... —incluso con las insuficiencias que hemos señalado— no podían ser obviados, sobre todo porque habían significado la puesta en funcionamiento de la gran síntesis doctrinal que en plano social habían abrazado los católicos, después del retraso de tantos años.

No obstante, Pío XII no escogió la senda de las grandes encíclicas para tratar de poner al día sus enseñanzas sociales. Aunque su capacidad de trabajo y su atención a todos los pormenores y detalles de la época le llevaron a una producción de cuantiosa documentación sobre estos aspectos. Su esfuerzo estuvo dirigido, sobre todo, a aplicar en casos concretos los principios ya elaborados por sus antecesores, en una tarea de increíble minuciosidad. Se trataría de un ambicioso proyecto que pretendía formular de forma definitiva la arquitectura social de los católicos. Para ello el Papa se prodigó, durante los años 1950 a 1957, en intervenciones radiofónicas, alocuciones públicas, declaraciones diversas y todo tipo de documentos y circulares que invadieron las sedes episcopales, rivalizando en los púlpitos con otras campañas moralizantes o piadosas.

La proverbial tendencia de Pío XII a tratar cualquier tema desde la óptica social y la autocomplacencia por su dominio del lenguaje, le condujeron a una prepotencia pastoral, reflejada en múltiples intervenciones sobre los asuntos más peregrinos. Algunos días antes de morir se ocupó, por ejemplo, de la problemática profesional y moral en la cirugía plástica.

En todas sus aportaciones, Pío XII, sin embargo, prácticamente no se apartó de la línea de sus antecesores. Llevó la doctrina papal por el camino conocido de la condena al viejo liberalismo y al capitalismo deshumanizado, rechazando el egoísmo social que provoca la miseria y la protesta de las masas. Seguiría atacando al laicismo y al humanismo antirreligioso, que habrían engendrado la inmoralidad económica, causa de los problemas y las diferencias entre ricos y pobres. Una vez más se podían apreciar los límites que la doctrina papal ponía al capitalismo, cuando se intentaba justificarlo por la obligatoriedad de realizar una función social distributiva.

Sin embargo, aunque la Iglesia no escondía sus preferencias occidentales, no por ello se sentía comprometida con el modelo económico que predominaba en este bloque. Por el contrario, el Papa tomaba precauciones y trataba de medir alguna distancia, cuando pedía un cambio de actitudes sociales en el sistema capitalista, si se quería evitar la revolución que tanto le preocupaba al Este. Por eso, a pesar de que sus invectivas y fulminaciones más graves las guardaba siempre para los regímenes socialistas, Pío XII advertiría a los dirigentes occidentales de la necesidad de corregir el rumbo del capitalismo, si querían ser de verdad «el mundo libre» y seguir disfrutando de los frutos de la victoria sobre el fascismo. Mientras que para el Este colectivista no veía ninguna posibilidad de salvación, trataba de señalar a los suyos los defectos que se debían subsanar para que el individualismo occidental pudiera construir una verdadera alternativa al avance comunista.

6

UN PAÍS DE MISIÓN

CALLEJONES FRANCESES

La Iglesia católica ha tenido siempre en Francia uno de sus pilares básicos. A lo largo de los siglos fueron muchas más las ocasiones felices que las confrontaciones de gravedad entre los soberanos pontífices y los cristianísimos reyes galos. No obstante, el Estado que fuera cuna de la Ilustración y de la revolución laica empezó a romper sus amarres vaticanos a finales del siglo XVIII, con el triunfo del ímpetu anticlerical burgués. Y terminó «domesticando» la voluntad de los papas con los fusiles napoleónicos, que arrancaron su reconocimiento internacional en el Concordato de 1801, una de las ocasiones más infaustas de la historia de los papas. Por culpa de la aceptación, que en aquella circunstancia hizo Pío VII de las pretensiones del emperador francés, Roma casi tocaba fondo en su entreguismo al poder civil.

La situación creada por la posterior restauración monárquica y por el régimen imperial de Napoleón III hasta 1870, provocó la división de tendencias entre los católicos franceses. Mientras la mayor parte de la jerarquía y de los creyentes unieron su suerte a la de los gobiernos, asegurándose la continuidad del orden establecido, otro grupo conmocionado por el contenido social de las revoluciones de 1848 y 1871 apoyaron un programa de reformas de mayor alcance. Se trazaron así los dos grandes campos en que se escindieron las actitudes de los católicos franceses ante los problemas sociales.

La evolución de ambas líneas, una tradicionalista y otra reformista, crearía complicaciones a la ortodoxia vaticana empeñada, desde el pontificado de Pío IX, en evitar la dispersión de fuerzas y doctrinas. Pero sería al involucionismo del décimo de los Píos, a quien correspondería enfrentarse con dureza a las alternativas de derecha e izquierda, condenando consecutivamente el desarrollo de las dos tendencias y desviándolas a callejones sin salida.

La que podemos denominar «democrática» estuvo representada a finales del siglo XIX por los jóvenes estudiantes y sacerdotes que se agruparon alrededor de la revista *Le Sillon*, fundada en 1894. Su líder, Marc Sangnier, de familia y educación burguesa, apoyándose en el aperturismo de León XIII y en especial en los contenidos de la *Rerum novarum*, trataba de introducir y adaptar las aspiraciones de la modernidad y el liberalismo a la fe y la práctica católicas. De carácter encendido y personalidad atractiva, el joven Sangnier contó con simpatías entre el episcopado francés y su movimiento fue seguido también con atención en los círculos vaticanos. Fueron numerosos, asimismo, los clérigos y seminaristas que se sumaron al grupo, seducidos por el nuevo mensaje.

Sin embargo, el ideal «sillonista» evolucionaría hacia un entusiasmo por el régimen democrático al que veía como colofón natural de la religión y la comunidad cristiana, que sería calificado de inmoderado por los católicos tradicionalistas. De este modo, a comienzo de siglo las actividades de Sangnier y sus colaboradores empezaron a ser motivo de preocupación para las fuerzas monárquico-conservadoras, de fuerte implantación entre los fieles y jerarquías galas. Hacia 1906, después de una pequeña crisis de crecimiento, *Le Sillon* reafirmaba su presencia en la vida política francesa, exhortando la colaboración con organizaciones no católicas, pero igualmente preocupadas por una cristianización de la vida laica. Desde entonces empezaron a menudear las advertencias y las presiones conservadoras sobre el Papa y su entorno.

La división entre los católicos se tradujo en un semejante divorcio entre el propio episcopado francés. Al hacerse públicas y agudizarse las posiciones a favor o en contra de los «sillonistas», Roma, preocupada por la autonomía que adquiría el movimiento y las grietas abiertas entre la juventud, decidió intervenir condenando a Sangnier y sus discípulos. El 25 de agosto de 1910, Pío X se dirigía a los obispos galos denunciando, con escogidas citas textuales, los escritos, el pensamiento y las pretensiones sillonistas. En ellos anatematizaba el Papa a toda la tradición librepensadora, liberal y revolucionaria francesa asegurando que los verdaderos amigos del pueblo no eran los innovadores, sino los tradicionalistas.

Uno de los sectores que acogió con mayor satisfacción el correctivo papal sería el agrupado en la Acción Francesa, representante del pensamiento reaccionario y nacionalista entre los católicos franceses. Este movimiento, con el que se identificaban cardenales, teólogos, obispos, sacerdotes y fieles de derechas, había sido fundado por Maurras en 1899 alrededor de la revista del mismo nombre. De convicciones monárquicas, Maurras, fue apostando con mayor énfasis cada vez por un nacionalismo radical, teñido del antisocialismo y antisemitismo característicos de la época.

Como ha señalado G. Martina, Acción Francesa, a pesar de sus planteamientos positivistas y sus tendencias ateas, acabó seduciendo a buen número de católicos involucionistas. Los enemigos del laicismo modernista y del republicanismo, o la derecha tradicionalista se sumaron también en masa al movimiento, atraídos por las promesas de orden y retorno sociales. En la propia Curia, Maurras gozaba de importantes valedores, entre los que se contaban el secretario de Estado Merry del Val, el cardenal De Lai o el influyente profesor jesuita Billot. Tampoco puede negarse que la vocación antimodernista del grupo fuera ajena al propio pensamiento o no contara con la simpatía de Pío X, cuyas actitudes en este aspecto ya han sido explicadas.

Pero los católicos demócratas franceses, a los que se unieron diversos obispos, no habían cejado en sus protestas y denuncias sobre lo que podía representar para la religión apoyar el neopaganismo de Maurras. En 1914 estas intervenciones lograron algún éxito cuando la Congregación del Índice sentenció varias obras de éste. Pero Pío X, aunque había consentido la libre condena de sus escritos, le seguía considerando un «sólido defensor de la Iglesia y la Santa Sede», por lo que decidió retener la admonición. El Papa, que no se recató lo más mínimo en la reprobación a *Le Sillon*, sería más condescendiente con los antiliberales, a los que se sentía espiritualmente unido. La muerte le llegó a Pío X sin haber hecho oficial la medida, creyendo que era mejor sostener a quien, como

Maurras, representaba una actitud contrarrevolucionaria, que dar la razón a los republicanos enemigos de la Iglesia.

Habría de ser Pío XI, en 1926, sometido a renovadas presiones del Obispado francés y del propio gobierno republicano preocupado ante el sesgo radicalnacionalista del movimiento, quien diera vía libre al entredicho contra Acción Francesa y sus adláteres. Por esas fechas la línea editorial de las publicaciones de Acción había adoptado un carácter opositor integrista y agresivo y su influencia alcanzaba cada vez más a los sectores intelectuales católicos. Sus continuos ataques al gobierno republicano y su proclamación de la rivalidad francoalemana habían terminado por perjudicar la política del período de Benedicto XV, que sin embargo se abstuvo de intervenir. Pero su sucesor, Pío XI, mucho más temperamental y decidido, asumió personalmente la condena de los errores de Maurras, la inclusión en el Índice de su periódico y otras medidas rigurosas.

La enérgica actuación del Vaticano en este asunto tuvo la virtud de alejar de la juventud católica el espectro de una militancia activa en los grupos de imitación nazi. También contribuyó a cercenar considerablemente el sólido integrismo francés y a evitar su extensión mayoritaria en los decenios posteriores. Es cierto que se mantuvo una vena de involucionismo católico, aliada políticamente a la derecha tradicionalista, pero su expresión fue insignificante en lo que restaba del siglo XX.

Por el contrario, de la que hemos llamado línea democrática o reformista y emparentado con algunos elementos del antiguo «sillonismo», habría de surgir en la posguerra un movimiento de renovación evangélica de sustancial trascendencia. Las condiciones de posibilidad de éste hay que localizarlas en los mismos años de guerra y resistencia al nazismo. Fueron el espíritu de resistencia a las leyes del gobierno colaboracionista de Vichy y la participación de muchos sacerdotes codo a codo con obreros y partisanos en las tareas de la liberación los que dieron lugar a enriquecedoras experiencias comunes. Entre los prisioneros de los campos, los deportados y los obligados al trabajo en Alemania, se mezclaron los primeros curas obreros, cuya figura iba a tener considerable importancia en el mundo cristiano de posguerra.

Bajo el padrinazgo del arzobispo de París, se fundaría ya en 1941 un centro de preparación para este nuevo apostolado con el significativo nombre de Misión de Francia. El carácter experimental de esta institución favoreció las innovaciones diocesanas, la independencia respecto a la jerarquía y la libre adopción de métodos. Los datos recogidos y aportados por este movimiento permitieron además subrayar la auténtica gravedad de la situación religiosa interna. En 1943, la fecha en que Godin y Daniel publicaban su conocido *La France pays de mission?*, se había calculado la proporción gigantesca de la descristianización en los populosos arrabales industriales. Las *banlieu* de las grandes capitales francesas, que acogían a toda la clase obrera, con unos nueve millones de trabajadores y sus familias, apenas registraban entre el 5 y el 10 por ciento de practicantes católicos.

Godin y Daniel dieron la voz de alarma que no tardó en extenderse por las naciones católicas industrializadas, portadoras de las mismas proporciones de neopaganismo. Al mismo tiempo, estos autores proponían las condiciones para una recristianización interior, basadas en la necesaria modificación del método y en la búsqueda del mensaje evangélico. La piedra angular de su propuesta consistía en la ruptura formal de la alianza de la Iglesia con la clase burguesa, a la que los obreros consideraban responsable de su marginación social, y en la penetración directa en los ambientes proletarios mediante un esfuerzo de comprensión y solución de sus problemas de clase.

La jerarquía francesa, consciente de la notable pérdida de terreno, asumió buena parte de las propuestas obreristas y se decidió por apoyar el ensayo. Se permitió a algunas docenas de sacerdotes salir del ambiente y la pastoral parroquial, integrándose en el mundo del trabajo y conviviendo en los barrios obreros e intentar acercar sus creencias a las fábricas convirtiéndolas en algo vivo y cotidiano. Una nueva escuela de «misioneros» fue organizada en 1944, esta vez sólo para la región parisina, por iniciativa de su prelado.

En años posteriores se pudo comprobar que la frecuencia de las prácticas religiosas entre el campesinado galo no era mucho mayor que las observadas entre los trabajadores urbanos. Al mismo tiempo, coincidiendo con esta sequedad de observancia en las tradicionales fuentes de reclutamiento sacerdotal, la curva de vocaciones y el número de religiosos empezaron a descender de manera alarmante. La situación provocaría una nueva y decidida intervención del cardenal Suhard, arzobispo de París, que, mediante una conocida carta de 1947 denominada significativamente «Crecimiento y caída de la Iglesia», propugnaba la reencarnación del cristianismo en las necesidades del mundo actual.

Nuevas voces y renovadas experiencias sirvieron para afirmar el papel de los curas obreros en los años siguientes, hasta que el vuelo y la independencia dogmática que estaba tomando la experiencia provocaron otra vez la intervención del Vaticano. Aunque quizá la condena papal no hubiera sido en esta ocasión tan severa si la práctica obrera de los sacerdotes no se hubiera inscrito en un movimiento teórico de mayor envergadura y peligrosidad para la unidad y el dogma vaticanos.

La *nouvelle théologie*

A finales de los cuarenta, el empuje del laicismo, los deseos de libertad y tolerancia religiosa o el pluralismo social y político, constituían otros tantos vectores amenazantes para los restos del tradicionalismo antimodernista católico, que además tuvieron una notable repercusión entre los cristianos progresistas. Francia, como en el caso de los ensayos obreros, iba a ser la avanzadilla de un intento de renovación teológica sin precedentes en nuestro siglo, a través del cual se intentarían crear las condiciones para la supervivencia de lo religioso mediante su adaptación contemporánea.

Algunos retos de posguerra, como el enfrentamiento entre capitalismo y socialismo o la nueva moral existencialista, no podían ser ignorados por más tiempo ni encontraban explicación a través de la vieja teología. El hedonismo que sigue a toda catástrofe humana o la aparición de nuevas formas de egoísmo e insolidaridad anticristianas eran complicados de explicar a la luz de un evangelio lastrado por el dogma y el retraso anticientífico.

La enseñanza papal, sustentada e inspirada todavía sobre encíclicas decimonónicas o sobre condenas excluyentes, era también claramente insuficiente para el encuentro pastoral. Los seminarios mantenían las antiguas pedagogías y desde el púlpito se insistía rutinariamente en las prácticas oracionales y pietistas, en los ceremoniales o en las catarsis procesionales como talismanes para cualquier contingencia. Se buscaba el efecto propagandístico de lo ostentoso, exteriorizando la fe, antes que la reflexión autocrítica que pudiera asentar las creencias. El gusto por lo humano sencillo y la necesidad de satisfacer lo natural exigido no habían llegado todavía a las escalinatas de San Pedro. Nadie se atrevía, por otra parte, a iniciar el abordaje arriesgado de las principales contradicciones teológicas, tratando de incluir el atávico enfrentamiento entre razón y fe, en una realidad social que necesariamente tenía que estar prevista en el plan creacional de la humanidad.

La asfixia vaticana seguía impidiendo el «funesto» pensar por sí mismo, cuando en el país de las luces surgió el resplandor de toda una generación de pensadores, llamada a conmocionar las filas católicas. Algunos teólogos más lúcidos lideraron la petición de una renovación a fondo de la enseñanza y una apertura autocrítica a las exigencias contemporáneas. Fueron los Chenu, Charlier, Congar, Lubac, Bouillard, Le Blond o Daniélou entre otros, los que defendieron la búsqueda de un mayor diálogo con la ciencia y el pensamiento modernos, sin encontrar eco demasiado favorable ni en su país ni en la corte pontificia.

Aunque quizá la figura más destacada del grupo debe ser considerado el antropólogo Teilhard de Chardin, más leído después de muerto que en vida, pero con una notable influencia entre los cristianos de su época. En algunos de sus libros como *El fenómeno humano*, el sacerdote unía oficio y fe partiendo de sus investigaciones de paleontólogo. Asumía el reconocimiento honesto de la realidad material del mundo, implicándola con una similar energía espiritual en un conjunto de fuerzas interrelacionadas.

La complicada atención de lo religioso al evolucionismo científico encuentra en Chardin un paladín cósmico. Lo que llamamos vida, enseñaría, es a la vez culminación de un plan divino y tendencia hacia un punto omega, que la fe considera impregnando todo lo posible conocido. El científico paleontólogo parte de la creencia torturada por el freno del dogma. En esta situación se ve obligado a negar y desautorizar cualquier evolucionismo y tenérselas que ver con un Dios inmóvil y absoluto, sugerido por el reflejo de fuerzas conservadoras.

Contra esto, admitir la idea de proceso, como lo hizo Teilhard, significaba reivindicar el historicismo religioso y por lo mismo dotar a la Iglesia de un carácter dialéctico y de la posibilidad de contingencia humana no necesaria en lo que «atares y desatares». Realmente suponía demasiado para un poder todavía intransigente y reduccionista, nada acostumbrado al desvanecimiento de lo sólido.

La obra de este jesuita, además de sumarse a los nuevos teólogos en su concepción historicista de lo religioso y en la redefinición del dogma, destacaba sobre todo por su original versión del plan divino en una teoría de la creación que incluía una síntesis evolucionista dotada de originales elementos inmanentistas o panteístas. Algunas teorías de Chardin fueron refutadas ya a finales de los años cuarenta por medio de la prensa oficial vaticana y quedaron incluidas, acusadas de panteísmo y modernismo, con el conjunto de las nuevas ideas en la condena lanzada por la encíclica *Humani generis* en 1950.

Como en ocasiones anteriores la encíclica era la guinda papal a una serie de admoniciones y advertencias hechas a distintos autores, entre los cuales los citados Chenu, Congar, Daniélou o el alemán Rahner. A pesar de todo, el pensamiento teilhardiano y la apertura de la *nouvelle théologie* se extendieron entre el clero y la comunidad de fieles, traspasando en los años cincuenta las fronteras francesas hacia países con graves problemas sociales y políticos como España, donde la jerarquía no estaba dando precisamente la talla evangélica.

El Vaticano, por su parte, no sólo mantuvo sino que afianzó su presión contra los cristianos progresistas. En ese decenio abundan las intervenciones y los expedientes contra sectores del clero y la militancia laica francesa. En 1953 el Santo Oficio, que dirigía el cardenal Pizzardo, incluye en el Índice un libro de Montuclard y ordena retirar los de Chardin de las bibliotecas. Al mismo tiempo los obispos franceses, alineados con Roma, condenan los movimientos cristianos juveniles o decretan el relevo de personal en las revistas *La Croix* y *Témoignage chrétien*.

OBREROS CON SOTANA

La persecución a los teólogos preparaba y abonaba el terreno para la fulminación de la experiencia de los sacerdotes obreros, que tanta relación tenía con el intento de reforma teológica. Las advertencias contra este ensayo misionero habían empezado a llegar muy claras con las prevenciones de Pío XII al riesgo de contaminación clasista, al que estaban expuestos los clérigos. La misma evolución personal de algunos de los voluntarios inquietaba profundamente a un Vaticano que había condenado cualquier apoyo o reconocimiento del adversario marxista. Los sacerdotes obreros participaban en actividades sindicales, se relacionaban con militantes comunistas o socialistas, se dejaban ver en manifestaciones, apoyaban huelgas y empezaban a impregnarse de las formas, la ideología y el verbo de la izquierda.

Durante todos esos años, entre 1944 y 1953, el nuncio en París monseñor Roncalli, futuro Juan XXIII, pasó desapercibido a pesar de su privilegiada situación en el ojo del huracán. El legado, tal como aseguran algunos biógrafos poco críticos, aunque no se prodigó en la ayuda o el apoyo a los participantes en la experiencia, practicando un claro inhibicionismo, trataría al menos de evitar la intervención romana a cambio de limitar algunos excesos sacerdotales. Lo cierto es que, tras su relevo en septiembre de 1953, el nuevo nuncio Paolo Marella, representante de la animosidad oficial, engrosaría y alentaría las sospechas vaticanas. En las primeras semanas de su gestión informaba a Roma del «escándalo» de los sacerdotes obreros, de la «contaminación» marxista del clero joven o de la entrega al comunismo de los curas de los barrios.

Nada más estimulante para la obsesión antimarxista de la Curia y del propio Pío XII. La recepción del informe-mensaje que Roma había esperado impaciente e inútilmente recibir de Roncalli fue la contraseña para el inicio de la represión. El propio Marella, siguiendo las directrices romanas, ordenó el cierre de los locales de la Misión de Francia, sin consulta ninguna con las jerarquías francesas, que intentaron reaccionar entrevistándose con el Papa. Sin embargo, a su vuelta de Roma en noviembre de 1953, los arzobispos de París, Lille y Lyon se sintieron obligados a aplicar las consignas vaticanas declarando inaceptable la continuidad de los sacerdotes obreros, en las condiciones existentes.

Se ofrecería, a cambio, la posibilidad de alternar parroquia y fábrica, disminuyendo el horario laboral a un máximo de tres horas diarias, al mismo tiempo que se prohibía asumir cargos sindicales o políticos. Las limitaciones, diseñadas en tono menor para evitar el rechazo de la opinión católica, eran sin embargo lo suficientemente hábiles como para suponer el final del movimiento sacerdotal obrero. Así las medidas afectaron profundamente a los cristianos franceses, que simpatizaban con el voluntariado obrero católico. Pero pronto prevalecieron las cautelas y temores, ante una hipotética infiltración de los comunistas entre el clero, divulgadas de forma interesada por la prensa religiosa o progubernamental.

Después del entredicho, una buena parte de los sacerdotes desobedeció las órdenes pontificias, pero su esfuerzo quedaba aislado entre una comunidad de fidelidad mayoritaria romana. Mientras tanto, la Santa Sede remodelaba la Misión de Francia promoviendo métodos y colocando a personas bajo su control absoluto. Tras la muerte de Pío XII, el grupo más esperanzado aún confió inútilmente durante el reinado de Roncalli una rehabilitación del movimiento. Sólo en 1965, con Pablo VI y en pleno éxito de la reforma conciliar, se rehabilitó bajo estricta normativa la posibilidad de volver a ser cura obrero. En esta oportunidad, la menor animosidad del Vaticano contribuyó a mejorar la imagen del intento, a una escasa espectacularidad y al mantenimiento de la experiencia en términos más modestos.

Un balance final de la experiencia colocaba, una vez más, como triunfador pírrico del enfrentamiento a un pontífice autoritario y temeroso del ritmo asincopado de una parte de su grey. Los cardenales y obispos franceses por su parte, acatando dócilmente el criterio vaticano, evidenciaban la incapacidad episcopal para llevar adelante cualquier proyecto incómodo al centralismo o al doctrinarismo. Puesto en la extrema situación de escoger entre Roma o

París, no supieron estar a la altura del futuro inmediato sino a favor de la brevedad de criterios de la Curia. Se daba carpetazo así a un episodio más del sofoco romano sobre las iglesias nacionales, que tan bien había atado Pío IX en su Vaticano I.

En cuanto a los sacerdotes voluntarios, uno de los pocos segmentos resistentes al poder y al autoritarismo, desautorizados por el Papa y abandonados por sus pastores más cercanos, cayeron presa de la frustración. Los que cambiaron de senda de «perfección» terminaron englobados en otros proyectos e ideales a través de los que creyeron podrían realizar entre los humanos su promesa religiosa. En tanto otros compañeros de «aventura» o bien se reciclaban o bien quedaban aparcados en espera de mejores tiempos para el celo misionero.

A pesar de estos sinsabores, la nueva teología o la experiencia obrera han sido destacadas con frecuencia como prueba de la madurez de los católicos franceses, de su capacidad de progreso y de su iniciativa e imaginación, para encontrar salidas a crisis y callejones. Aunque es evidente que como Misión el movimiento no pudo celebrar grandes triunfos, también es cierto que los «padres trabajadores» conquistaron un lugar en los barrios y en los tajos. Y llevaron una encomiable vida testimonial, junto a sus hermanos no creyentes que los admitieron y trataron como a iguales, respetando su fe o su ideología.

A ellos se debe en no poca proporción la actitud de las nuevas generaciones obreras mucho menos beligerante contra la Iglesia que la de sus antepasados. Muchos se supieron ganar la admiración y la amistad de los militantes sindicales laicos y sus iniciativas sirvieron de ejemplo e iluminaron a los católicos de otros lugares como Bélgica, Italia o España, que durante los años sesenta escribieron importantes páginas de la historia del movimiento obrero de sus países.

VEINTE AÑOS ATRÁS

Con la perspectiva del tiempo transcurrido, los cambios sociales, políticos o religiosos sobrevenidos y con la experiencia de los pontificados posteriores, la gestión del papa Pacelli se nos aparece como una gran frustración originada por la inmensa pérdida de tiempo y esfuerzos que supuso. Muy pocas veces en nuestro siglo un hombre había ofrecido a priori elementos tan favorables para esperar de él un gran paso hacia delante en la Iglesia católica.

A pesar de que su currículum estaba casi ayuno de méritos pastorales, presentaba otros aspectos ciertamente contundentes. Su formación intelectual, sus conocimientos teológicos, la unanimidad en su elección, una profunda experiencia diplomática en nunciaturas y en la Secretaría de Estado, su dominio de las lenguas modernas, sus viajes cardenalicios o su carisma funcionarial, sobresaliente entre todos sus compañeros prelados, e incluso la ausencia casi total de oposición en la Curia, obligaban a creer que la Iglesia contaba por fin con la persona adecuada para liquidar su contencioso tradicional con el mundo contemporáneo.

Las cualidades que le adornaban deberían haber hecho de él al menos un León XIII, y sin embargo, se quedó en poco menos que un Pío X. Al no poseer tampoco la energía o la arrogancia de su antecesor, Pío XI, permaneció atrapado entre el inhibicionismo neutralizante de Benedicto XV y sus propios arabescos litúrgico-lingüísticos, que no pudo superar con una pastoral medrosa y cicatera. Fueron más sus fobias que sus filias y si se ganó el respeto de muchos fue sobre todo por el patetismo que ofrecía su imagen torturada, más que por la lucidez o valentía de sus escasas decisiones fundamentales.

Como líder espiritual, pero obligado a marcar directrices políticas, fue sin duda un mal apostador. Perdió primero el envite de la neutralidad, al no querer jugar fuerte contra el fascismo y el hitlerismo, cuando su propia grey se lo pedía y prácticamente su antecesor le había desbrozado el camino. Marró luego en su ardorosa opción anticomunista, cuando fuertes corrientes dialogantes católicas aconsejaban menos beligerancia y más equilibrio. Pero se dejó llevar por el helado curso de la guerra fría y el adoctrinamiento occidental, en una de las pocas veces en que actuó con alguna energía.

Sostuvo a regímenes y dictaduras «católicas» en entredicho, como las de Franco o Salazar, ganándose la desconfianza y provocando la fuga de muchos valiosos militantes. En fin, todos sus desvelos y su trabajo personal tampoco sirvieron para pergeñar una sólida doctrina, que sirviera para enlazar su labor con el futuro. Demasiado atado a las telarañas decimónicas fue el enviado pero no el escogido, capaz de ver más allá del tiempo pasado.

Poco después de morir, en los años sesenta las barreras interpuestas con su trabajo, los esfuerzos doctrinales llevados a una minucia inverosímil y el recuerdo de su omnipresencia «angélica» saltaron en pedazos. El Vaticano II, sin que nadie se lo propusiera específicamente, fue su gran derrota póstuma, porque más que para atacarle a él o a su obra, sirvió para ignorarle. La magna reunión, como luego veremos, sería sobre todo la plataforma para la expresión abierta y plural de una comunidad de creyentes que él mantuvo encorsetada en los viejos miedos y manías. El fuego subterráneo de la innovación y la reforma, que ignoró o condenó en la mayoría de los casos, le sobrevivió constituyéndose en su biógrafo más crítico.

Eugenio Pacelli gobernó la Iglesia durante casi veinte años entre el 2 de marzo de 1939 y el 9 de octubre de 1958, día en que moría en Castelgandolfo a los ochenta y dos años. Mientras fue Papa muy pocas veces se le pudieron anotar desmayos o debilidades humanas. En contraposición con su trato privado afable y cariñoso, en público toda su persona reflejaba el hieratismo y monolítico oficialismo que quiso imprimir a una Iglesia protocolaria y ceremonial, que sin embargo se convulsionaba por dentro en espera de una mejor válvula de escape.

A pesar de ello, el Papa en todas sus intervenciones constituyó un prodigio de seguridad en sí mismo y de firmeza de autoridad, contribuyendo a dar una imagen no del todo real de la Iglesia que presidía. El talante de intervención mal disimulado, que distingue a algunos papas, y quizá la exagerada autoestima producida por un largo aislamiento personal, quedaron reflejados, sobre todo, en la decisión de prescindir del titular para la Secretaría de Estado, desde 1944 en que murió el entonces secretario cardenal Maglione. Hasta esa fecha el elegido, en principio, para el puesto de mayor confianza y colaboración con el Papa, conoció numerosas intromisiones y sostuvo diferencias notables con el soberano pontífice.

Su papel como secretario de Pío XI le había servido a Pacelli para ser reconocido como miembro destacado de la gran escuela diplomática vaticana, que cuenta en su nómina con figuras de gran relieve. Inteligente y capaz, cuando estaba a las órdenes de espíritus más arriesgados, pronto resolvió ocuparse por sí mismo de la cartera más comprometida de la Curia, poniendo así las bases de una gestión piramidal y absorbente. Para ello burocratizó al máximo el importante departamento, con dos subsecretarías (Tardini y Montini) que le sirvieran de ejecutoras, pero a las que dejó apenas colaborar.

De este modo, cada vez más aislado y recelando siempre de la capacidad de los que le rodeaban, fue aplazando las necesarias reformas sin decidirse a dar los pasos encaminados a modernizar las estructuras de la Iglesia. Incluso el temor a provocar cismas o resultados disidentes le hizo desestimar el proyecto de convocatoria de un concilio. Mientras tanto dejaba que las oficinas vaticanas alcanzaran el máximo de senilidad y se alejaran del latido de la comunidad, negándose a cualquier cambio.

7

«TÚ ERES PEDRO»

UN CARDENAL GORDO Y BUENO

Los veinte días transcurridos entre la muerte de Pío XII y la elección de su sucesor Juan XXIII fueron sin duda decisivos para la suerte de una Iglesia cuya trayectoria se vería gravada durante dos décadas por el juego de tensiones resultante de aquellas fechas de interregno. Pocas veces una herencia pontificia y la disputa de la tiara alcanzaron tanta divulgación e interés en tantas esferas de la opinión pública. Si en otros momentos las sucesiones vaticanas soportaron presiones intolerables de Estados y gobernantes, éstas habían sido limitadas desde Pío X, al mismo tiempo que crecían la expectación o la ansiedad de católicos, ante la reunión de los cónclaves. Buena prueba de esto lo constituyeron, entre otras muestras, la inusitada cobertura informativa mundial de la reunión electiva o el casi millón de personas, según algunas fuentes, que en la misma plaza de San Pedro siguieron las noticias y vicisitudes de la elección de 1958.

La decisión sobre el relevo de Pío XII, un hombre ligado a la saga de líderes «insustituibles» que produjeron los años cuarenta, abrumaba a los que tenían la responsabilidad de votar al más adecuado y preocupaba a la militancia católica, interesada en un cambio de rumbo más que en una sustitución continuista. En cualquier caso, cuando el 25 de octubre se abrieron las sesiones del Sacro Colegio, el recuerdo de la imponente figura del papa Pacelli, su omnipresencia, capacidad de trabajo y decisión, eclipsaban cualquier especulación sobre los candidatos. Había sido tan totalitario su planear «angélico» sobre el cuerpo de la Iglesia, que en su vuelo había oscurecido la mayor parte de los méritos que otros purpurados podían presentar a la hora de convertirse en sus herederos.

En los últimos tiempos de la gestión de Pío XII los «partidos» vaticanos aparecían más alejados entre sí que nunca. Los últimos cuatro años fueron realmente otros largos ejercicios de planteo y sometimiento de tensiones en la Curia, que no eran sino reflejo de semejantes convulsiones transmitidas por el cuerpo vivo y dinámico de la Iglesia. Los elementos retardatarios bloquearon como pudieron la exigencia de una renovación teológica, de una remodelación profunda de la pastoral y, en especial, la demanda de una pasarela de diálogo con algunas doctrinas humanísticas de amplia aceptación universal.

La Curia había conseguido, en esta labor de contención, algún que otro triunfo táctico como el alejamiento del sustituto Montini desde la oficina de Estado al exilio dorado de Milán. Sin que sea posible identificar con plenitud la figura y la actitud del que luego habría de ser Pablo VI con las corrientes más progresistas del catolicismo de los años sesenta, sí es cierto que su capacidad de diálogo, sus contactos con los sectores más avanzados de la Acción Católica, su apoyo a la Democracia Cristiana de De Gasperi, su amplia visión de las relaciones internacionales vaticanas e incluso su mayor receptividad ante los problemas sociales le enfrentaban continuamente a los dirigentes del anacronismo romano.

Entre las dificultades que tuvo que encarar Montini destacan las diferencias de procedimiento con el cardenal Ottaviani, encargado del Santo Oficio, o las disparidades sobre estrategia diplomática con el cardenal Tardini, con quien se repartía las responsabilidades administrativas de la Secretaría de Estado. Pero serían las presiones que sobre Pío XII ejercía ese difuso y fantasmal «partido romano», nunca bien definido pero siempre celoso de los privilegios curiales y atento al mantenimiento de una línea conservadora y descomprometida, las que consiguieron el apartamiento del Sustituto en 1954.

El paréntesis milanés pondría fuera de opción cualquier posibilidad de sucesión para éste, que ni siquiera era cardenal en el momento del cónclave de 1958. En caso contrario parece fuera de toda duda que un hombre de su historial y formación, de largos años de íntima colaboración con el Papa fallecido y dotado del talante aperturista que demandaban los tiempos, resultaba el candidato más adecuado para abordar los pasos necesarios en pos del ansiado *aggiornamento*.

En el otro espectro, el del partido romano, los posibles sucesores carecían de la misma virtualidad, salvo que resultaban más fácilmente elegibles por su mera posesión del capelo. Entre ellos la candidatura del prelado Siri, que sin duda hubiera forzado el autoritarismo y el continuismo pianos, se encontró con el rechazo de los padres, entre los cuales se temía sobre todo su juventud y carácter ambicioso. Se llegó a decir que con Siri «hubiéramos tenido no un santo padre, sino un padre eterno». Otros «futuribles» que también aseguraban un talante pacelliano de la gestión pontificia, eran el mismo Ottaviani o el armenio Agagianian, propuestos por distintos sectores de la Curia. Finalmente, en los días anteriores a la reunión del cónclave, se abrió una puerta de compromiso que dejaba fuera lo mismo a los continuistas que a los partidarios de la solución Montini.

La tercera vía de un cardenal «anciano», sin preferencias políticas firmes, dispuesto a patronear una fase de transición en espera de una mayor clarificación de las posibilidades, encontró casi por necesidad un apoyo mayoritario. El retrato robot del futuro Papa, aceptado bajo la condición de la provisionalidad, correspondía a muy pocos de los miembros del Colegio, pero encajaba a la perfección con la figura y personalidad de monseñor Roncalli, patriarca de Venecia. Tenía que ser un cardenal que por su avanzada edad asegurase un breve paso bajo el baldaquino (Roncalli, en efecto, tenía casi setenta y siete años), no perteneciente al partido romano ni alineado con sus adversarios, pero tampoco rupturista respecto a la línea pontificia anterior, tolerante con el integrismo, cura con los indecisos y débiles y sobre todo de reconocida actitud conciliadora.

Se buscaba y se creyó encontrar una persona neutral, dotada de una peculiar bonhomía, un cardenal gordo y bueno que fuera un padre, no un patriarca, y con el que la Iglesia estuviera a salvo de sorpresas. Como además el currículum del titular veneciano, proclive a la pastoralidad y carente de relaciones y experiencia en la Curia, garantizaba un reinado sin complicaciones, su elección vino a contentar a todos.

JUAN EXTRAMUROS

El poder confiere carisma y seguridad. Y cuanto más absoluto es tanto más firmeza de ánimo presta a los que son con él investidos. Nos hemos referido, en páginas anteriores, a la especial fortaleza que adquieren los humildes servidores de Cristo, a medida que van inclinándose ante él las orgullosas y sabias cabezas de los purpurados, en el momento inmediato a su designación. Se trata de una ceremonia de acatamiento que va más allá de la formalidad cortesana, mediante la que el nuevo pontífice recibe la inspiración y por vez primera la sensación de ser, en efecto, el *Summus* entre los príncipes y no un mero *primus inter pares*.

Es difícil explicar una sensación que no se ha experimentado, pero no tanto observar las consecuencias externas de la misma, mucho más notables en prelados que pasan en cuestión de segundos de la proclamación de modestia, humildad e inmerecimiento a la aceptación de la primacía universal de la Iglesia. Ninguna representación tan vivida en toda la liturgia católica como la que se resume con las evangélicas palabras: «Tu es Petrus», tras las cuales se encomienda a los sucesores de Pedro la posibilidad del poder y la delegación casi absoluta de la divinidad, con la que adquieren un carisma espiritual no igualado por ninguna otra autoridad terrenal.

Roncalli fue elegido Papa tras una dilatada vida, dedicada en lo fundamental a la representación diplomática. Fue visitador o nuncio apostólico de 1925 a 1953 en lugares tan diversos como Bulgaria, Turquía, Grecia o París. Carecía de una brillante actividad intelectual, pero había desempeñado una importante labor profesoral en el Seminario lateranense y destacaba, sobre todo, por una pastoral sencilla y personal, sin complejos y llena de pinceladas de su propia humanidad. Sus rasgos más característicos eran la falta de artificio y una proclividad a la ruptura de la estrechez y el protocolo.

Compañero de estudios de Buonaiuti, siempre guardó para éste un cariñoso recuerdo, aunque unido al rechazo más sincero y a la incomprensión de su obra o de su enfoque crítico de la Iglesia contemporánea. Esta conocida posición junto a su tibio y distante comportamiento en el asunto de los sacerdotes obreros franceses parecía ponerle a salvo de toda sospecha modernizante y socializante. Ello sin duda facilitó el consenso alrededor de su elección, pero sirvió también para que fueran más llamativos e imprevistos algunos de los pasos dados por el nuevo papa, en especial desde los primeros meses de 1959.

En las semanas iniciales de su reinado, la sensación de continuidad relajada con la gestión anterior apenas fue interrumpida por algunos elementos de renovación más superficiales que profundos. Su primera aparición pública en el balcón de la plaza de San Pedro, el martes 28 de octubre de 1958, había sido precedida por el anuncio de su nombre y sirvió para confirmar las primeras muestras de extrañeza general. La elección del nombre de Juan XXIII rompía con toda la serie de Píos a la que se habían acostumbrado los católicos. Poco después su figura abultada y campesina, tan lejos del hieratismo empaquetado de su antecesor, era otro motivo de desconcierto en toda la formalística imperante hasta entonces. Incluso el tono de su voz, cálida, tranquila y amable —la «voz de un amigo»—, contrastaba poderosamente con el metalizado sonido del poder, que emanaba de gargantas anteriores.

No obstante se trataba todavía de innovaciones apenas anecdóticas, aunque subrayadas poco después por algunas iniciativas asimismo infrecuentes en los papas precedentes. De talante activo e inquieto, enseguida desdeñó la oficinesca mesa de trabajo y apagó la eterna lámpara pacelliana, sustituyéndolas por una llamativa práctica pastoral, a través de la que trataba de ser un efectivo obispo de Roma. Muy pronto inauguraba con sus «salidas» urbanas un desacostumbrado tipo de papa-pastor que visita y se mezcla con su rebaño. Catedrales, seminarios, universidades, hospitales, residencias para ancianos sacerdotes, escuelas y la cárcel romana de Regina Coeli fueron los primeros testigos bulliciosos del cambio pastoral del papado.

Al mismo tiempo que estas actividades públicas iban popularizando la imagen de un pontífice de carne y hueso, algunas ligeras reformas en la administración interna conducían a pensar en un mero cumplimiento del consenso y la transitoriedad que el Colegio pedía al nuevo papa. La Secretaría de Estado, vacante durante más de diez años, fue ocupada definitivamente por Tardini, sin que el otro aspirante cualificado, monseñor Montini, fuese removido de la sede milanesa. Al mismo tiempo Juan XXIII restablecía el sistema de consultas con los dicasterios administrativos vaticanos, volviéndose a la regulación de audiencias entre el Papa, secretarios y encargados, cuya interrupción con Pío XII había terminado por anquilosar la maquinaria burocrática del Vaticano.

También las relaciones con el Colegio cardenalicio presentaron una importante reanimación. Además de menudear la convocatoria del Consistorio se ampliaría el número de prelados, ordenándose enseguida veintitrés nuevos cardenales, entre ellos Montini y el propio Tardini. La remodelación del Colegio, confirmada en años posteriores, estuvo caracterizada por un auténtico rejuvenecimiento de los prelados y por la elevación al purpurado de un obispo negro y dos asiáticos. Pero estas y otras medidas descentralizadoras, como la revitalización de las Congregaciones romanas, aunque sirvieron para caracterizar la vida vaticana, no llegaron al gran público como habría de hacerlo el trascendental anuncio de la convocatoria de un concilio, hecha por Juan XXIII el 25 de enero de 1959.

La febril actividad «extramuros» del nuevo papa tenía como virtud colmar el relativo vacío a que, sin duda, se veía sometido un hombre de formación no específicamente vaticana. En efecto, Roncalli, a pesar de mantener buenas relaciones con la Curia, no estaba en absoluto familiarizado con los recovecos palaciegos, ni pertenecía a aquella élite de la diplomatura formada en la Academia de los Nobles Eclesiásticos, que se jactaba con razón de ser la mejor cantera pontificia. Menos aún dominaba los secretos del departamento de Estado, de tan singular importancia para el control de las decisiones fundamentales. Y si estas circunstancias pudieron haber ayudado en su elección, es indudable que también amenazaban cualquier intento personal de variar el sentido inmutable de las cosas dentro de la Iglesia.

Sin embargo, el papa Roncalli poseía una inusitada capacidad para desdramatizar y desatar las situaciones más complejas. A medio camino entre su llaneza bergamasca y una astucia tan desapercibida como constante, heredada de varias generaciones de campesinos, desbrozaba problemas que su complicado antecesor había convertido en «irresolubles». Una naturalidad semejante terminó por combinarse con el influjo recibido por el ejercicio del poder, hasta empujarle a concebir la sencilla pero genial idea de convocar al fin la magna reunión de los años sesenta. Algo que, es cierto, había sido barajado en ocasiones anteriores, pero para lo que Pío XII carecía de arrojo y franqueza.

No obstante, alejado de las intrigas romanas y sin contar con verdaderos confidentes en sus dominios, la idea había sido concebida en ese especial aislamiento intelecto-estamental en que el Papa se desenvolvía por las dependencias curiales. Una vez desarrollada en su ánimo, Roncalli debió de pensar que jamás ninguno de sus antecesores de este siglo había tenido necesidad de tantear con timidez, e incluso pensar en mercar sus proyectos con un hombre que como Tardini podía convertirse en escollo insalvable para su realización. El titular de la Secretaría de Estado fue así el primer miembro de la Curia que conoció los planes que habrían de servir para que Juan XXIII inscribiera su nombre con letras de oro en la historia de la Iglesia.

Sólo unos pocos días antes de que la celebración del Concilio fuera anunciada oficialmente, el sutil pontífice dejaba caer sin mucho énfasis la palabra clave en una conversación con monseñor Tardini. El Papa relata en su *Diario del alma* las dudas y temores que le asaltan en el momento previo y también da cuenta del inesperado y entusiasta apoyo que, desde la primera sugerencia, recibió del secretario. Sin encontrar asomo de crítica en la aceptación, desde ese momento el Vaticano II pudo considerarse en marcha. También fue el comienzo de una colaboración ya sin reticencias entre el experto secretario y el nuevo Papa, con cuya ayuda Juan XXIII realizaría su gran obra de preparación y apertura del Concilio.

La barca se mueve

No obstante es poco probable que el mismo Papa o el secretario Tardini, ni cualquier otro de sus colaboradores más próximos, hubieran podido prever en los primeros momentos el sesgo aperturista y prodemocrático que acabaría adoptando el Concilio. De hecho resulta difícil, en la época contemporánea, controlar cualquier movimiento asambleario —que es a fin de cuentas en lo que vino a dar el Vaticano II— una vez que se ha echado a rodar y admitió la participación de sólidas fuerzas activas. A pesar de que, como era el caso, el marco de su realización ostente una historia colmada por el más rígido inmovilismo.

Para empezar sólo se contaba con una decisión, firme y sencilla, como casi todas las que emanaron del «viejo» Roncalli, que llegaba con muchos años de retraso y en pleno estancamiento. Pronto se iban a cumplir los cien años del Vaticano I, interrumpido por la entrada de las tropas italianas en la Ciudad Eterna, y todavía se podían oír en los pasillos sacros las advertencias de Pío XII sobre la imposibilidad de convocar su continuación —algo ya previsto desde Pío XI— o de reunir una nueva asamblea universal de parecido tono. Sin embargo, la misma vetustez en aquella ocasión hacía imprescindible el nuevo congreso, en unas fechas en las que ya no podía demorarse por más tiempo el enfrentamiento a los problemas de la actualidad. Así empezó a moverse de nuevo la barca de Pedro, rompiendo la inercia que la había hecho encallar en la costa del inmovilismo.

Desde luego parece descartado que Juan XXIII tuviera una idea suficiente y completa de lo que podía esperarse de un concilio en el siglo XX. Pero se acepta generalmente que pensaba en una mejor adaptación de la vida y la militancia católicas al mundo cambiante y en desarrollo y, especialmente, en aprovechar la oportunidad para dar algunos pasos decisivos en la unidad de las Iglesias cristianas separadas. Actitudes en efecto muy a tono con su escasa tendencia a profundizar pesadamente antes de avanzar en la práctica de las cosas y con su proverbial intuición, como arma favorita para el conocimiento de la realidad.

Esta ausencia de centralización de programas y la falta de un verdadero interés por controlar o canalizar el pulso espontáneo de la comunidad eclesiástica, hizo posible la realización de un proceso sin precedentes y de hecho revolucionario respecto a la historia anterior de la Iglesia. Desde Roma se propuso a todas las jerarquías católicas y a las facultades de teología y derecho canónico, el envío de proyectos y sugerencias con los que poder trazar un plan conciliar y ecuménico. Sin embargo, el elitismo provocado por la propia elección de los encuestados iba a suponer una auténtica rémora en esta primera fase. Las más de dos mil contestaciones recibidas se caracterizaban por el seguidismo habitual en los estamentos oficiales cuando de sus relaciones con Roma se trataba. La nota predominante era de una gran timidez en las propuestas, aconsejada por la rigidez y el formalismo con que se contemplaba cualquier iniciativa de la jerarquía.

A pesar de todo el Concilio empezó a rodar en el verano de 1960, poniéndose en marcha las comisiones y secretarías preparatorias, bajo la dirección del propio Tardini. Por su parte los elementos más retardatarios de la Curia, entre los cuales los prefectos de las congregaciones vaticanas, trataban de dar tono al proceso asumiendo la presidencia de las distintas comisiones, cuyos contenidos se correspondían además con el cometido habitual de sus dicasterios. Cuando todo parecía indicar que este factor iba a suponer una verdadera ralentización del Concilio, sólo la existencia de una comisión —la del apostolado seglar— y de la secretaría para la unión de los cristianos, suponían la incursión de una corriente de aire fresco en el añoso panorama preparatorio.

Sin embargo, quizá el hecho verdaderamente decisivo para el giro que poco después iba a tomar el período de preparación lo constituyó la incorporación a las comisiones de algunos obispos y teólogos de indudable relevancia y actitudes avanzadas. Hombres que como Congar o De Lubac, entre otros, resultaban verdaderas ovejas «negras» del progresismo, frente a los bastiones integristas, servirían de punta de lanza para el posterior aperturismo del Concilio. Finalmente las comisiones llegaron a la redacción de setenta esquemas preparatorios, entre los cuales una mayoría nada resolvía respecto a los problemas pendientes y a la más que probable intención papal de acercarse a su resolución. Casi todos ellos habrían de sufrir importantes modificaciones en el transcurso de las sesiones conciliares, antes de su definitiva aprobación.

El Vaticano II se extendió durante cuatro grandes reuniones desde 1962 a 1965. Las sesiones se celebraron en otoño con una duración de dos a tres meses cada una. El 11 de octubre de 1962 unos 2.500 asistentes (cardenales, patriarcas, arzobispos, obispos, superiores religiosos, teólogos, observadores no católicos, etc.) escuchaban sorprendidos las palabras de apertura y bienvenida del papa Roncalli. Por su composición el Concilio no sólo era ya el más abierto de la historia de la Iglesia, sino también el de mayor universalidad y su convocatoria había contado, además, con la complacencia de las confesiones anglicana y ortodoxa. Pero sobre todo lo más llamativo fue el discurso papal, muy distanciado del clásico texto repleto de ambigüedades y cortesías asépticas. Lejos de esto, Juan XXIII avanzó la posición tolerante y abierta de la tiara, reafirmando el interés unionista del Concilio y advirtiendo seriamente contra el integrismo beligerante de algunas comisiones.

El conocimiento público de la posición personal del Papa sirvió para consolidar y dar ánimos a los representantes de las tendencias más renovadoras, que poco a poco fueron sumando miembros hasta convertirse en la mayoría de la asamblea. Entre ellos, a pesar de sus notables diferencias de perspectiva e incluso de formación, no tuvieron dificultades para ponerse de acuerdo en la necesaria fundamentación de una pastoral que tuviese más en cuenta la realidad social, en una búsqueda más evangélica de la verdad que dejara en segundo plano la doctrina fosilizada del primero de los Vaticanos o en la importancia de una descentralización del poder eclesiástico.

El sector más reacio a los cambios, que se había visto casi desautorizado por la primera intervención papal, comprendía a los más recalcitrantes miembros del episcopado italiano, español o sudamericano. Sus componentes hubieron de batirse en retirada desde el primer momento y adoptaron una actitud rezagada y obstaculizante, bajo el pretexto de defender la esencia centralista y el orden en las relaciones católicas. La falta de verdaderas innovaciones argumentales y su excesivo apego a un inmovilismo fatal impidió que esta minoría pudiese imponer sus puntos de vista. En el mejor de los casos hubo de conformarse con fórmulas transaccionales y con cierta oscuridad en la redacción de varios esquemas. Pero desde los primeros compases se tuvo la certeza de que la gran sinfonía conciliar se iba a escribir con estrofas nuevas y más audaces.

El peso de la mayoría y de sus tendencias se dejaría notar sobre todo en un hecho que, ya en el tercer mes de reuniones —diciembre de 1962—, provocó un vuelco fundamental en el concilio. Después de haber empleado casi un mes en la dificultosa redacción de unos pocos esquemas, tres cardenales —Léger, Suenens y Montini—, con la aprobación previa del Papa, se deciden por presentar una enmienda a la totalidad y pedir la revisión general de lo tratado. La propuesta, que fue tenida en cuenta en todos sus términos, cayó como un auténtico mazazo sobre los elementos de la Curia, que desde las presidencias habían creído poder dinamitar el impulso conciliar. Pero es indudable que respondía, punto por punto, al ambiente y a las expectativas suscitadas por las primeras reuniones y por el clima de participación y renovación que se respiraba en una Roma repleta de especialistas, teólogos y consultores.

Todo un ejército de asesores privados, que pululaban en los aledaños del Vaticano, influyeron con sus consejos en la «rebeldía» episcopal, que patroneaban el mismo Papa y su pronto sucesor el cardenal Montini. Este tercer Estado del Vaticano II estaba integrado por cerca de trescientos especialistas católicos. La mayoría de ellos era de sólida formación teológica, pero sobre todo de contrastada capacidad para la apreciación renovadora de las prácticas cristianas y de la nueva evangelización, en todos los lugares de la tierra.

De este modo al abrirse la segunda sesión del Concilio los esquemas se habían reducido notablemente, pasando de setenta a veinte. Los que quedaron serían objeto de una revisión profunda para adaptarlos a las directrices papales, expresadas en el discurso de inauguración. La novedad fundamental respecto a la confección anterior consistía en que los miembros de la Curia estuvieron alejados de esta nueva redacción. Además se introdujo un sistema diferente para la conducción de los debates, dejando éstos en manos de prelados más «audaces» que los anteriores miembros de la presidencia.

EL REINADO POSITIVO

No obstante, el 3 de junio de 1963, antes de que dieran comienzo los trabajos de esta segunda sesión, moría Juan XXIII en Roma. La expectación y el duelo general que despertaron tanto su enfermedad como su muerte, confirmaban plenamente el nuevo clima de amistad y el éxito de los esfuerzos papales por acercar la Iglesia católica al mundo moderno. Muy pocas veces en la historia vaticana se había obtenido un mayor consenso y tan numerosas muestras de sentimiento por la desaparición de un papa. Se trataba de un fenómeno político-social inimaginable para la mayoría de los creyentes hacía sólo unos años y completamente diverso de las tensas relaciones entre sociedad y religión que habían inaugurado cien años antes el primer Vaticano y el papa Pío IX.

Roncalli, al morir tras un corto pontificado que no llegó a los cuatro años, cumplía algunas de las previsiones de brevedad hechas al ascender al solio romano. Pero dejaba inesperadamente abiertas de par en par las ventanas de una vieja situación histórica cuyo alcance e influencia se iban a extender hasta nuestros días. La renovación sencilla pero genial de Juan XXIII descansaba en lo esencial en una forma distinta de entender la inserción de lo religioso, y lo católico en particular, en la sociedad contemporánea. Casi de repente el mundo dejó de presentar el lado negativo y nefasto con que la pertinaz doctrina papal lo había entendido hasta entonces. Subrayando los aspectos positivos de la realidad humana y optimizando las posibilidades de un mundo distendido, tolerante y en paz, la pastoral giovana redimía la «cárcel» corporal del anterior discurso vaticano.

Desde la alegría que le proporcionaba su contemplación de un mejor mundo posible, el Papa dedicó sus admoniciones favoritas contra el exceso de celo y los predicadores de ruina, a los que se preocupó de atajar en su negativa visión de la realidad y de la historia. Frente al catastrofismo y contra los profetas de desgracias, enfrentó el magisterio de la Iglesia y de la vida, rico en soluciones y capacitado para construir un nuevo orden más armónico. El Cristo del Domingo de Ramos triunfaba sobre el hombre que moría en el Calvario. Se abrazaba a su pueblo, alegrándose con él, en lugar de contemplarlo desde la frustración y la distancia de su sufrimiento en la cruz.

Tomando como punto de partida un espíritu abierto en inteligencia con la sociedad que le rodeaba, cuya diversidad ahora se entendía como un bien necesario, el nuevo evangelio anunciaba la reconciliación con el siglo, mediante un lenguaje también renovador. Sería suficiente para el papa Juan convocar un concilio y definir en una sola pero certera intervención las principales líneas de su pensamiento. Con este hacer sencillo, tan lejos del complicado verbo y del recoveco intelectual anterior, se puso en marcha un movimiento que rompía ataduras y superaba estrecheces. No tuvo necesidad Roncalli ni de aparecer en las sesiones conciliares, que por sí solas desembocaron en una riqueza inusual de las discusiones y en el progreso reconocido de algunas destacadas reformas.

El quicio de apoyo que supusieron el discurso inaugural y otras intervenciones privadas de Juan XXIII, para el tono posterior del Concilio, no sería ya abandonado ni siquiera en la continuación de la asamblea bajo otro pontífice. Los pasos de la Iglesia se habían encaminado, de momento, por la senda de la actualización y del *aggiornamento*. Y la aceptación integral del mundo, con sus virtudes, errores y posibilidades, iba a ser la divisa elemental de un nuevo derramarse. Desde otra perspectiva se trataba de una puesta al día exigida por la siempre presente vena modernista cuya palpitación era ya incontenible en el cuerpo católico. El teólogo Karl Rahner, uno de los asesores del Concilio, así lo había visto bastante antes del Vaticano II. Para este jesuita, precedente y teórico fundamental del panteologismo actual, se hacía precisa una urgente transformación antropológica de la dogmática imperante desde hacía doscientos años.

Pero a Juan XXIII no se le recuerda y alaba solamente por la convocatoria y puesta en marcha del Concilio. En el breve espacio de su reinado ya consiguió sintonizar con todo un movimiento de avanzadilla católico, mediante la publicación de dos encíclicas fundamentales en la renovación de la doctrina social y política de la Iglesia. La *Mater et Magistra* divulgada en mayo de 1961 y la *Pacem in Terris* en abril de 1963 constituían, ya al margen de la explosión conciliar, un verdadero corpus doctrinal de elaboración propia, que caracterizaba por sí solo los nuevos tiempos. De manera señalada, la *Pacem in Terris*, que contemplaba el complicado aspecto de las relaciones internacionales, se convertiría en la biblia de la oposición católica.

Todo el complejo de relaciones sociales y humanas, entendidos desde los cambios intelectuales y vitales del siglo, no podía dejar indiferente a una institución, si aspiraba a seguir manteniendo su influencia. Algo que sólo podía hacerse despojándose de algunos lastres y renovando su asombrosa versatilidad histórica. Imaginar esto en una perspectiva unionista y ecuménica, ciertamente no original pero sí decidida como nunca antes de él, se convirtió en la misión de un hombre sobre la tierra. El gran paso, tantas veces reclamado y tantas veces reprimido, lo realizaba Juan XXIII en su breve trayecto bajo el palio pontificio. Su gran aportación, su enorme obra, fue la puesta en marcha de ese cauce de modernización y posibilidades, en el que el «pueblo de Dios» empezaría a tomar la palabra de vez en cuando, tras muchos años de rigidez, intolerancias y mutismo.

8

EL TÍBER MÁS LARGO

CONCILIO, IGLESIA, HOMBRE

Han transcurrido veinticinco años del Vaticano II, tiempo más que suficiente no sólo para el remanso de las aguas, sino también para que los derrotados o ausentes del Concilio puedan pasar al ataque. Ya desde los primeros momentos del pontificado de Juan Pablo II, empezaron a cuajar algunas expectativas de tono negativo que se habían formulado respecto a la herencia conciliar y al Papa de los años ochenta. Un poderoso movimiento que ya se llama «restauración» ha pasado a la ofensiva coincidiendo con la llegada de la fe polaca a las colinas romanas.

La costra conservadora, que muchos creyeron disuelta y en descomposición, ha demostrado su solidez y resistencia. Su tejido lo siguen formando una legión de católicos, que son animados y dirigidos por firmes valedores en la Curia o entre la todavía poderosa jerarquía eclesiástica. Agrupaciones como Comunión y Liberación, Opus Dei, etc., reciben cada día nuevas solicitudes de ingreso, procedentes del campo de la ambición personal, el oportunismo, la pusilanimidad, la intolerancia o el amor a lo inmóvil. Lo cual inevitablemente descalifica por extensión a quienes, en cambio, se acercan a estas instituciones buscando aspectos más positivos como el recogimiento espiritual, el verdadero camino de salvación o la única forma de dar testimonio de cristianismo en su vida profesional.

Después de tanto tiempo, este bandazo del ciclo hace presa en muchos ánimos posconciliares, que ven cómo resucita el ajado oscurantismo y de qué modo las pasiones restauracionistas reinan de nuevo en los viejos palacios. Son las voces de los que callaron entre el sesenta y dos y el sesenta y cinco, o se resguardaron del huracán, abrazando en falso el viento de la mayoría. Voces significativas y más que simbólicas, como la del cardenal Ratzinger ahora al frente de la pureza de la fe, desde la metamorfoseada nueva inquisición. Elegido prefecto de la Congregación para la Doctrina de la Fe por el jefe de la Iglesia, apenas se ha preocupado de razonar ni justificar su reciclaje desde las austeras filas «progres» al gran bufet de las altas trascendencias.

En distintas ocasiones se ha repetido que el Concilio fue una reflexión interna sobre la reforma de la pastoral, lo cual incluyó necesariamente un pronunciamiento sobre el hombre, sus grandezas y miserias. Sin embargo, lo mejor del giro copernicano del Vaticano II estuvo en el abandono del anterior envanecimiento propio, en la humildad del reconocimiento de errores, en la insospechada posibilidad de que la Iglesia admitiera alguno de sus «pecados» y la necesidad de moderar e incluso negociar su infalibilidad. En este sentido constituyó una derrota en firme de todo el triunfalismo tradicional, tan asentado desde Pío IX.

En poco más de una docena de documentos —cuatro constituciones, nueve decretos y tres declaraciones—, toda la teología renovadora introdujo en el ventilador conciliar los gérmenes destructores del empecinamiento y la ineficacia, que habían hecho de los últimos cien años vaticanos un muestrario de calamidades y un museo de antigüedades. Como dijo Rahner, la Iglesia fue el objeto de estudio fundamental del Concilio. Pero se trataba de una Iglesia de hombres, que trataban de instrumentar sus aspiraciones en toda una historia de la que no siempre estaban dispuestos a separar el grano de la paja.

Esto fue lo que hicieron fundamentalmente los documentos considerados más influyentes, es decir las cuatro constituciones conciliares. La *Lumen gentium*, que establece la militancia cristiana como comunión sacramental de salvación, subrayando el carácter misionero de la Iglesia; o la *Gaudium et spes*, que tendía el puente entre Iglesia y mundo moderno, rechazando al maniqueísmo y aceptando lo que de bueno tiene la obra del hombre. También la constitución *Dei Verbum*, que revisa toda la epistemología teológica con sincera humildad, renunciando por primera vez al monopolio de la verdad. Y no menos espectacular fue la renovación de algunos aspectos formales de la liturgia en la *Sacrosanctum concilium*.

De todas ellas debe destacarse sin duda la *Gaudium et spes* por su especial intencionalidad y por cumplir una de las labores históricas pendientes. Para el catolicismo posterior este documento se ha constituido en símbolo de toda la renovación conciliar. La revolución consistió en aceptar la modernidad y desautorizar las anteriores posiciones intransigentes de la Iglesia, todavía en el momento preciso para reparar los lazos ya muy débiles, entre la institución cristiana y un humanismo siempre anatematizado y rechazado.

El Vaticano II fue, sobre todo, una declaración de paz entre Dios y el hombre. La nueva teología es específicamente antropológica, superando los términos de la contradicción con ese esfuerzo patrimonial de las almas ilusionadas y creativas. Desde el Concilio se complementan y enriquecen la teología y la humanística. Es más que un concilio un reconcilio, en el que se acepta la necesidad de cerrar la abismal fisura abierta desde el Renacimiento entre lo terreno y lo celeste.

A finales de la Edad Media, el humanismo antropológico reacciona contra la aplastante teodicea religiosa y reivindica al hombre clásico, como medida de todas las cosas. Frente al ascenso secular de este intento moderno de humanizar al hombre, con toda una pléyade de disciplinas «ateas», la Iglesia se definirá como antimodernista a finales del siglo XIX. Pero el Vaticano I, al fin y al cabo, cerraba filas en torno a un hombre, aunque éste se definiera como único e infalible representante de la divinidad. La imposibilidad teórica de una inerrancia humana, a la luz de la ciencia errónea de los humanos, condujo a la manipulación escriturística, al abandono de las fuentes evangélicas legítimas y al vertido teológico sobre la defensa a ultranza de la infalibilidad, como garantía de posesión de la verdad revelada. Se recuperaron así las peores prácticas de los papas tardorromanos y el cristianismo, por el afán inmoderado de divinidad, ni siquiera alcanzaba a ser humano.

Con la reconciliación de los años sesenta de nuestro siglo se abría un fértil e insospechado proceso de negociación entre los asuntos de Dios y los problemas de los hombres. La Iglesia, con su acostumbrada maestría para el aprovechamiento del terreno, intentará una puesta al día agónica y arriesgada, pero sin apostar todas las bazas, sin enseñarlo todo. El cristianismo sustituirá al deísmo. La militancia de las obras competirá con la de la fe y la oración. Todo un movimiento teológico sobre la muerte cristiana de Dios anuncia una nueva epifanía de más comprometido mensaje. La fundamentación divina de la religión cederá el paso a una búsqueda de su acreditación entre los hombres, con ejemplos humanos.

El primer resplandor es tan grande y deslumbra tanto, que en un primer momento no deja ver las carencias e impide mostrar los rostros torvos y las venganzas aplazadas. Pero lo cierto es que el Vaticano II se había quedado corto, sin alcanzar el fondo del mensaje evangélico y de sus ricas posibilidades, en las que apenas hizo amago de inspiración. El poder monista no se alteró. La fuente del autoritarismo o la inerrancia siguieron en manos de una Curia que dejó hacer, segura de sus posibilidades a mayor plazo. El sueño asambleario no incluyó tampoco la incorporación permanente del pueblo de Dios más que a la oración o a la limosna. La colegialidad sólo enunciada resultó muy restringida en una práctica siempre amenazada por la infalibilidad papal.

De esta forma, el momento de la humildad fue sólo intelectual. El poder material de la tiara, y sus colaterales económico y financiero, permaneció inalterado y siguió siendo una de las connotaciones menos fiel al espíritu y a la práctica evangélicos. La incompleta sinfonía del Concilio ni rozó la «quimera» de una nueva desamortización, que hubiera estrechado en la práctica las intenciones de los santos padres con la indigencia de muchas de sus ovejas. El mensaje de apertura de Juan XXIII apostaba por una Iglesia de los pobres, pero no incluía ni pensaba en una Iglesia pobre. La austeridad que distingue a muchos de los sacerdotes católicos de este fin de siglo no tienta en absoluto a las más altas jerarquías y ni siquiera ha servido para racionalizar los actuales gastos de viaje, conmover los costosos ceremoniales o afectar la tradicional potestad financiera, de los sucesores de humildes carpinteros y pescadores galileos.

Mucho menos, el bisturí conciliar atajó uno de los peores ejemplos que con frecuencia suelen escandalizar a fieles y no fieles, en los países católicos desarrollados. Una pobreza mal entendida, reflejada en algunas contenciones materiales sin ninguna relevancia, ha sido justificada como contrapartida de una vida exenta de esfuerzo laboral e incluso huérfana del menor trabajo intelectual. Toda una casta de curas-hidalgos, que a la antigua usanza castellana no pagan impuestos, no sirven al Estado ni al pueblo, aparentan nobleza y malviven de una filosofía limosnera, disculpan su ociosidad o su vivir perezoso con un cierto rigor consumista. En éste la pobreza sirve en realidad de coartada a biografías inoperantes e insustanciales, que desde el punto de vista moderno se sitúan a medio camino entre la mística falseada y el pan y manteles cotidiano. Verdaderas manos muertas, que la Iglesia no sabe cómo tratar, pagan con la aparente virtud de la escasez fingida el vicio de su horror al trabajo.

En otra perspectiva, las confiadas fuerzas del progreso católico cometieron un grave error de cálculo. El inesperado sesgo conciliar les hizo creer en un tiempo de indulgencia indefinido, en el que podían trabajar y expresar sus inquietudes en forma democrática, tras el largo suceso de la intolerancia. Complaciéndose en el fulgor de las nuevas ideas, menospreciaron la capacidad de reacción del «adversario», mientras los conservadores hacían balance, reabrían expedientes y ponían en marcha viejos proyectos. Sobre éstos se cernía, en un principio, la grave amenaza de la pérdida de identidades y privilegios. Incapaces de sobrevivir en el agujero negro de la renuncia o de subirse al «caballo de Troya» de la esperanza, muchos de ellos rozaron el límite de la depresión o la paranoia personal, como el caso símbolo de monseñor Lefebvre. Mientras que otros, más astutos y sigilosos, empezaban a reforzar sus rancias trincheras con pasadizos y recovecos nuevos, construidos con otros recursos y otras sutiles tentaciones.

Entre la trivialidad y la duda

Los católicos constituyen una comunidad de creyentes que ha heredado del judaísmo la tendencia a depender de un líder, en la que, ocasionalmente, alcanza un matiz casi mórbido. Este «regalo» de la cultura religiosa de los hebreos, del que tampoco se ven libres otros fenómenos sociorreligiosos orientales, facilitará siempre la indigencia de los protagonismos y el anatema consensuado contra los disidentes. La costumbre o la necesidad de un guía, la creencia en su infalibilidad y la obediencia a su autoritarismo, conforman las columnas de la disciplina en el mundo católico. También hacen posible el apiñamiento colectivo, con las menores fisuras posibles, a pesar de heterodoxias, revisionismos imaginativos e interpretaciones geniales o arriesgadas del evangelio. Y, desde una perspectiva más general y por lo mismo más grave, mutilan el criterio racional de numerosos católicos a los que sujetan en una minoría de edad permanente, convirtiéndolos en auténticos insolventes religiosos.

Dadas por supuestas estas características, a la muerte de cada papa, sólo un pequeño número de militantes conscientes se interrogan por el posible talante del sucesor, en lo que respecta a ideología, actitudes teologales, adscripciones intelectuales o políticas, etc. La mayoría de los fieles, estimulados en su superficialidad por los medios de opinión se cuestionan apenas aspectos secundarios o triviales. ¿Será italiano? ¿Será flaco? ¿Tendrá una «r» en su apellido?...

Por eso tal vez, en los primeros días de junio de 1963, mientras los corrillos profanos frivolizaban con estas cuestiones, los centros de poder vaticanos se planteaban todo tipo de combinaciones para arreglar el desaguisado que Juan XXIII había desatado con «su cuarto de hora de locura». Quizá también por eso las apuestas cantadas a favor del cardenal Montini estuvieron a punto de fallar. Para ser un papable que rondaba el baldaquino desde la misma muerte de Pío XII y estar considerado firme candidato tras la entrega del *capello*, con que le distinguiera Juan XXIII, resultaban excesivas las cinco votaciones y los tres días que necesitó el cónclave en su elección. Muestra inequívoca de la particular desconfianza que provocaba un ser con fama de dubitativo, no integrado en la Curia, que había tenido sus diferencias con Pío XII y cuyas auténticas intenciones muy pocos íntimos conocían. A esto deberíamos añadir las reticencias de algunos sectores jerárquicos, presionados por sus respectivos Estados, sobre la personalidad y tendencias políticas del prelado milanés, cuya elección disgustaría, entre otros, al gobierno franquista español que por entonces empezaba a acusar seriamente los embates de la oposición católica al régimen.

Como es lógico la elección estuvo presidida y amenazada por la sombra y la presión que sobre los ambientes curiales ejercía el Concilio en curso. La tarea pendiente, imposible de desmontar o aplazar indefinidamente, pugnaría con la repulsa que la mayoría de los encerrados sentía por la herencia giovana. Montini casi no había participado en las labores conciliares. Trataba de mantener un plano de distancia relativa poco comprometida, aunque las escasas declaraciones que se le atribuían mantenían la necesidad de seguir con el Vaticano II y le incluían en la misma línea de apertura que iniciara Roncalli.

El arzobispo de Milán ofrecía además un irreprochable currículum, con el que conseguía ser un funcionario clásico de corte curial, pero no integrado en el partido romano. Nacido en 1897, en un ambiente cultural y político de clase media, se doctoró en derecho y teología para ingresar luego en la academia de la diplomacia pontificia. En 1922 estaba ya en la Secretaría de Estado y en 1937 estrechaba su colaboración con Pío XII participando directamente en la preparación del concordato con el Reich. Durante los veinticinco años que permaneció en el Vaticano, simultanearía su actividad diplomática con la tarea religiosa asistencial a los estudiantes católicos italianos. Su militancia en este campo y su apuesta por la actuación política de los cristianos, le terminarían por crear dificultades y enfrentamientos con la Curia.

En 1937 es nombrado sustituto en la Secretaría de Estado «vacía» del papa Pacelli, en la que reparte actividades con un Tardini representante de la línea conservadora. Pero desde la década anterior el joven funcionario participaba activamente en la cocina del mesón concordatario. La vorágine diplomática bilateral con la que Pío XII trató de salvar la identidad y la movilidad de una institución, todavía de espaldas a la modernidad. La escuela de pactos y tratados en la que se formó el carácter hamlético y calculador del futuro Pablo VI, habría de marcar para siempre su oferta papal. Desde el lateranense de 1929, hasta el lituano de 1938 pasando por los de Prusia, Rumanía, Baden, Alemania, Austria, Ecuador o Yugoslavia, convenios y *modus vivendi* contribuyeron a forjar el rictus táctico que ya no habría de abandonar a Juan Bautista Montini.

Pablo VI era por tanto un curial con *pedigree* irreprochable, testigo de excepción y protagonista secundario de uno de los períodos más comprometido, habilidoso y maniobrero de la vida contemporánea vaticana. Pero siempre había sabido señalar sustanciales distancias con las camarillas romanas y jamás había renunciado al vínculo con un mundo que se estaba alejando cada vez más de la sinfonía oficial eclesiástica. Desde su contacto con la juventud militante, hasta su conocida aceptación del «heterodoxo» Maritain, pasando por su apuesta por la opción política de los católicos, el joven Montini se fue ganando pacientemente la independencia y el recelo de sus superiores en la Curia.

Las posibilidades de que fuera el sucesor de Pacelli habrían provocado primero su exclusión del Colegio cardenalicio y en 1954, incluso, el traslado-destierro al arzobispado de Milán, donde quedó recluido bajo sospecha de innovador peligroso. No cabe ninguna duda sobre la directa y personal intervención de Pío XII en este intento de anular el ascenso de Montini, como queda reflejado en el hecho de que nunca volviera a ser recibido por aquél, desde su instalación en la sede lombarda, la del ostracismo compensatorio por excelencia. A pesar de ello, algunos autores benevolentes han querido ver en el inopinado destino milanés, el deseo de Pacelli de completar la pastoral de Montini, a fin de facilitarle el traspaso del báculo romano. Algo que, como sabemos hasta la saciedad, no es condición ni había tenido ninguna relevancia en otras elecciones papales.

La escuela piana constituía la mayoría en la Curia, pero esta fuerza se debilitaba un tanto en el Colegio cardenalicio y se quedaba en franca minoría en el Concilio. En razón de este juego de presiones toda una serie de alternativas quedaban abiertas tras la desaparición de Juan XXIII. La elección de un Pío XIII constituía entonces la última ocasión para que el Vaticano II recibiera un golpe bajo y terminara descafeinando sus postreras oportunidades. Encabezaba esta posibilidad el arzobispo de Génova, cardenal Siri, quien a pesar de haber adelantado su intención de congelar el Concilio y de obtener una buena parte de los votos en la primera ronda, no alcanzó los suficientes para ser elegido.

No obstante, descartado éste por su excesivo inmovilismo, los retroactivos no tenían mucho donde escoger, entre una colección de enfermos y avejentados. Sólo el cardenal Antoniutti ofrecía rasgos y condiciones que resultaban agradables a los tradicionales, entre los que también se encontraba el cardenal primer diácono Ottaviani. Pero su trayectoria presentaba algunas máculas poco presentables a la altura de los años sesenta, como una nunciatura profranquista en España o un rechazo diplomático del gobierno francés. Hubiera sido una elección comprometida y a contracorriente.

Desechada esta alternativa, Montini quedó sólo frente a un candidato más reformista y más temido por los ambientes romanos, el cardenal Lercaro, que también entraba en las primeras combinaciones. Ante esta posibilidad no es difícil imaginar una solución de consenso implícito, en la cual el milanés aseguraba el compromiso de rematar el pontificado anterior salvando lo sustancial y aceptando en parte algunas posiciones del sector romano. La elección de Montini, en fin, resolvía la cuestión conciliar por cuya culminación estaba el elegido, pero al mismo tiempo entronizaba un modelo de cal y arena, que a partir de 1968 habría de crear problemas a su popularidad y magisterio. En su primer discurso como Papa, en efecto, hacía alusión a esta tarea inconclusa y a la vez anunciaba tiempos de moderación y corrección de errores y desmesuras.

La venida de los bárbaros

El nuevo Papa se encontró a finales de los sesenta con un bloque gerontocrático en el Vaticano, cuya inercia particularista se propuso vencer. El reformismo paulino se diseñó entonces a partir de un forcejeo centralizador, para potenciar la figura y el poder de un Papa rodeado de una administración poco dócil a sus deseos y para la que resultaba más sospechoso que el «inofensivo» Juan XXIII. Por este motivo la maniobra innovadora no se encaminó a modificar la estructura de poder sino a dotarla de un relieve sólido en la cumbre, es decir concentrado en las propias manos del pontífice.

Con los cambios iniciados hacia 1965, el papa Montini apuesta por la continuidad bajo un aspecto formal nuevo, asegurando así el control papal sobre la Curia y de ésta sobre el resto. La posibilidad de un gobierno sinodial, barajada por los más progresistas padres conciliares, se rechazaba sin opción alguna en un proyecto encaminado a modificar algo para que nada cambie. El «motu proprio» *Apostolica sollicitudo*, de septiembre de 1965, creaba el sínodo de los obispos pero con carácter coadyuvante y dependiente del sumo pontífice.

En 1965 también, la antigua Inquisición, el Santo Oficio, pasa a llamarse Congregación para la Doctrina de la Fe. Denominación eufemística inspirada en las orientaciones conciliares que, sin embargo, dejaba relativamente intactas las posibilidades inquisitoriales, aunque adaptadas a formas de mayor tolerancia y modernidad. Además se dotaba a la administración vaticana con nuevos *burós* que se hacían, asimismo, eco de los preceptos conciliares. Secretariados para las relaciones y el diálogo con los no cristianos o no creyentes, o los consejos para el apostolado de los laicos y la institución Justicia y Pax. Otras reformas de menor entidad consiguieron activar y repartir mejor la acción de los curiales, jefes de dicasterio, obispos o secretarías, pero como contrapartida iban a servir para acentuar el poder directo de la monarquía pétrea.

La Secretaría de Estado, el potro de aprendizaje de tantos papas y de Montini en particular, reforzó su papel en la burocracia romana convirtiéndose en una auténtica antesala política del trono pontificio. Su titular, encargado de los asuntos públicos o exteriores, además de diseñar la importante tarea de la política internacional del Vaticano, se situaba por encima de cualquier otra instancia administrativa convirtiéndose definitivamente en un auténtico secretario y hombre de confianza del Papa. Pablo VI no ocultaría su preferencia por este departamento, al otorgarle además el papel de coordinación de las distintas secciones de la Curia.

Toda la estrategia paulina, montada sobre este refuerzo de la Secretaría de Estado, se culminaba en 1967 al nombrar a su favorito Benelli, como sustituto y encomendarle la tarea, entre bastidores, de someter a la autoridad personal del pontífice las posibles tensiones y disidencias curiales. Los titulares de la Secretaría, primero Cicognani y luego Villot, no pudieron contrarrestar el protagonismo del dúo formado por Montini y Benelli ni sus planes para quebrar el italocentrismo de la Curia y de este modo facilitar el gobierno directo del Papa. El método escogido para ello sería la incorporación de elementos no italianos a los diferentes dicasterios y a las jefaturas de la Curia y especialmente la notable ampliación del Colegio cardenalicio, que desde 1973 sumaba 145 miembros. Entre los designados la proporción de «jóvenes» y extranjeros desequilibraba el antiguo poder del geriátrico vaticano.

Con esta nueva venida de los bárbaros a Roma, Pablo VI no traicionaba la memoria centralista inaugurada en el primero de los Vaticanos. Tampoco limitaba el poder de la tiara ni cedía una micra en sus atribuciones decisorias, pero sí aumentaba el número de voces que hablaban en los claustros pontificios, consiguiendo incomodar a la nomenclatura y aumentar la disputa en las bases del poder y la influencia. De esta forma se acertaba a debilitar la unidad y la potencia conspirativa del entorno papal. El dubitativo Montini no titubeó tampoco ante la necesidad de dar un aspecto moderno al anquilosado ceremonial vaticano. Con algunas medidas se atajó el fasto y el gusto decadente de una corte ostentosa y anacrónica hasta el ridículo. La liturgia barroquizante y alejada de cualquier referencia popular, que había crecido desde el primer Vaticano, junto a la concesión autocrática al Papa como compensación por las pérdidas territoriales, actualizaba sus formas tratando de asemejarse a la retórica formal de los Estados con los que convivía.

Otros pasos en esta misma dirección fueron el establecimiento de una edad límite para ejercer el episcopado o para elegir papa, junto al recorte de la exuberancia que rodeaba a la función cardenalicia. La *Ingravescentem aetatem* de 1970, que impide a los cardenales mayores de ochenta años votar papa, se uniría a un escrito de invitación a los obispos, que señalaba los setenta y cinco como edad apropiada para el retiro. Ambas disposiciones fueron un duro golpe para la gerontocracia colegiada y cosecharon las críticas de los Ottaviani, Tisserant y compañía, que acusaban al Papa de no respetar ninguna tradición y de conducir a la Iglesia por la peligrosa senda de la modernización.

Sin embargo, el tiempo demostraría que las pretensiones y los cambios introducidos por Montini en forma alguna atentaban contra los recursos fácticos de Roma. Su virtualidad estaba, por el contrario, en la facilidad con que dotaron al poder vaticano de un sentido mucho más práctico y acorde con las necesidades de la gestión política actual. La experiencia acumulada por el Papa en sus largos años de funcionariado y su proclividad al diálogo con los tiempos, le convertían sin duda en la persona indicada para conocer los defectos y corregir los pliegues más arrugados de la tiara, con el fin de hacerlos más presentables y pasajeros en una sociedad que se encaminaba hacia tiempos más pragmáticos.

VIAJE AL CENTRO DE LA CRISIS

El 8 de diciembre de 1965 se clausuraba el Concilio Vaticano II, después de que en su tramo final se aprobaran algunos de los documentos considerados más avanzados de todos los que salieron de la asamblea. Pablo VI había cumplido su promesa de culminar la obra de su antecesor, manteniendo la misma línea de apertura al presente y liquidación de las peores herencias del pasado. La mayor parte de los autores coinciden a la hora de reconocer este talante continuista de la labor de Roncalli, cuya cima se encuentra sin discusión en la encíclica *Populorum progressio* de 1967. El documento se debe encasillar en la línea de las intervenciones sociales de la Iglesia al final del camino recorrido por la *Rerum novarum*, la *Mater et Magistra* o la *Pacem in Terris*.

Esta encíclica es el documento católico más caracterizado en relación con el Tercer Mundo. Dada a conocer en un contexto de aumento generalizado de las luchas de liberación en zonas como Asia, África o América Latina, la voz del Papa trata de hacerse oír diseñando una nueva doctrina cristiana de la paz. El neocolonialismo, es decir la dominación encubierta de los antiguos y nuevos imperios sobre los Estados independizados, se presenta como el eje y el culpable del subdesarrollo. Para tratar de eludirlo se han unido los no alineados, los Estados africanos o la Liga Árabe. Las relaciones de ventaja y las tenebrosas conexiones de un comercio internacional injusto vienen siendo denunciadas por todos los movimientos progresistas del mundo. Roma no hace sino sumarse a ellos en la primavera de 1967.

En la encíclica llama la atención la claridad de diagnóstico respecto al entramado que fija la evolución de las naciones ricas y pobres. Culminando toda una fase de cultura crítica y de actitudes anticoloniales, afirmadas desde la Segunda Guerra Mundial, el Papa se haría eco de una tesis definitiva: la de la imposibilidad de paz en un planeta dramáticamente desigual. La división de las naciones en bloques, la guerra fría en el mundo desarrollado y la caliente entre los países míseros, la amenaza atómica y el armamentismo, las crecientes diferencias entre el Norte y el Sur o la inoperancia de los esfuerzos pacificadores internacionales. Supone la incorporación al entramado ideológico de Roma de conceptos ampliamente manejados por la izquierda como «desarrollo integral» o «solidaridad» con clases y pueblos desposeídos.

Al poner el énfasis en la denuncia de las desigualdades, Pablo VI convalidaba indirectamente los esfuerzos y las luchas de liberación social. La llegada de estas ráfagas al mundo pobre constituyó un apoyo y un júbilo para una teología de la liberación y para la pastoral de reivindicación de algunos sacerdotes católicos. La derecha católica, en cambio, objetará este apoyo identificándolo con una llamada a la revolución y a la violencia.

Pablo VI aderezó su alegato tercermundista con frecuentes contactos personales, acercándose a la realidad material de aquella situación desnivelada. Con él se inicia la era de los papas viajeros, utilizada también como instrumento de propaganda y agitación religiosa. Montini volaría a Bombay (1964) y a Bogotá (1968) con motivo de los congresos eucarísticos respectivos. Hablaría en las Naciones Unidas (1965), siendo el primer pontífice que visitaba Estados Unidos y realizaría una espectacular gira por Tierra Santa en 1964. Una decena de viajes, entre los cuales destaca también el que le llevó a Extremo Oriente en 1970, caracterizaron un interés hasta entonces desconocido por tocar físicamente las tierras católicas del orbe.

Por primera vez un pontífice poseía los medios y los conocimientos y actitud intelectuales sobre el mundo contemporáneo que le situaban en privilegiada condición para un *aggiornamento*, tal vez definitivo de la esclerosis romana. Muchos católicos pertenecientes a los sectores progresistas de la Iglesia estaban seguros de la corrección del tratamiento papal dado a los principales problemas sociales, cuando apareció la encíclica *Humanae vitae* en el verano de 1968, que iba a suponer el punto de retorno de la gestión avanzada de Pablo VI. En aquella ocasión, el Papa se impuso al sacerdote y salió a la superficie la responsabilidad jerárquica prevaleciendo sobre el contenido humano de la, hasta entonces, aceptable gestión pontificia. Las dudas que se atribuyen a Pablo VI a la hora de firmar el documento, quedaron disueltas bajo el peso de la tiara y mediante la asunción de la potestad papal, en su vertiente más autoritaria. A partir de ella la figura y el talante de Montini, con una buena parte de su mito, fueron escudriñados con más prudencia y analizados con menos condescendencia.

El documento, en efecto, constituía un frenazo en seco para las especulaciones actualizadas sobre el control de la natalidad y la revisión de las posiciones oficiales de Roma sobre el matrimonio y la procreación, establecidas por Pío XI. Con la *Humanae vitae*, el Papa puso en juego toda su fuerza doctrinal y ensayó a fondo la autoridad que había concentrado tras la reforma vaticana. La Curia estuvo a su lado y la disciplina fue la nota predominante entre las jerarquías, pero las reacciones entre los católicos y de forma señalada en el Tercer Mundo fueron de decepción, desilusión y protesta.

Se registraron también algunas actitudes de público desacuerdo, protestas entre sacerdotes franceses o británicos y una nota de la Conferencia Episcopal indonesia, quejándose de no haber sido consultada. Se acusó al Papa de ignorar deliberadamente los dramáticos problemas de la explosión demográfica entre los pobres, de asestar un golpe mortal al proceso de reconocimiento de la libertad individual, iniciado en el Vaticano II y por primera vez en la historia contemporánea de la Iglesia, las voces discordantes sonaron fuerte y alto.

Las reacciones afectaron a la personalidad dubitativa de Montini, provocando incluso un autoaislamiento y un posterior recelo ante la toma de decisiones fundamentales. Sólo su formación intelectual, su extensa experiencia de la vida eclesiástica y la confianza en el arreglo natural de las cosas le aconsejaron en algunas ocasiones de agónica soledad. Para Pablo VI fueron también los peores momentos posconciliares, cuando voces agoreras pronosticaban el final de los tiempos cristianos, cuando el vaciado de seminarios y la huida de vocaciones se acompasaba al abandono de órdenes religiosas. La crisis católica resultaría tanto más espectacular en países suministradores de militancias y misionados como España, Francia y Holanda.

En este último país se planteó la controversia más grave de todo el pontificado, originada por el alarmante declive de ordenaciones, que habían descendido de más de trescientos en 1960 a sólo trece en 1976. El Episcopado de los Países Bajos trataría de suplir el hueco apelando a una mayor participación de los laicos en la pastoral eclesiástica, para lo que se veía obligado a una apertura de estructuras de funcionamiento y a una democratización sincera. Esta nueva situación quedó reflejada en sus aspectos más renovadores en el llamado Catecismo holandés, de 1966, al que Roma puso en entredicho. Los holandeses, inspirados más en el Concilio que en la doctrina papal, rozaron el cisma encabezados por el cardenal Alfrink. En el concilio holandés (1966-1970) se planteó la abolición del celibato obligatorio, separándose cada vez más de las posiciones romanas.

En este punto Pablo VI vuelve a poner en juego su carta oculta y en un golpe de mano nombra a varios obispos, discordantes con la línea holandesa, consiguiendo de este modo introducir los elementos de desunión suficientes para deshacer las pretensiones. En 1974, finalmente, es sustituido el propio Alfrink por el cardenal Willebrand, hombre próximo a la doctrina oficial sobre el celibato. Sin embargo, la crisis holandesa tenía un significado más profundo que el que se podía sujetar con un sencillo relevo jerárquico. De hecho la vitalidad del catolicismo centroeuropeo empezaba a poner en solfa lo más sustancial de la teología romana, muy debilitada tras la reforma con que el propio Montini procedió a desnaturalizar el predominio ítalo en la Iglesia universal.

Desde el plano de la descentralización de los emporios tradicionales, en la formación intelectual de los sacerdotes, la rebelión de los tulipanes representaba y se correspondía también con el auge y el prestigio de otros centros cristianos de formación no vaticanos, como eran Munich, Lovaina o Frankfurt, a los que acudían las generaciones conciliares a completar su educación teológica con un claro desprecio de los atractivos romanos, considerados en decadencia. Estas decisiones buscaban, como luego lo harían también en las trincheras tercermundistas otros compañeros de carrera sacerdotal, la revitalización prometida en los diáfanos días del Vaticano II, para la que desechaban a priori el antiguo faro sobre el Tíber.

La estrategia de la fraternidad

A pesar de todo, las convicciones centralistas y la claridad doctrinal sobre el papel del Papa como cabeza de la Iglesia, que Pablo VI asumía sin apenas modificaciones sustanciales respecto a los periplos anteriores, fueron también el contrapeso a los intentos de apertura sinodal efectuados desde 1969. Las reuniones de obispos constituyeron sin duda una de las modificaciones más destacables de la estrategia de gobierno del papa Montini. Como mandato del concilio, los sínodos reflejaban un extendido deseo de impedir la autocracia pontificia y el absoluto dominio de la Curia sobre la gestión de la Iglesia. Para encauzar y controlar convenientemente esta expectativa, Pablo VI adaptó con habilidad el imperativo conciliar mediante reuniones periódicas de representantes de las Conferencias episcopales.

Estas asambleas celebradas en número de cinco entre 1969 y 1977 fueron instituidas y funcionaron bajo graves condicionamientos, que alejaban definitivamente cualquier parecido con la utopía democrática presente en algunos espíritus conciliares. Aunque constituían un hecho de gobierno sin precedentes en la marcha del poder católico, el Papa subrayaría su carácter estrictamente consultivo, la supeditación total a la conveniencia de la Iglesia, interpretada siempre por él, y en modo alguno discutían el poder o la labor de la Curia. Incluso con estas cargas iniciales, el Vaticano entendía la consulta a las Conferencias episcopales como muestra de confianza y fraternidad, únicos valores que Roma podía ofrecer a cambio del sueño participativo. La mejor prueba de estas incapaci-

El pontificado de León XIII constituiría no sólo la bisagra cronológica entre dos siglos, sino también el comienzo de un período de tránsito hacia la conciliación entre religión y mundo real.

Pío X, al incrementar la participación popular en los actos religiosos y al señalar la comunión o la misa dentro de un aparato ceremonioso y solemne como únicos vínculos oficiales con el Dios de los católicos, es el verdadero precursor de la liturgia posterior que mantuvo su vigencia hasta el Concilio Vaticano II.

La elección de Benedicto XV como papa a principios de septiembre de 1914 estuvo condicionada por los acontecimientos bélicos y por la repercusión que éstos podían tener en la vida de la Iglesia.

Los que en 1922 propugnaron la elección de Pío XI, el «Papa de Acción Católica» o el «Papa de las misiones», como solución transitoria, sabían de su probado antiliberalismo y antimarxismo o de su talante autoritario.

La izquierda italiana, empeñada en una lucha agónica y solitaria por contener el ascenso fascista, interpretó los Pactos de Letrán como un paso más en la alianza entre Iglesia y Estado para alcanzar objetivos socialmente conservadores.

Los responsables nazis, a diferencia del fascismo italiano, no estaban dispuestos a caer en su acoso hasta la total liquidación de actos o actividades religiosas. Sólo la necesidad de un frente común contra el comunismo impediría de hecho la denuncia del concordato y la ruptura formal, cuando la situación real no podía ser más escandalosa.

El enfrentamiento entre la Iglesia española y el Estado durante la Segunda República española fue un enfrentamiento agrio y dramático que presidió las relaciones político-religiosas, a pesar de los esfuerzos del nuncio, cardenal Federico Tedeschini.

Pío XII (a la izquierda, en su época como secretario de Estado), al igual que la mayoría de los dirigentes políticos o espirituales de su época, no era de los más indicados para oponerse o intentar oponerse a líderes agresivos y dispuestos a todo, como fueron los dirigentes fascistas de los años treinta.

La grave actitud de Pío XII ha sido con frecuencia un dardo afilado para un sector mayoritario de la historiografía eclesiástica. Al no alzarse, con toda su fuerza espiritual, contra el genocidio judío, las agresiones militares o los crímenes de guerra, el Papa asumió una responsabilidad que le persigue más allá de su desaparición. El Vaticano sólo emitió tibias condenas de carácter general.

Juan XXIII, elegido papa en 1958 como solución transitoria o provisional, supo poner a prueba la flexibilidad vaticana tensando la cuerda de la tolerancia y el ecumenismo. Montado en las corrientes de su época, el papa Juan sorprendió a sus propios electores con pasos audaces y un estilo reformista.

El gran paso tantas veces reclamado y tantas veces reprimido lo realizaba Juan XXIII en su breve trayecto bajo el solio pontificio. Su gran aportación, su enorme obra fue la puesta en marcha de ese cauce de modernización en que «el pueblo de Dios» empezaría a tomar la palabra de vez en cuando, tras muchos años de rigidez, intolerancias y mutismo.

Pablo VI cumplió su promesa de culminar la obra de su antecesor, manteniendo la misma línea de apertura al presente y liquidación de las peores herencias del pasado. Su encíclica Populorum progressio *(1967) es el documento católico más caracterizado en relación con el Tercer Mundo.* (El Papa recibe al rey Juan Carlos en febrero de 1977.)

Figuras que ya pertenecen a las mejores páginas de la historia iberoamericana, como Camilo Torres, monseñor Romero o los salvadoreños Ellacuría y sus compañeros salvadoreños, han unido para siempre su vida y su muerte a la infortunada suerte de Latinoamérica.

Juan Pablo I (1912-1978) estuvo en el trono de Pedro poco más de un mes. (A mediados de septiembre de 1978, recibe en audiencia al cardenal Karol Wojtyla.)

Juan Pablo II (1920). Los estadios acomodados para engrosar cualquier fanatismo, sea político o deportivo, acogen al papa de idéntica forma a la que cada fin de semana se rinden al ídolo de turno. Esta religión de muchedumbres es la adaptación católica a una sociedad de masas. (Nueva York, Shea Stadium, octubre de 1979.)

Juan Pablo II ha sido el Papa que vivió más de cerca la caída del comunismo y uno de los que más se ha preocupado por las libertades del mundo, de las que careció en su juventud. Sin embargo, ha hecho más por el centralismo y el absolutismo vaticanos que ningún otro papa del mismo siglo. (Visita de Lech Walesa, líder del sindicato polaco Solidaridad, julio de 1983.)

Un papa de hierro en una Iglesia de plata, que se adorna todavía con verbo de oro (en veinte años se ha publicado más doctrina que en veinte siglos), debería abrir pasos de nueva conciliación, si quiere mantener el mejor sentido de la fundación cristiana.

Una de las santidades más controvertidas por su rapidez fue la que proclamó digno de los altares al fundador del Opues Dei, Josemaría Escrivá de Balaguer.

Otro supuesto de inusitada rapidez procesal fue el de la beatificación de Teresa de Calcuta, tan sólo cinco años después de su muerte.

dades la constituye la normativa que regula el funcionamiento de estas asambleas. En ella el pontífice se reserva no sólo el arbitrio de la convocatoria, también la confección del orden del día, la ratificación de los miembros y la presidencia de las deliberaciones. El margen que les queda a los asistentes después de semejantes filtros es, como puede deducirse, prácticamente irrelevante.

En las distintas reuniones celebradas durante su pontificado, Pablo VI se preocuparía de acentuar el carácter unitario y fraternal de la estrategia sinodal, pero no puede evitar que su misma práctica amenace con agrietar el autoritarismo curial, en sus relaciones con los episcopados nacionales. Se comprueban ciertas dificultades para articular la participación espontánea y autónoma de los obispos en una dirección colegiada de la Iglesia, en la que permanecen inalterados y centralizados los principales atributos de autoridad, discrecionalidad y mando. En general, Montini rechazaría cualquier medio coactivo en el ejercicio del poder, pero su misma configuración y las notas antidemocráticas del reglamento sinodal hacen prácticamente imposible la síntesis supuestamente deseada entre pluralismo y autocracia. Algunas voces, entre ellas la del superior general de los jesuitas, padre Arrupe, subrayaron estas dificultades y pidieron un mayor énfasis en la decisión de profundizar en la hermandad de la jerarquía.

Incluso con estos inconvenientes, el funcionamiento de las reuniones, que algunos creyeron un *petit* concilio permanente, fue aprovechado a falta de otros escalones mejores. De forma señalada por los representantes del Tercer Mundo, que por primera vez en la historia de la Iglesia veían la oportunidad de expresarse sistemáticamente sobre sus particulares problemas. La intervención del episcopado «pobre» encontraba en el apoyo a la autoridad papal una forma de contrarrestar el tradicional dominio de las iglesias del Norte. En este sentido el arzobispo de Argel, monseñor Duval, en actitud agradecida, llegó a valorar la autoridad central romana como un obstáculo al avance del poder de los episcopados ricos.

En este enfrentamiento el primado de Bélgica, cardenal Suenens, advirtió a los que querían confundir el *cum Petro* con un *sub Petro*, sobre el peligro de un ejercicio demasiado absoluto del poder monárquico. A su lado, el francés Daniélou pediría en el sínodo de 1969 una mayor profundidad en la definición del principio de colegialidad. Sin embargo, los esfuerzos realizados en este sentido no llegaron a colmar las expectativas despertadas y tan sólo insinuadas en las deliberaciones. A partir del tercer sínodo el orden del día adquirió un carácter monográfico más controlado y su interés fue decayendo paulatinamente. Contribuyeron a esta menor expectación las intervenciones adormideras de algunos miembros, como la del polaco Wojtyla de 1974, y el escaso eco de los temas propagados.

DEMOGRAFÍA POSCONCILIAR

Los efectos conciliares no sólo se acusaron en la estrategia del poder papal o en la renovación de la actitud teológica hacia el mundo, con una nueva pastoral, mayor permisividad y posturas dialogantes. Tuvieron también una profunda significación en el desarrollo interno de la Iglesia, en el número de vocaciones, en la huida sacerdotal o en la purificación de creencias, después de un período de crisis. Todo junto contribuyó a perfilar una nueva demografía en la Iglesia católica.

En este plano el fenómeno más destacable fue, sin duda, las numerosas salidas de sacerdotes y religiosos junto al descenso en picado de las vocaciones y matrículas en seminarios. Los autores que se han ocupado de estos aspectos se lamentan de la ausencia de estadísticas rigurosas, que probablemente pondrían de relieve una alarmante situación. Pero los datos parciales que se conocen muestran la profundidad demográfica de la crisis religiosa en la mayor parte del mundo.

El primer efecto que se hizo notar fue una considerable modificación de la pirámide de edades religiosa. Desde el final del Concilio hasta los primeros años setenta, los menores ingresos en seminarios, noviciados y otros centros de formación, unidos a la abundancia en el ministerio de personas de edad procedentes de generaciones anteriores, daba como resultado una figura estrecha en la base y abultada en el centro y vértice. Es decir, una estructura religiosa poblacional claramente envejecida.

Estas circunstancias eran particularmente visibles en los países europeos, baluarte del catolicismo tradicional, entre los cuales Alemania o España ofrecían datos con menos sacerdotes, novicios o seminaristas que a comienzo de siglo. Algunas cifras conocidas de otros organismos como, por ejemplo, la Compañía de Jesús, indicaban la misma tendencia. Los jesuitas habían pasado de algo más de 36.000 miembros en 1965 a los 29.400 de 1974. El mismo descenso se constataba en sus novicios, que en el mismo decenio se reducían a la mitad. Por las mismas fechas, algo más de 1.500 jesuitas obtenían la excepción para salirse de la Compañía. Las órdenes y congregaciones soportaron un aluvión de dispensas, mientras que casi cinco mil religiosos y religiosas alcanzaban también el *placet* para la suspensión de votos perpetuos, tras lo cual dejaban los hábitos.

La relación de estas «deserciones» con el influjo del Vaticano II es generalmente aceptada y ha estado en el centro de las críticas integristas a la asamblea de los años sesenta. Sin embargo, no puede desligarse el descenso de vocaciones o los deseos de abandonar el rigor sacerdotal de una evolución general de la sociedad, de forma especial en los países desarrollados de Europa y América. El incremento, desde los años cincuenta, de las condiciones económicas de bienestar y la apertura global de las posibilidades sociales, en un clima de mayor tolerancia y aceptación de los valores terrenales, estuvieron en la base de las nuevas tendencias hedonistas o de satisfacción de los deseos materiales, que desde la guerra mundial no habían hecho sino aumentar y sofisticarse. Con ellas se produjo un fenómeno de rechazo a la satanización de lo sexual, que había permanecido en el discurso oficial de la Iglesia desde el reciclaje tridentino. La sexualidad, como componente sustancial de lo humano, empezó a competir con la pura riqueza espiritual que el desmesurado platonismo católico permitía en exclusiva a los miembros de la Iglesia. El hombre y la mujer, compuestos de alma y cuerpo en igualdad de oportunidades, atrajeron la atención de los teólogos que se preocupaban por dar salida a la insatisfacción cósmica de toda una generación reprimida.

En este punto, es cierto que la clarificación conciliar, con su viraje antropocéntrico, favoreció una actitud más honesta y aceptable para la mayoría de los creyentes, desatándose el nudo de múltiples contradicciones vividas en la soledad de una elección equivocada. Numerosas vocaciones inferidas o que encubrían de hecho el intento de abordar-esquivar problemas ideológicos, sociales o personales, tuvieron ocasión de desbrozar su *religare* entre Dios y el mundo, optando por una alternativa hasta entonces reprimida o anatematizada. Pero también resulta correcto asegurar que el mismo Concilio apenas dejó iniciada la tarea. Toda una problemática en torno a los derechos humanos y de la persona, que se había convertido ya en el eje de la vida cívica de Occidente, era clamorosamente ignorada en la sociedad religiosa mediante la coartada de la supeditación a lo divino. Un sector del clero descubrió que su entrega a unos ideales de democracia y libertad mal podían compaginarse con la pertenencia a una institución que no garantizaba el ejercicio de esos derechos a sus propios miembros.

El arbitraje oficial católico sobre un asunto de cierta gravedad como era el del celibato sacerdotal seguía manteniendo la tesis de la superioridad de la renuncia, cuando para miles de afectados significaba una seria mutilación de su propia vitalidad y la imposibilidad de realizarse con mayor plenitud, constituyéndose como fuente de crisis y quiebras psicológicas definitivas. La incapacidad manifiesta de la doctrina papal sobre este punto para reconocer una necesaria puesta al día o simplemente el reconocimiento del corsé celibatario como un elemento histórico contingente, aparecido e impuesto en el seno de la sociedad cristiana en un determinado momento que ya ha sido ampliamente superado, fue responsable de no pocos de estos dramáticos abandonos, realizados en medio de trascendentales conmociones individuales de fe y de costumbres.

Desde otra perspectiva, el propio trasvase de una sociedad de mayoría rural, hasta entonces cantera de una gran parte de ingresos sacerdotales, a otra de predominio urbano en lo demográfico y cultural, sirvió para trastocar definitivamente una de las más socorridas fuentes religiosas. Las estadísticas europeas confirman que, hasta los años sesenta, el retrato robot del seminarista correspondía a un joven de procedencia campesina, miembro de familia numerosa.

En el lado femenino, las ausencias de vocaciones religiosas estuvieron justificadas por los mismos motivos, aunque es probable que los factores de desarrollo económico y social tuvieran aún más peso que en el caso del sexo opuesto. La incorporación habitual de la mujer a la vida económica o intelectual, junto a la apertura de la mentalidad y costumbres estrictas, mantenidas a rajatabla en la cultura rural, facilitaron desde los años sesenta la presencia de mayores alternativas para este colectivo que iniciaba de la mano de su incorporación al trabajo un extendido movimiento de reivindicación de derechos y actitudes, hasta entonces reservadas a los hombres en una sociedad de fuerte connotación machista.

Estas posturas y tendencias han sido bastante firmes hasta finales de la década de los setenta. A partir de entonces, los efectos de la crisis y una cierta renovación espiritualista han servido para detener provisionalmente lo que parecía un derrumbe definitivo. Esta corriente, surgida en Estados Unidos de la mano de movimientos sectarios, adoptando técnicas de histeria religioso-financieras, se ha visto reflejada también en los fundamentalismos islámicos y ha sido interpretada, a su modo, por la administración Wojtyla-Ratzinger, entre los católicos. En realidad forman un conjunto global de respuesta moralizante y de regeneracionismo integrista, motivado por las mismas voces de alarma que desde las cuevas cardinales del esencialismo religioso se han alzado contra algunos abusos del nuevo hedonismo social.

9

LA CRUZ Y EL MARTILLO

Lugar de encuentro

Sin duda uno de los aspectos de la vida religiosa que más interés suscitó en los medios políticos y sindicales de los años sesenta fue el de la actitud y proyección de la doctrina social de la Iglesia en el llamado mundo obrero. El diálogo entre marxistas y cristianos, favorecido por las posiciones adoptadas en los pontificados de Juan XXIII y Pablo VI, estuvo presente entre los pensadores católicos más adelantados y en la revisión doctrinal de muchos movimientos de la izquierda euroamericana.

La trayectoria de la Iglesia en este ámbito había sido significativa, recorriendo una apreciable distancia desde las condenas de Pío X, León XIII o Pío XII al comunismo y la postura crítica de la *Mater et Magistra* al capitalismo monopolista. Este cambio se había consolidado gracias a la aparición de nuevas relaciones políticas en la escena internacional, presididas por el deshielo y la coexistencia entre las opciones del Este y el Oeste. El final de los cincuenta trajo la desestalinización formal y una evolución moderada de los socialismos y partidos comunistas europeos. A pesar de lo cual, la aparición casi repentina de un cierto «progresismo católico», con ocasión del Concilio, sorprendió a muchos, dividió a unos cuantos y provocó la atención de todos.

A la hora de aclarar los antecedentes y elementos fundamentales de este fenómeno, es imprescindible tener en cuenta la vocación intervencionista de Roma en los asuntos puramente civiles, que tomaría cuerpo en la intención y propia actividad de la Acción

Católica. Pensada, sobre todo, como un intento de incorporar el testimonio religioso a la vida social, laboral o ciudadana que se estaba escapando de los recintos eclesiásticos. Con esta estrategia, y también con el apoyo manifiesto al sindicalismo de obediencia católica el Vaticano aspiraba a oponer una sólida barrera al avance del «obrerismo ateo».

La estabilidad de estos planes y el aislacionismo con que contemplaban otros intentos en el mismo campo social sería sin embargo conmocionada por la aparición de una teología más positiva y abierta o por antropologías heterodoxas como la representada por el citado Teilhard de Chardin. Desde entonces algunos círculos se plantearon seriamente la «misión imposible» de enlazar teología y panteísmo social, incurriendo así en las iras vaticanas.

Al dar un sentido y finalidad a la materia, aunque en el seno del plan de Dios la cosmogonía teilhardiana incorpora el activismo social a la tarea de la creación y salvación del mundo. La aparición de esta rendija de aire fresco en el monolito teológico, por donde se unían religión y mundo, supuso una agradable sorpresa para el «eterno» enemigo. El filósofo Garaudy y otros aceptaron el reto y alargaron la mano de la reflexión marxista a este inesperado compañero de viaje. El pensador francés, asimilaría entonces la especulación cósmica del teólogo a la historia social, que conformaba el único horizonte del filósofo.

Este punto de contacto servía para reconciliar en el núcleo doctrinal las condiciones materiales de la sociedad, como realidad experimental y el entramado metafísico del que se servía la religión. La trascendencia cristiana abandona su contradicción entre lo temporal y lo espiritual, tornándose inmanente, permeable al compromiso y sobre todo consciente de la fundamentabilidad de la materia en su vertiente humana.

El blindaje de las sotanas

El puente tendido por estas opciones tuvo una especial expresión en un país que como España reunía suficientes condiciones para que germinara la denuncia del abandono teológico de lo socioeconómico y político. Unos pocos católicos, entre los cuales pronto se distinguieron González Ruiz, Díez Alegría o el padre Llanos, representaron la voz cristiana que abjuró públicamente de la hipocresía jerárquica y del abrazo pecaminoso entre Iglesia y Estado. La condena formulada desde púlpitos y publicaciones católicos se alineaba contra la situación económica y social, pero ponía el énfasis en la opresión política o sindical.

En 1965, el órgano de la JOC española *Juventud Obrera* se interrogaba acerca de las nuevas condiciones y proponía los principales elementos necesarios para un diálogo fructífero con el socialismo. La religión debería abandonar su papel de freno del desarrollo social y proponerse metas acordes con las demandas populares del momento. La dignificación del trabajo, su adecuada retribución, la condena de la explotación capitalista, la construcción de una sociedad justa, la propuesta de un pueblo sin clases... Tales eran los puntos sobre los que los jóvenes obreros católicos y los militantes marxistas podían dialogar y participar unidos en la tarea de recuperar la libertad.

De forma sustancial este proceso constituía un apéndice importante de todo el conglomerado europeo en el cual se producía una condensación de la actividad de los grupos obreros católicos, desde la década de los cincuenta, cuyas raíces se hundían en el carácter más reivindicativo y avanzado del cristianismo de base surgido en la posguerra.

El sindicalismo anterior a la Segunda Guerra Mundial había fracasado frente a las organizaciones obreras laicas, por su talante contemporizador y a veces complaciente con los intereses de la burguesía. No perseguía la desaparición o recorte de las diferencias sociales, sino la colaboración de clases para evitar la violencia social o contrarrestar el implacable método de lucha de los comunistas o anarquistas. Sin embargo, para los católicos obreros y para el cristianismo denominado posconciliar esto constituía un error de históricas proporciones. Nada más lejos de la aversión al ideal socialista, profesada por el sindicalismo católico anterior, que el pensamiento de la generación contestataria de los sesenta. No pocos de sus teólogos, entre ellos algunos relevantes españoles, se confesaban deudores del marxismo e incluso llegaban a pedir la corrección de la doctrina papal, proponiendo que se considerase al capitalismo como «intrínsecamente perverso».

La Acción Católica de posguerra había asumido la experiencia y el amargor de la lucha antifascista en Italia o Alemania y en España se convirtió, poco a poco, en un auténtico refugio para quienes desde posiciones distintas se oponían al totalitarismo político o rechazaban la obligación de un sindicato y partido únicos. A finales de los años cuarenta el movimiento de los sacerdotes obreros sería apoyado por grupos de contacto espontáneo, formados entre curas de las zonas del cinturón industrial de las principales ciudades europeas. En regiones españolas, donde la mutilación política era grave, estos focos se desarrollan en términos de abierta oposición al régimen y pronto constituyen un movimiento incontrolado por autoridades y jerarquías. Surge así la coordinación y la extensión de la JOAC belga, las Congregaciones Marianas obreras o los organismos especializados de la Acción Católica. En ellas al mismo tiempo que se estructuran cursillos de formación, conviven viejos opositores políticos con la nueva savia de una cantera que pronto amenazará inagotable.

Este movimiento de apostolado obrero ha adquirido ya una vitalidad sorprendente en vísperas del pontificado de Juan XXIII, discurriendo entre la clandestinidad y la tolerancia, el rigor o la permisividad de las instancias vaticanas. Sin embargo, desde los años cincuenta para el caso español, sus publicaciones se desmarcaban abiertamente de la actitud colaboracionista del episcopado y jerarquías, criticando el sistema económico y las desigualdades sociales, al tiempo que daban muestras de evolucionar hacia un acentuado obrerismo.

El elemento diferenciador y característico de todo este proceso que, aunque tiene representantes en toda Europa, es en España donde encuentra un campo de batalla apropiado, lo constituye el paulatino despeje de la ambigüedad y de la contradicción con que los movimientos católicos de preguerra contemplaban las relaciones económicas y sociales. Se trata de una actitud mucho más autónoma, nada paternalista y francamente hostil a las estructuras y las jerarquías contemplativas. Desde alguna de sus vertientes se constituirá en inmediato precedente del mismo fenómeno de rebeldía teológica que está a punto de surgir en el otro lado del Atlántico, de la mano de los sacerdotes peruanos, centroamericanos, etc. Y aunque en ninguno de los dos casos van a conducir a una ruptura cismática, puesto que los ejes centrales del pensamiento católico conciliador se respetarán colectivamente, sí van a servir para abrir una ruta de insospechadas proporciones.

En el caso del sindicalismo europeo de origen cristiano se cuestionarán seriamente algunos elementos formales, como eran la intransigencia o la negatividad con que se trataban las relaciones sindicales paralelas, que caracterizaban a los movimientos obreros católicos anteriores. Elementos que, sin duda, eran las trabas que impedían una mejor solidaridad con la oposición laica. La notable labor de denuncia realizada por estos grupos servirá para una apreciable toma de conciencia en el conjunto de la Iglesia y para facilitar la apertura liberal del catolicismo en torno a las sesiones conciliares.

La repercusión que el Vaticano II tuvo en la Iglesia española debe matizarse, por tanto, a la luz de la existencia de esta convulsión pretérita, en la que el discurso conciliar encontraría terreno abonado para poder desarrollar algunos de sus mejores destellos. Desde 1962-1963 los Centros Sociales Parroquiales se convierten en las ciudades industriales en núcleo del movimiento obrero. Su actividad se dinamiza alrededor de cursillos de formación, charlas o conferencias en las que intervienen líderes del catolicismo liberal o del sindicalismo obrero, que las convierten en auténticos foros de discusión política que evaden la vigilancia del régimen franquista, gracias al estatus de protección eclesiástica con que se revisten. El régimen, alarmado por esta actividad, pone en marcha algunos recursos contra lo que llamará el «blindaje de las sotanas», mientras que de la amplia militancia católica se va nutriendo la poderosa oposición que arremeterá contra él en los últimos años de la vida del general Franco.

Una religión de clase

No obstante, la conflictividad en la familia católica del Estado español y su secuela de fricciones con el régimen franquista no se correspondían solamente con una situación atípica particular. De hecho no eran sino el reflejo de un mayor desgarro interno de los creyentes, que abarcaba a toda la cristiandad independientemente de razas, culturas o pueblos. El cristianismo se había convertido a lo largo de su historia en la religión de la burguesía. El desenganche, aunque fuera a regañadientes, del modelo aristocrático anterior se había realizado al filo del siglo XX, en las condiciones apropiadas y todavía a tiempo para legitimar el nuevo orden socieconómico.

Pero en el ámbito de las creencias religiosas y en las estructuras de militancia católicas no sólo se contaban burgueses. Más aún, la mayor parte de los fieles pertenecían, por descontado, a estamentos diferentes e incluso objetivamente antagónicos de la burguesía. Sin embargo, la posición que ocupaban en el «cuerpo místico» era claramente secundaria. Dentro de la propia institución se podía hablar, sin error, de una repetición del esquema clasista de separación social existente en el universo laico. De tal modo se señalaba a la religión y a lo religioso como una creación superestructural correspondiente a la base sociológica a la que se emulaba con fidelidad, en lugar de tratar de transformar.

Por razones obvias, las clases y los grupos dirigentes del catolicismo conservador tienen una interpretación religiosa más trascendentalista y profesan una visión aparente mucho menos «materializada» del mensaje evangélico que sus correligionarios obreros. El rechazo histórico a la interpretación weberiana de la historia del protestantismo, que relaciona fe y éxito social, obligaba a una proclamación de creencia oficial que separaba cielo y tierra, aplazando al más allá el juicio sobre la conducta social de cada uno. Para los creyentes burgueses se trata en suma de evitar por todos los medios, espirituales y materiales, el tener que afrontar la comparación entre doctrina y realidad social.

En razón al dominio que estos mismos estamentos ejercen sobre la producción ideológica dentro del orbe cristiano, no es extraño que su discurso religioso impregnara la fe de la totalidad católica y fuera, al menos hasta los años sesenta, el hegemónico entre los fieles de la mayoría de los países tributarios de Roma. El plan de salvación, que incluía este dominio, proyectaba contenidos eternos y sustancialmente abstractos prometiendo la realización de la libertad y la justicia sólo para los que alcanzaran el paraíso. Esta supuesta trascendencia, que muchas veces adoptaba la forma de un señuelo conservador, equivalía a la aceptación de las dramáticas consecuencias de la desigualdad entre los humanos. Con ello se daba prioridad, además, al plano menos liberador del mensaje evangélico, con resultados de conformidad, espera y confianza en la otra vida, que tanto lastraban la participación de los creyentes en la dialéctica social del mundo en ebullición de los setenta.

Esta variante del cristianismo, que desconsolaba a los tolerantes y exasperaba a los impacientes, servía sobre todo para desviar la atención de asuntos vitales al formalizar una religión de contenidos espiritualistas, mecánicos y misticistas, sin contacto alguno con la realidad circundante. En ella se fingía un feliz mundo de preocupaciones metafísicas, una vez que se había relegado cualquier consideración social de peso. El interclasismo católico bebía con fruición de este manantial de diversión teológica, con el que constituía los rasgos proverbiales del colaboracionismo de clase. La hermandad en la fe estuvo por encima de cualquier otra alternativa hasta que la consolidación de la revolución industrial, el desarrollo económico o la aparición de otras propuestas de transformación de la realidad compitieron en la misma arena.

No se trataría por tanto de un aspecto de la cuestión meramente demográfico, sino de forma especial de los cambios cualitativos sobrevenidos en el mundo político o sindical, desde finales del siglo XIX. Por lo mismo, no sólo el aumento de trabajadores en mayor proporción siempre que el de burgueses, también el de una profundización en las diferencias en el disfrute del bienestar general, en la posesión de bienes y en la toma de conciencia global de esta situación, condujeron a muchos católicos a un cambio de agujas significativo. Algunos de ellos, trabajadores manuales o intelectuales, empezaron a denunciar en público, durante los años sesenta, la negativa obstinada de los poseedores a compartir el aumento de riqueza en igualdad de condiciones, utilizando para ello en sus exposiciones la referencia evangélica. A partir de esta forma comprometida de interpretar la vivencia religiosa, se impuso una realidad contradictoria e irresoluble, que se trató de atajar con métodos represivos y que condujo a una progresiva toma de conciencia del obrerismo católico, dentro de una más amplia rebelión social.

Los movimientos renovadores que surgen entonces, aunque pueden enraizarse en la rica historia de heterodoxias que la Iglesia ha cosechado en su larga crónica, tienen la complejidad y la importancia de haber influido entre los grupos jerárquicos dominantes y haber contribuido a acelerar el enfrentamiento de sectores, aunque no llegaran a la ruptura definitiva. La sacudida conciliar no hizo sino reflejar esta fricción en la cumbre, poniendo de relieve la decisión de la parte más lúcida del poder católico tratando de modernizar el mensaje cristiano al acercarlo al clamor reivindicativo de los militantes de base.

Sin embargo, las dudas sobre la sinceridad y la posibilidad de este acercamiento, sobreviven aún hoy a más de veinte años de distancia del intento. La pretensión teórica del pluralismo ideológico de la Iglesia, como símbolo o reflejo del mismo esquema social dominante, no se correspondió con la necesaria imaginación, audacia o simplemente talante democrático en el reparto del poder. El cristianismo dirigente permaneció en manos de elementos de extracción burguesa y sólo a título personal algunos individuos, que constituían la excepción, lograban puestos destacados evitando la frustración o la ruptura, que eligieron muchos de sus cualificados compañeros.

El poder eclesiástico siguió ajeno a los ejemplos democráticos y sus estructuras centralistas escarnecieron, desde entonces más que nunca, el ejemplo y el verbo de numerosos de sus representantes que sin cesar pedían, sobre todo para el mundo comunista, mayor libertad y respeto a los derechos humanos. En ningún momento se admitió como posible una discusión liberadora de las estructuras antidemocráticas, aunque las mentes más despejadas y honestas entendieran que podía ser el gran momento de la justificación evangélica y quizá que tenían entre manos otra gran oportunidad histórica para adaptarse a los nuevos tiempos y no perder más terreno en el papel de guía espiritual de la sociedad desarrollada. Sin embargo, las actitudes oficiales hacia la militancia obrera cristiana y su «compadreo» con el comunismo, fueron cada vez más portadoras de un profundo recelo.

A pesar de esto, la práctica diaria y la asunción de los problemas cotidianos de lo que se llamaba, no sin cierto énfasis socializante, «pueblo de Dios», iban a ser causa de una mayor profundidad en la apreciación crítica de los militantes cristianos. La ficción de la unidad entre católicos fue sustituida entonces por la realidad de la unidad en las aspiraciones comunes con los demás miembros de la sociedad, fueran éstos creyentes o no. Ello condujo a abrazar el nuevo dogma de la homogeneidad y la solidaridad de clase, frente a la identidad de creencias por encima de la clase. El mismo proceso condujo necesariamente a la denuncia global del modelo social del capitalismo como culpable y como freno a la viabilidad del mensaje cristiano en el mundo moderno. Las propuestas pragmáticas adquirieron un tono radical y revolucionario, utilizando un verbo encendido, inequívocamente alejado del proyecto y la realidad de la Iglesia.

Mientras estas posiciones trataban de abrirse camino y competir con la Iglesia oficial, las jerarquías no respondían con su incapacidad doctrinal a los graves apremios que surgían en las incompletas democracias capitalistas o en las deprimidas regiones católicas del planeta, que como el continente iberoamericano constituían piedras de escándalo arrojadas contra la armonía predicada desde Roma.

Partiendo de esta situación, no obstante, el obrerismo cristiano seguía sin romper con su propuesta intermedia, entre la indecisión o la ambigüedad. El alejamiento teórico del mandato jerárquico o el acercamiento práctico a los movimientos obreros laicos no resolvían las trabas fundamentales heredadas del pasado: ausencia de un proyecto revolucionario auténtico, sobrecarga de reformismo acumulada y, en muchos casos, anticomunismo o antisocialismo beligerantes.

La aceptación plena del mensaje salvífico contenía todavía elevadas dosis de tercerismo. Para mejorar o equilibrar la situación presente, se confiaba en último término no en las propias fuerzas de los desheredados, sino en concesiones graciables del poder o en propiciar una negociación, siempre utópica, entre la subversión y el conservadurismo. La afirmación de la necesidad del Estado, como instrumento de orden y aparato favorable a una mejor redistribución de los bienes materiales y culturales, se completaba con la aceptación de la teoría de una clase dirigente, en medio de aberrantes diferencias sociales. Y aunque se aceptaba, con realismo, la división antagónica en la sociedad, no se contemplaba la desaparición de las clases sociales sino su atenuación o fluidez.

Desde este punto de vista, la reivindicación católica sobre el poder permanecía estancada en los valores religiosos básicos. El oficialismo jerárquico se aferraba, además, a la condena de las demandas sociales siempre que éstas transgredían cuestiones de moral, de fe o de unidad religiosa. Y en el extremo último se limitaba a descalificarlas comparándolas a las del obrerismo ateo.

La situación de desgarro ideológico entre los que vivían con intensidad sus ideales y se enfrentaban a diario con la realidad adversa y antidogmática, produjo frustraciones personales y terminó por desmadejar, entre fricciones administrativas y expedientes de represión, las partes más combativas del movimiento. La forma de disolución de este activismo tuvo un doble aspecto. Por una parte se constituyó como salida individual de muchos de sus miembros más vehementes, acosados por crisis internas de fe y esperanza, que escogieron las fórmulas más claras y radicales de los grupos no confesionales. Por otra, la actitud de incomprensión y persecución de las jerarquías sobre los elementos más radicales, se concretaron en anatemas y entredichos de regusto restauracionista, que nada hicieron por entender el problema o negociar su salida.

Obrerismo y protocolo

Para intentar desenredar la madeja de la crisis, pasada y presente, del sindicalismo de obediencia cristiana es preciso señalar el proyecto que defendió la Iglesia católica en el mundo de posguerra al tratar de formalizar la integración de los trabajadores en el entramado social, mediante un programa de reformas moderadas que dejaran intactas las principales estructuras de dominación. Sin por ello renunciar a un modelo reivindicativo y en algunos casos incluso acentuando la propuesta reformadora más allá de las previsiones iniciales, el plan sociosindical propugnado por las jerarquías católicas, se inscribía en el marco general de integración que la socialdemocracia o los partidos democratacristianos ofrecieron después de 1945.

Desde este plano resulta significativa la toma de posición del entonces pontífice Pío XII, en 1955, al colocarse de forma visible a la cabeza de este movimiento de recuperación obrera. Con ocasión de la festividad del Primero de Mayo, Roma hizo oír su voz a través de su más cualificado representante tratando de atajar, algo más que simbólicamente, los avances del obrerismo laico. Para ello se instó a los gobiernos de todo el mundo a instituir la fiesta de ese día como la de todos los trabajadores cristianos, bajo la advocación de San José artesano, tratando de oponer esta cobertura a la tradicional fiesta laica y hasta anticlerical del mundo obrero. En aquella ocasión, diría el Papa, se pretendía hacer «a todos partícipes de la fiesta del Primero de Mayo que hasta hora se consideraba como distintivo de una determinada porción del gremio obrero». Al tiempo que hacía este llamamiento, Pacelli se dirigió abiertamente a las Asociaciones de Católicos Trabajadores Italianos (ACLI) pidiéndoles que ejercieran una expansión mayor fuera de su órbita, en la que evidentemente estaban siendo arrinconados.

No obstante, la aplicación de esta estrategia general encontraría mayor dificultad en aquellos lugares que, como España o los países latinoamericanos, tenían un especial marco de relaciones de colaboración entre el poder civil y el religioso. En ellos, la identificación resultaba nefasta para la profecía cristiana que perdía adeptos de forma constante entre las masas operarias. El ideal de vida cristiana para muchos obreros se había desvanecido, en el mejor de los casos, en un entramado de gestos copiado del protocolo, que a su vez la burguesía imitaba y admiraba en sus antiguos adversarios los aristócratas. El ritual vaciado del contenido y de la sinceridad del primitivismo religioso acusaba una fosilización sin sentido de las prácticas religiosas más comunes. Así, misas, confesiones, bautizos, matrimonios y otros sacramentos resultaban ceremonias vacuas de sustancia evangélica, cuyo carácter externo de cumplimiento social corría parejo con la rutina y desgana con que se llevaban a cabo. Especialmente porque se efectuaban en una sociedad injusta y con escaso compromiso solidario.

Entre los católicos de posguerra, la religión y su liturgia se veía como algo heredado en el ámbito familiar, sin mayor trascendencia y sin apenas influencia importante en sus vidas. Esta vivencia religiosa mecanizada, que carecía en absoluto de profundidad y revisión crítica, era aceptada como fatalidad o mal menor, con la misma inercia que se sobrelleva el color de la piel, el cabello y otras características congénitas. De este modo se creaba una conciencia de necesidad de renovación litúrgica, para la que algunos sacerdotes y católicos más conscientes trataban de buscar salidas imaginativas y realistas, empezando por desdramatizar la ritología sacramental que pesaba como una losa a los menos conformistas. En algunos casos podía hablarse incluso de la existencia de un doble ritual, que manteniendo lo esencial del oficio cristiano investigaba nuevas formas de relación para la comunión de los cristianos.

Esta variación del continente en que se derramaba la práctica o la pastoral de algunos sacerdotes y parroquias, adquiría diversos tonos según la oportunidad o el carácter de los mismos parroquianos. Desde la misa «yeyé» de los años sesenta, hasta la mezcla de asamblea popular y comunión de los fieles de la teología de la liberación, pasando por las propias modificaciones formales propuestas tras el Concilio en la lengua vernácula o el ritual. En ellas podemos encontrar, junto a verdaderos hallazgos de esta renovación, otros esfuerzos patéticos y esqueletizantes de una liturgia que trataba desesperadamente de interesar a las grandes masas, a las que no podía llegar con mejores argumentos.

10

AMÉRICA CATÓLICA

TIERRAS DE FE

Para muchos cristianos, Latinoamérica es el continente católico por excelencia. Realmente si nos atenemos a las estadísticas, más o menos aceptadas por todos, esta calificación cuadra a la perfección con los altos porcentajes de los que se confiesan católicos. Con algunos leves matices y desde luego haciendo abastracción de lo que supondría una verdadera militancia religiosa o una fe más allá de toda prueba, entre el 80 y el 98 por ciento de los habitantes de esta región ocupan un renglón en la nómina de la Iglesia católica, aunque sólo sea por su condición de bautizados. Este hecho ha llevado a caracterizar una especial ósmosis entre las realidades materiales y espirituales en las tierras más allá de Río Grande.

Para bien o para mal, en los grandes acontecimientos o en la minúscula cotidianeidad, la referencia católica ha estado siempre presente en la difícil trayectoria histórica de estas tierras latinoamericanas, desde que fueran colonizadas por españoles y portugueses en el siglo XVI. Y una vez más la polivalencia de la fe cristiana ha servido lo mismo para justificar al poder y a la subversión. Utilizada por los grupos dominantes, como consuelo o como refrendo falsario de dominación, la religión católica también ha estado en la punta de los fusiles guerrilleros, en los cuerpos torturados de campesinos y sacerdotes o en las ansias de liberación del pueblo.

Pero América Latina no es sólo un continente católico, es también una de las regiones más subdesarrolladas del planeta. Sus padecimientos sociales revientan con frecuencia en otros tantos ensañamientos políticos, cuyos saldos mortales recuerdan los peores fanatismos de nuestra historia pasada. Un desmesurado crecimiento demográfico, la precariedad alimenticia o el caos sanitario y cultural, son apocalípticos compañeros del analfabetismo, el desempleo y la desigualdad, que las más de las veces han servido para definir sanguinarias dictaduras. Mientras los latinoamericanos padecen estos azotes, una tierra fértil y un rico subsuelo son expoliados casi siempre por intereses extranjeros, sin que sus frutos puedan ser aprovechados de forma igualitaria.

En el siglo presente los beneficios extraídos por algunas grandes multinacionales, en especial norteamericanas, han hecho de Latinoamérica el verdadero cuerno de la abundancia para sus accionistas y propietarios. Una abrumadora mayoría de las rentas son expatriadas de forma escandalosa, provocando la creciente descapitalización del continente. Los subsectores de materias primas y agrícolas son los tradicionales campos de actuación de las empresas estadounidenses, cuya presencia sustituyendo a los anteriores colonos europeos ha sido cualquier cosa menos un ejemplo de administración y un derroche de solidaridad. E incluso, cuando las inversiones y las propiedades norteamericanas estuvieron en peligro serio, como fueron entre otros muchos casos el de Guatemala en 1954 o Chile en 1973, una oportuna intervención militar, siempre favorable a terratenientes o multinacionales y con el viento del Norte a favor, provocaba un giro político.

Precisamente la presencia de regímenes autoritarios o las dictaduras militares son otra de las penosas constantes de la vida pública latinoamericana. La actuación de estas dictaduras, que además se confiesan oficialmente católicas, ha creado siempre notables conflictos entre los representantes del poder y los de la Iglesia. El difícil equilibrio entre fe religiosa y represión política se ha roto en numerosas ocasiones, produciéndose abundantes casos de persecución, encarcelamiento y muerte de sacerdotes y militantes católicos junto a otros de incorporación decidida de los religiosos a la causa popular.

La América Latina, uno de los lugares del mundo con más porvenir pero con peor presente, ha tratado en distintas oportunidades de encontrar un camino propio de desarrollo, buscando sacudirse la dependencia exterior. Pero cualquier intento en esta línea, fuera pacífico como la formación de organismos interamericanos o violento como el del decenio guerrillero, encontraba siempre la oposición norteamericana encarnada en toda una serie de gobiernos enfeudados a los intereses del coloso yanqui.

A mediados de la década de los sesenta, el período que la mayor parte de los países considera de desarrollo favorable, la situación socioeconómica de esta región empezó a preocupar a la opinión mundial. El crecimiento demográfico, uno de los más fuertes del planeta con incrementos anuales del 25 por mil, superaba con creces los ritmos productivos contribuyendo a un empobrecimiento galopante de la población. Compañeros inseparables, la mortalidad infantil, el hambre o el analfabetismo se convirtieron en las dramáticas señas de identidad por excelencia de los latinoamericanos.

Los suburbios de las grandes ciudades empezaron a almacenar grandes masas de desposeídos, potencialmente peligrosas para el estatus proestadounidense. Los planes de ayuda, en la época de los presidentes Kennedy y Johnson, incluyeron la necesidad de un drástico control demográfico, pero no una política de redistribución de recursos que atenuara el problema. La respuesta católica, en la doctrina del papa Pablo VI o en las palabras del arzobispo Cámara, fue oponerse al «genocidio blanco» insistiendo en la necesidad de repartir el pan y no suprimir las bocas.

ORACIONES REVOLUCIONARIAS

Mediado el siglo XIX, América Latina acogió los primeros contingentes de religiosos del período contemporáneo, enviados ante la alarmante escasez del clero indígena y su desproporción para atender una población en continuo aumento. La formación de estos recién llegados se correspondía en general con la actitud integrista de la Iglesia europea de la época y contribuyó a la formación de un estamento clerical de profundas tendencias reaccionarias. Las consecuencias históricas de esta formación fueron la alianza del clero con las fuerzas más reaccionarias del continente y su enfrentamiento a las posiciones liberales. Como resultado de esta alineación, el clero fue blanco favorito de las iras revolucionarias y de las invectivas liberales en la fase anticlerical americana de finales del siglo XIX. Fase que incluso se alargaría hasta las primeras décadas de nuestro siglo, como hemos visto al referirnos al caso mejicano en páginas anteriores.

Sin embargo, este rechazo oficial no iba a ser suficiente para hacer retroceder de forma apreciable la confesionalidad católica del continente. Muy al contrario, la reacción de Roma, desde los años del pontificado de León XIII, serviría para establecer más estrechos lazos con el episcopado americano y para una mayor presencia de la Iglesia oficial entre los iberoamericanos. La revitalización del programa misionero incluyó la convocatoria de un concilio general episcopal, seguido de varias reuniones regionales, que hicieron posible este acercamiento y una renovación manifiesta del proyecto católico sudamericano.

Si exceptuamos las oleadas laicistas del caso mejicano o de la república del Uruguay, desde comienzo de siglo la renovación cristiana se asentaría en el cono sur americano gracias a un poderoso movimiento de intelectuales. Con una perspectiva de transformación social del hecho religioso, se apreciaron los valores del humanismo y del espiritualismo, frente al predominio positivista anterior. Este clima resultó definitivo para la consolidación de la influencia religiosa en el campo universitario, a partir del que se impulsó la formación de las nuevas clases dirigentes del subcontinente. Las universidades católicas dieron un tono superior a la vida cultural iberoamericana desde que en 1917 la de Perú se suma a la antigua de Chile, coincidiendo con la recuperación de la influencia religiosa entre las clases altas y con nuevas fórmulas de alianzas con el poder.

Este nuevo compromiso otorgaría a la jerarquía católica importantes parcelas en la vida pública, pero al mismo tiempo comprometía una pastoral que pretendiera identificarse con la prioridad de los problemas populares. En los años anteriores a la Segunda Guerra Mundial, como consecuencia de esta situación, un bloque de católicos de derechas con sus jerarquías al frente, apoyaba a regímenes autoritarios en países como Argentina, Brasil, Bolivia, Guatemala y en menor medida en Chile. La inestimable ayuda que esta actitud proporcionaba a los poderes públicos en su lucha para contener el avance comunista de los años treinta, sería reconocida con una cada vez mayor apertura y tolerancia hacia el papel religioso. En numerosos países del área se derogaron oficialmente los artículos constitucionales que databan del período liberal anticlerical, aunque muchos de ellos habían caído en desuso.

No obstante, frente a este sector conservador o derechista del clero iberoamericano se iba a afirmar una poderosa tendencia de clara inspiración social, cuyas raíces se encuentran en la degradada situación económica de los años de posguerra. La presión de los movimientos populares, casi siempre encabezados por partidos de adscripción marxista, tuvo un efecto sorprendente en la conciencia de buena parte de los militantes católicos a partir de los años cincuenta del presente siglo. A pesar de lo cual, como en el caso europeo, en esta preocupación se puede rastrear una notable dosis de interés por acortar la creciente influencia de las doctrinas materialistas o ateas en esas mismas masas de campesinos y obreros agraviados.

Pero la relativa buena posición económica de las repúblicas sudamericanas frente a los países europeos tras la guerra mundial, la incesante expoliación norteamericana y la elección de un modelo de desarrollo industrialista desmesurado, provocarían un rápido deterioro de la situación de los campesinos, el aumento del desempleo y una explosión demográfico-urbanística sin precedentes, bajo condiciones de miseria y degradación notables. Los movimientos de agitación, en especial entre los trabajadores urbanos, se adueñaron entonces del panorama político sudamericano al mismo tiempo que se atrincheraba el egoísmo de la oligarquía.

En el seno de la Iglesia los debates se hicieron eco de este clamor que exigía una revisión de papel legitimador de la religión y un nuevo diseño de la alianza con un poder del que se bendecían su paternalismo y su incapacidad para el desarrollo igualitario. Esta complicidad favorecía además la aparición de un nuevo anticlericalismo, esta vez de base popular y alentado por las formaciones que desde la izquierda se enfrentaban a la situación social. La polémica iba a desembocar, al filo de los años sesenta, en la constitución de un poderoso movimiento reformador protagonizado por algunos obispos, pero integrado fundamentalmente por nuevos teólogos, sacerdotes y militantes de base.

Estos grupos se desprenden del falso espiritualismo paternalista de la Iglesia oficial y predican la necesidad de atender también a las indudables necesidades materiales de la mayoría de la población. Una de las notas características de los miembros de este movimiento resulta ser la notable recepción de la influencia del Vaticano II y de su mensaje de acercamiento al mundo moderno en trance de transformación social. La profunda renovación de la pastoral y la liturgia católicas van a reflejar un cambio de perspectiva sustancial en la transmisión evangélica. Se «democratiza» la actividad del clero y el nuevo papel de los laicos penetra con más fuerza que en otros lugares del mundo, en una iglesia que se convierte en avanzadilla de la participación popular y cree desalambrar las cercas jerárquicas anteriores.

La evolución radical de estos grupos, siempre en relación crítica con las posiciones conservadoras de la democracia cristiana o la persistencia de los vínculos cómplices, encajará en la formación de una izquierda católica que se acercará a las posiciones marxistas, en la misma medida en que la política económica de los distintos gobiernos se muestre incapaz de mejorar la situación. Tras la revolución cubana (1958-1959), con un programa popular que inicialmente se identifica con los deseos de liberalización expresados por esta nueva izquierda, son cada vez más numerosos los sectores católicos que confían en la revolución como única salida para los problemas de América Latina. La imagen del Cristo guerrillero o la figura del sacerdote que reza con un fusil a la espalda se familiariza con el recuerdo de los convulsos años sesenta. Figuras simbólicas de este proceso real, como el padre Camilo Torres muerto en combate en 1966, o los sacerdotes nicaragüenses incorporados a la guerrilla, son también reflejo de estas posiciones que colocaron al clero latinoamericano en situación de difícil resolución.

Iglesia y liberación

Incluso contando con el fracaso final de la opción guerrillera y el escaso éxito de la esperada insurrección revolucionaria del continente, el germen de la protesta social y de la toma de conciencia de reformas había arraigado profundamente en la sociedad iberoamericana y en el sector religioso más comprometido. Al mismo tiempo que unos católicos intervenían activamente en la misma línea de fuego contra los regímenes dictatoriales, otros trataban de reconvertir la pastoral cristiana alumbrándola bajo las expectativas evangélicas del Concilio y buscando nuevas formas de identidad a su fe.

Gracias a estos esfuerzos teórico-prácticos, el proyecto teológico sudamericano resultará ser un programa integrado de salvación espiritual a través de una similar redención terrenal. Por otro lado, la búsqueda de un compromiso evangélico y de una mayor fidelidad al espíritu cristiano fundamental, incluyó necesariamente un mayor distanciamiento de las instancias de poder. En algunos casos sin embargo, como el de los jesuitas sudamericanos que en su mayor parte eligieron la opción popular, el vacío creado no tardaría en colmarse mediante la intervención de asociaciones como el Opus Dei, que defenderán el mantenimiento del apostolado tradicional entre las clases dirigentes y la opción de una reforma desde arriba.

Pero desde 1968 al menos, la crisis de la antigua colaboración es bastante precisa. La Conferencia Episcopal de Medellín, celebrada ese año, coincide en su elección en favor de los pobres con la elaboración teórica del sacerdote peruano Gustavo Gutiérrez, que por primera vez denuncia los límites de la pastoral oficial e iberoamericaniza el fluido cristiano. Este mensaje sencillo pero certero estará llamado a alcanzar una gran influencia en los círculos católicos de los dos lados del Atlántico. Para Gutiérrez la especulación teológica clásica, que en Europa se dilucida en términos de discusión filosófica o en «juegos» probatorios sobre la existencia de Dios, carece de sentido en una región de infrahombres en la que el auténtico problema resulta ser la negación de la vida y en modo alguno la discusión sobre la salvación supraterrenal. Por eso la nueva teología latinoamericana abre sus páginas con preguntas sobre una salvación más inminente, a través de la que tratará de surcar nuevos caminos evangélicos. En palabras del propio Gutiérrez, el drama de la pastoral en aquellas tierras es ¿cómo presentar un mensaje de vida en una situación que lleva el sello de la muerte? Muerte física, muerte de hambre y miseria, de enfermedad, de cultura y de expectativas humanas de futuro.

Sus interrogantes son tan simples como demoledores y están provistos de esa gran fuerza de lo sencillo y profundo. Incluso se nos aparecen como la angustia de una imposibilidad técnico-dogmática que no encuentra un espacio cómodo para desarrollar su actividad pastoral. Aunque en la visión teológica liberadora adquiera una fuerza y una dimensión históricas, al confrontarse con la peculiar situación iberoamericana.

¿Cómo anunciar a Dios en un submundo en el que la realidad de la pobreza y de la muerte a plazo fijo se oponen a la felicidad de vivir? ¿Cómo hablar de Dios desde la mortalidad infantil o desde el sufrimiento de los inocentes? El Cristo que da una nueva vida a Lázaro o que bendice a los pobres en la Montaña, ¿cómo puede ser el mismo Dios del rico Epulón? Este desajuste debe ser colmado por una intervención responsable y testimonial contra la miseria. La teología de la liberación admite por primera vez la impotencia para cristianizar el dolor, la desigualdad o la miseria, negándose a solicitar de los que lo padecen mansedumbre, paciencia y oración. Por el contrario, refresca la memoria de la violencia evangélica contra los mercaderes del templo. Es por lo tanto un revolucionario cambio de perspectiva sin precedentes en la historia de la Iglesia contemporánea.

Esta reinvención del evangelio rozará, como nunca antes en la historia de la Iglesia, los límites en los que se mueve la posibilidad cristiana de justificar un orden social injusto. Cristo bienaventurizó y se compadeció de la pobreza, pero jamás la aconsejó como programa social. Alabó la humildad espiritual y la generosidad material o bendijo la renuncia individual, pero no animó a la sociedad de su tiempo a autodesheredarse, sino a compartir las propiedades o su disfrute. Tampoco condenó la propiedad ni sus frutos, aunque intentó superar el egoísmo que lesiona su justo reparto, haciendo llamadas sonoras a la generosidad como regla de comportamiento moral. No obstante, tendría sumo cuidado en admitir a los posibles «sordos», bajo la posibilidad de ejercer el libre albedrío.

Evidentemente, no descendió al análisis de los mecanismos mediante los cuales unos hombres son expoliados o esclavizados por otros. Algo que hubiera resultado de un anacronismo ininteligible para las masas que le seguían y escuchaban. No existe, por tanto, nada parecido a una economía política específicamente cristiana. Al respecto, el fundador del catolicismo ni siquiera enunció fórmulas liberadoras que no estuvieran relacionadas con la promesa del más allá. Aunque sí programó las relaciones humanas sobre un elemento que resultaba, en su época y ahora, de efectos sociales profundamente revolucionarios y más conmovedores que cualquier teoría científica, anterior o posterior: el amor al prójimo.

De este modo, el mensaje del galileo, atrapado entre el rigor de la condena eterna y el albedrío desatado, contenía implícita la ambigüedad social con la que se le ha conocido a través de los siglos. Estandarte de protestas y signo de libertades, para reprimidos y marginados, ha podido ser aprovechado y racionalizado también por el poder económico, con el resultado de un éxito histórico. Y, en la mayoría de las ocasiones, con la manipulación escatológica de un mejor mañana, ha servido para dilatar la llegada de un mundo feliz y justificar la presencia del dolor, la desigualdad o el desequilibrado goce de los dones materiales.

Sobre estas resbaladizas bases, la definición de la pobreza como anticristiana y antievangélica, hecha en las reuniones episcopales de Medellín y Puebla, será el punto de partida para que los teólogos, como quiere Gutiérrez, dejen de ser inoportunos en una sociedad indigente. La claridad de las ideas y la exposición pedagógica de los postulados liberadores, estarán entonces proporcionados por el enfrentamiento a situaciones límite y a condiciones vitales primarias. Resultando así un rechazo de la producción religioso-intelectual europea, plagada de recovecos y matices procedentes de una cultura de la opulencia, en la que no siempre es fácil entender la certidumbre y la aplastante sencillez de las preguntas de los pobres. Desde ella la inteligencia vaticana, rebosante de sofismas y autoridades, acusará a los nuevos teólogos americanos de demagogos y compañeros de viaje de las ambiciones marxistas.

MORIR ANTES DE TIEMPO

Como esta situación es consecuencia directa de una desigualdad socieconómica crónica, padecida por grandes masas de los pueblos sudamericanos, la teología de la liberación adquiere necesariamente un peculiar tono político cuando aspira a anunciar el sermón de la montaña en un pueblo acosado por la indigencia social e impedido por las estructuras institucionales para esquivar su fatal destino. Mientras no existan condiciones reales de libertad y la teología no se enfrente políticamente al imperio de la necesidad, como primer paso para una salvación integral en cuerpo y alma, la responsabilidad de ese «morir antes de tiempo» que el fraile español Bartolomé de Las Casas asignaba a los indios, recaerá sin paliativos en una errónea y maliciosa interpretación del evangelio y en su puesta al servicio de los intereses de una minoría.

La realidad social representa, por tanto, un impacto decisivo en la nueva orientación teológica, pero ésta se agarra con fuerza al asidero religioso. Es el peculiar *religare* que sigue uniendo tierra y cielo, hombre y Dios, el que diferencia esta vía cristiana de sus similares doctrinas redentoras laicas. Gutiérrez entiende que una teología correcta es precisamente una praxis histórica, que supone un proceso en el que los hombres caminan, como en un plan previsto, desde el reino de la indigencia hasta el encuentro con el Dios representante de la libertad. Con ello supone que la crónica humana es la historia de una teología de la libertad. Si en estas reflexiones algunos malician una sospechosa coincidencia con el fondo subversivo del marxismo, no es sino la prueba de que ambos pensamientos pertenecen al rico y multipolar fondo del humanismo de todos los tiempos. Cuyas aguas subterráneas riegan el ánimo y los anhelos de esperanza de los que padecen opresión y desigualdad, pero socavan el edificio de la iniquidad amenazando con dejar al descubierto algunos ominosos cimientos represivos.

A finales de los sesenta las tesis del sacerdote peruano no hacían sino reflejar el impulso que ya había encarnado entre las conciencias católicas y amenazaba a la fortaleza paternalista de la pastoral en estos países. El cristianismo popular empezaba a ser considerado como un vector de los más influyentes en la demanda de cambio social y abría una zanja insalvable entre los portadores de la renovación evangélica y los partidarios del estatus neocolonial. Su evidente carga subversiva pondría en marcha las señales de alarma y sonarían las primeras denuncias contra obispos rojos y sacerdotes comunistas, procedentes no por casualidad de los despachos de la Administración norteamericana.

Habría de ser el conocido Informe Rockefeller en 1969 el punto de partida de una Santa Alianza contra la teología liberadora, cuyos efectos dramáticos se extienden hasta nuestros días. Las observaciones del informe, anotadas para que el entonces presidente Nixon pudiera establecer una estrategia de contención antisocialista en el cono sur, subrayaban el papel de la Iglesia posconciliar en el cambio revolucionario propugnado por la izquierda. En fechas posteriores, diversos organismos norteamericanos se preocuparon de señalar la importancia del catolicismo en la transformación social del continente. Y en 1980, en vísperas de la era Reagan, otro informe del Norte urgía la necesidad de una intervención algo más que teórica contra la infiltración de las ideas comunistas entre los creyentes. Son las fechas en que los gobiernos más reaccionarios del continente reciben, junto a las instrucciones antiguerrilleras emanadas del Departamento de Estado norteamericano o la CIA, aleccionamiento sobre el modo de enfocar las nuevas relaciones católicas.

Es también la señal de partida para un tratamiento militar sin contemplaciones de la cuestión religiosa, a cuyo sector más avanzado se asimiló en la propaganda oficial con la subversión. Numerosos sacerdotes y militantes cristianos caen en combate o son asesinados por la policía, los ejércitos y sus agentes en la impunidad, sumándose a los muertos antes de tiempo del continente. Figuras que ya pertenecen a las mejores páginas de la historia iberoamericana, como el citado Camilo Torres, monseñor Romero o, más recientemente, los también salvadoreños Ellacuría y sus compañeros jesuitas, han unido para siempre su vida y su muerte a la infortunada suerte de estas tierras del Sur. El modo consecuente y honesto con el que dieron testimonio de su fe y su elección popular les ha hecho acreedores, por encima de cualquier creencia o ideología, al sentimiento universal que su desaparición ha provocado. Su ejemplo y su recuerdo, unido al de otros miles de seres sacrificados por esta liberación, vivifican como ellos querían entre el pueblo pobre que los ha ganado para siempre.

Las cuentas pendientes

En marzo de 1983, Juan Pablo II visita la Nicaragua revolucionaria y protagoniza un episodio incómodo y tenso al recriminar en público al sacerdote miembro del gobierno sandinista Ernesto Cardenal. En el mismo aeropuerto de Managua el acusador índice del Papa polaco señala al arrodillado ministro de Cultura que espera la bendición pontificia y le amonesta con un: «Usted tiene que arreglar su situación con la Iglesia». Es todo un símbolo del agrio rechazo que el Vaticano de Wojtyla otorga a la actuación de las iglesias populares americanas y a la colaboración sacerdotal con los movimientos de liberación social o nacional.

Esta actitud representa también la asunción por el jefe de la Iglesia de la interpretación que los sectores más reaccionarios hacen del nuevo cristianismo iberoamericano. Es la culminación de la labor incansable del búnker católico, de la mano de movimientos como Iglesia y Liberación, animado en 1973 por el arzobispo colombiano López Trujillo, quien desde entonces se convertirá en uno de los elementos más representativos de esta cruzada y será, como asesor de Juan Pablo II, uno de los teóricos inspiradores del actual rechazo romano a la teología de la liberación.

El tiempo de revancha adquirió el tono de arreglo de cuentas, de la mano de todo un programa de restauración, terco y asentado, aunque evitando procesos espectaculares, que pudieran volverse contra él. Toda una serie de intervenciones de coyuntura, desautorizaciones e imposición de medidas administrativas o de funcionamiento, acompañadas de descalificaciones, entredichos o suspensiones a profesores y teólogos, tejieron la tela de acero de la involución. En América Latina fueron especialmente señaladas la suspensión del catecismo peruano, las admoniciones a teólogos o la supresión del plan pastoral elaborado por la Confederación Latinoamericana de Religiosos (CLAR), en el cual el Vaticano denunció la elevación del pueblo de los pobres al lugar que le correspondería «a Cristo y a su Misterio Pascual».

En América Latina viven algo más del 40 por ciento de todos los católicos del mundo, en una de las zonas de emergencia social más desestabilizada de Occidente. Esta circunstancia ha provocado, desde los años sesenta, una preocupación excepcional por parte de Roma hacia este lugar. Después del fracaso del neocolonialismo y de los programas de desarrollo de inspiración capitalista, además de la derrota militar o electoral, de los proyectos alternativos de la izquierda continental, la trayectoria de la Iglesia católica ha estado más asentada que nunca en la propia evolución de las necesidades populares. La teología de la liberación, o las actividades de base, como forma de enfrentar estas necesidades, han sido atajadas mediante la intervención directiva del Vaticano, con especial atención desde la llegada de Juan Pablo II al solio.

La extensión y popularidad alcanzadas por las comunidades eclesiales de base, organizadas en pequeños núcleos activistas, pudieron frenar en los años setenta la ofensiva del episcopado conservador, pero no sirvieron para impedir las descalificaciones de la Congregación para la Doctrina de la Fe. En 1984 este organismo, controlado por Ratzinger, conminó al teólogo brasileño Leonardo Boff a guardar silencio «teologal» por un año. Poco después, en 1985, el propio Papa sanciona a los nicaragüenses Cardenal y D'Escoto por su participación en la política institucional de su país.

UN OBISPO EN LA FAVELA

Brasil es, en efecto, una de las comunidades que crea mayores problemas al centripetismo vaticano. Además del franciscano Boff, el obispo brasileño de origen catalán monseñor Casaldáliga recibía a comienzos de 1989 un severo correctivo en las oficinas de la Congregación, prohibiéndosele expresamente viajar a Nicaragua, Pero no son sólo estos dos religiosos, exponentes de una línea avanzada crítica con la actitud romana —y especialmente Boff, uno de los pensadores punta de la nueva teología—, los que perturban la tranquilidad y los planes del dúo romano. El gran país carioca, sin duda el de mayor potencialidad demográfica y económica del subcontinente, es también vivero de profundas transformaciones sociorreligiosas de la mano de un fuerte movimiento que lidera desde los años sesenta el mítico Helder Cámara. Las actividades de las comunidades de base encuentran en las regiones más pobres un caldo favorable para la militancia crítica de los católicos. En São Paulo, en 1980, tuvieron lugar los primeros encuentros interamericanos de estos organismos populares y fue también Brasilia, en julio de 1982, quien acogió las conclusiones progresistas de la Primera Reunión Ecuménica de Teología Pastoral, en las que se llamaba a una síntesis entre la fe, la solidaridad de clase y el compromiso político, para hacer frente a una situación de excepción.

Brasil es casi un compendio de las desigualdades y calamidades que asolan a los principales países iberoamericanos. Si en algún Estado ha fracasado el modelo de crecimiento monetarista, sin otro resultado que ahondar las ya abismales diferencias sociales, ha sido en éste. La última década ha padecido los peores índices de inflación y un acusado estancamiento de la renta por habitante. Se puede decir que la crisis sólo ha tenido una consecuencia positiva: el reconocimiento de la dictadura militar de su propia incapacidad y el paso del poder a los civiles. Pero ello no ha servido para evitar uno de los períodos de mayor depresión social y económica de la historia brasileña.

No obstante, esta situación para la que los economistas del dólar buscan ahora macroexplicaciones coyunturales casi forma parte de la cultura de la pobreza, tan arraigada como otra Amazonia gigantesca en la historia brasileña. Lo que constituye una divisa muy poco privilegiada en un entorno secularmente atormentado. Esta cultura y este entorno producen convulsiones sociales, estallidos guerrilleros o biografías y testimonios vivientes como el del obispo Cámara, que desde la favela propone la violencia de los pacíficos contra la violencia estructural. El arzobispo, para quien la crónica latinoamericana es un balance de desilusiones, sabe que Brasil es algo más que fútbol y samba. Y que ni el consuelo de estos modernos opiáceos, ni el tímido milagro económico de finales de los setenta han aliviado un milímetro las injusticias instauradas en esta India de Sudamérica, en la que se refugian los cuadrantes de hambre y los ciclos del cangrejo, que sintetizara con intuición magistral Josué de Castro.

Brasil es un resumen también de la tensión beligerante que une-enfrenta a Estado e Iglesia en todo el cono. La misma evolución vital de Dom Helder es una auténtica reflexión sobre la toma de conciencia de un clero, antaño mimado y colaboracionista, ahora perseguido, silenciado y sometido a las andanzas de escuadrones y militares «incontrolados». Cuando los obreros, campesinos, intelectuales o periodistas fueron barridos con sus organismos a cuestas por el «generalazo» de 1964, a Brasil sólo le quedaron Dom Helder y las comunidades de base, que se convirtieron en verdaderas células de resistencia antirrepresiva. El obispo rojo, como le distinguen los conservadores, propuesto en tres ocasiones para el Nobel de la Paz, al que Pablo VI llamó «mi obispo comunista», poco tiene que ver realmente con Marx, Saint-Simon o Bakunin. Pero sí sufrió el fogonazo del ciclo revolucionario que arrastró a Camilo Torres, a Guevara, a Ellacuría, a los hermanos Cardenal y a tantos miles de conciencias seglares o religiosas, en esta favela inmensa del Sur, que forman estas desnutridas repúblicas.

11

A SU IMAGEN Y SEMEJANZA

SIGLOS EN EL SOLIO

El sucesor de Pablo VI, Juan Pablo I, fue elegido papa el 26 de agosto de 1978 después de una única sesión del Colegio cardenalicio. Pero sólo estuvo en el trono poco más de un mes, ya que el 28 de septiembre moría. Tras su desaparición se convocaba el segundo cónclave en el mismo año, llamado de los tres papas. En esta segunda reunión, en cambio, se necesitaron no menos de ocho votaciones tras las cuales se producía la sorpresa. El 16 de octubre Roma comunicaba la elección de Karol Wojtyla, arzobispo de Cracovia, que tomaba el nombre de Juan Pablo II. Era la primera vez que un papa no italiano se sentaba en el Vaticano, desde 1522. Después de su elección todo era expectación e incertidumbre. Conjeturas sobre un casi desconocido, que pronto empezó a dejar de serlo.

De la desenvoltura con que el Papa de los ochenta se ha adueñado del cetro petrino es una buena prueba el oscurecimiento de casi cualquier otro protagonista posible entre las jerarquías romanas. Algo que, si puede resultar habitual teniendo en cuenta la concentración de poderes y la atracción gráfica que siempre concita el Papa, es ahora mucho más significativo en razón a la propia «extranjería» de Juan Pablo II.

Se ha dicho, a este respecto, que parece que Wojtyla lleva siglos en el trono por su perfecto dominio de la escena y su capacidad para controlar las situaciones más diversas. Sin embargo, lo que realmente sucede es que ese trono le ha estado esperando al menos durante un siglo para una supuesta tarea providencial, en la que él cree sin vacilar. La de continuar reflotando el último tramo del siglo XIX y reavivar los renglones más agotados del XX. Si para este cometido la tiara le venía estrecha a Roncalli o le bailaba a Montini entre las orejas, en cambio encaja como un guante en la polaca y poderosa cabeza de hierro venida del Este.

No obstante, muy pocas veces una biografía papal ha sido tan poco adecuada, tan lejanamente pensada para ser papa. Wojtyla, al contrario que tantos y tantos que flotan en las revueltas aguas romanas, nunca había «estudiado para papa». Eso era algo reservado, en primer lugar para los italianos, luego para los distinguidos en los centros pontificios y en las redes diplomáticas, o en último caso para los autores de espectaculares tesis teológicas.

Por el contrario, si en alguien ha podido influir un currículum peculiar y atípico para impedirle ser papable, éste es sin duda el caso de Karol Wojtyla. De vocación tardía —ingresa en el seminario a los veintitrés años—, miembro de una familia y una sociedad frustradas en sus expectativas sociales y políticas, con una manifiesta tendencia a huir de la realidad refugiándose en el irreal mundo de la ficción teatral o del arte, este políglota eslavo sería sin embargo sacudido por trágicos apuntes personales. La muerte prematura de sus seres más queridos —padres y hermanos—, la catástrofe de la guerra mundial, el forcejeo con el régimen comunista o sus propios atentados forman parte de una trayectoria en increíble cercanía con la muerte.

Trabaja en una fábrica intervenida por los alemanes, gracias a la protección de una familia burguesa en buenas relaciones con el régimen, donde es acogido para pasar la guerra. Allí, en un ambiente confortable, entre veladas literarias y *soirées* de piano familiar, puede hacer más llevadero el horror bélico al que asiste en segunda fila, mientras varios millones de europeos no lo pasan tan bien. Forja de una personalidad modernizante y contemporizadora que, sin embargo, soportaría con peor humor el rigor de los gobiernos comunistas que le obliga a estudiar el sacerdocio en la clandestinidad.

ÍDOLO EN EL ESTADIO

En su ópera social el cristianismo ha oscilado siempre entre dos polos prácticamente irreconciliables. De un lado la necesaria creencia en el origen divino de la fundación, consolidada e irreductible incluso en los militantes más moderados y flexibles, que esconden a duras penas un fervor soteriológico sospechoso en la era del humanismo avanzado. Y por otro lado la supervivencia política ante el rechazo casi visceral y la persecución más que intelectual del laicismo anticlerical, nutrido por elementos de origen converso. Así, entre el engreimiento que otorga la obligación de sentirse célula de un cordón umbilical y la negociación con la posibilidad humanística, la Iglesia ha tenido que refractarse en ocasiones, como luz que atraviesa un prisma.

Juan Pablo II, precisamente, recoge el testigo de una de estas fases de inflexión y tolerancia que había personificado el último Papa del diálogo. Pero Wojtyla, mucho antes de ser Juan Pablo II, cree en un mundo cortado por el sastre del Vaticano, donde el rasero de la oficina de la Fe fije, con regla y cartabón, los límites de la fidelidad, los estandartes de la praxis y el *hoc signo vincis*. Fuera de los cuales no hay salvación posible. Por estas razones su largo decenio empieza a ser conocido con el adjetivo de restauración. Recuperación que a cambio quiere ser moderna y no ha podido sustraerse a la moda de las chillonas iglesias electrónicas, ni eludir el folk de la religión-cocacola.

Todo ello aderezado cn un asombroso y espectacular oportunismo espiritológico en el que todo es válido en los intentos de mensajelizar el medio, ante la más absoluta oquedad mental. Concentraciones donde es bien vista una permisividad falsificada y atenta a los comportamientos modernizantes, porque sabe que a través de las cámaras millones de ojos contemplan esa revolución de las formas, a la que consideran simpática y humana en relación a hieratismos anteriores.

Los primeros viajes papales apenas sorprendieron a la mayoría de los católicos, acostumbrados a la movilidad del primer aeropapa que fue Pablo VI. Pero a medida que las salidas de Wojtyla batían todos los récords anteriores y, en especial, cuando adquirieron un claro tono de apariencia política y se empezaron a desarrollar en medio de espectaculares convocatorias, podemos decir que el medio ha prevalecido sobre el contenido. Entre el estupor o la malicia complaciente, numerosos analistas han observado cómo jamás un personaje ha congregado en toda la historia de la humanidad a tantos millones de personas de todas las razas, culturas y adscripciones humanas.

Como en los circos romanos o igual que en las plazas de concentración nazifascistas, los actuales estadios acomodados para engrosar cualquier fanatismo, sea político o deportivo, acogen al Papa de idéntica forma a la que cada fin de semana se rinden al ídolo de turno. El escenario es el mismo, el público también, la escenografía similar, la intención pareja... Recintos, que han recibido el nombre de papódromos, albergan a los seguidores de Juan Pablo II lo mismo en el primer que en el tercer mundo. Cuidadosamente repetidos (casos por ejemplo de Polonia y México), algunos de estos desplazamientos representan el carácter ambiguo de todo el trasfondo cristiano, que probablemente Wojtyla quiere recuperar para dejar bien claro que el catolicismo sigue siendo a la vez esperanza y coartada, libertad y muerte, Montaña y Calvario.

Esta religión de muchedumbres, acentuada en los ochenta, no es sino el lógico resumen de la adaptación católica a una sociedad de masas, con la que ya empieza a experimentar desde los tiempos y formas de los congresos eucarísticos, inspirados en la estética de multitudes de nuestra centuria. Estamos en el siglo de las movilizaciones obreras, de los desfiles masivos del nazismo, de las aglomeraciones deportivas, de la muchedumbridad y la estandarización de lo personal. En el que Roma se aprovecha de esa mezcla de apología goebeliana con dialéctica de partido de rugby. Añadiéndole el ritmo repetitivo del milagro electrónico, se produce en cada aparición papal el efecto de marea humana y baño de multitudes, donde alguno echa de menos el fondo telonero de cualquier conjunto musical, con el humo fingido y los rayos láser de las reuniones juveniles. Algo que cuesta trabajo creer satisfaga a los seguidores de Cristo a finales del siglo XX o que tenga alguna relación con las vivencias religiosas enseñadas por el Evangelio.

Nada más alieno a la reflexión personal, al intimismo místico, al espiritualismo mesurado y recogido o a la toma de conciencia crítica sobre la pastoral eclesiástica que estos embalses humanoides, incoloros e insípidos sobre los que Roma plagia —ahora a su imagen y semejanza— la rebelión de las masas de la era industrial. Repletas de anonimato las concentraciones papales se reiteran abusando de la repetición de esquemas y de la trivialidad discursiva. La vulgarización ha levantado protestas entre muchos intelectuales —católicos o no— de los países visitados, que se preguntan cada vez con más vehemencia ¿qué se pretende con semejante alarde?

No han sido menores las denuncias sobre la utilización política que los regímenes, o en su caso la oposición de los países visitados, están haciendo gracias a las lisonjas del augusto huésped. Desde las presiones sobre el gobierno polaco y las muestras públicas de favoritismo a Solidaridad, realizadas casi en el mismo momento de acceder al trono —la primera visita a Polonia data del verano de 1979—, hasta la por ahora postrera manipulación política del gobierno mexicano de Salinas de Gortari, ningún mandatario o líder ha dejado escapar la ocasión para lucir el entorchado de la visita papal, que todos celebran y a nadie apesadumbra. Pinochet, Reagan, Walessa, Vaclav Havel y pronto Gorbachov, se suman a un largo etcétera que cubre la amplia nómina de los gobernantes y líderes actuales, que han acogido al Papa y se han apropiado cada uno a su manera de los resultados de los papaviajes.

Si la rentabilidad política ha sido apreciable y recíproca para las partes, en cambio los intentos de sumar al regocijo viajero a un sector de la intelectualidad ha cosechado sordos fracasos. El actual Papa tiene fama de ser afable y conversador, de gozar de cierto carisma personal en privado, incluso de ser capaz de romper con protocolos y formalismos más o menos convencionales. Pero algo que, sin duda, le haría «simpático» a los ojos de artistas, escritores o filósofos, se desequilibra en cambio por la ausencia de una semejante apertura en su praxis pontificia. De este modo, gran parte del público «culto» de los Estados visitados ha expresado su opinión contraria a las intenciones y a las formas demagógicas y fanáticas, que se agrupan en torno a los desplazamientos pontificios.

Otros sectores del catolicismo tercermundista, a los que debemos reconocer una apreciable toma de conciencia sobre la influencia de la religión entre su pueblo, como puede ser el caso de los intelectuales y universitarios mexicanos, visitados por Juan Pablo II en mayo de 1990, entendían que los viajes respondían lo mismo a fines pastorales que a una estrategia política calculada. En estos mismos medios se aceptaban pocas modificaciones en el rol de la Iglesia en México, a pesar de la doble presencia papal y, ante la esterilidad religiosa de las visitas o las injerencias en el plano sociopolítico, se pronunciaban por una mayor espiritualización de la función eclesiástica por encima de las pretensiones políticas actuales.

Catolicismo de asalto

Juan Pablo II es también el Papa de una estrategia de reparación y regeneracionismo interior, llevada a la práctica mediante el acoso a ciertos blancos, señalados como perturbadores y peligrosos. Una cruzada asumida como tarea personal, que recibe los calificativos de restauradora, integrista o conservadora según los casos, ha conducido al arsenal doctrinal de la Curia a apuntar con firmeza y rigor contra los demonios endógenos.

Por cualificación religiosa, los teólogos «conciliares» han sido los más requeridos al orden, los más expedientados y los más reprimidos, entre todas las voces cristianas. Por cuantificación, la Compañía de Jesús, tenida por reducto del liberalismo posconciliar, ha conocido más que ninguna otra la presión administrativa. Junto a ellos las descalificaciones a la acción política o gubernativa de algunos sacerdotes, e incluso al compromiso político de los clérigos antirracistas sudafricanos, han puesto de relieve el deseo centralizador y autoritario —por lo tanto, obviamente político a su vez— de los actuales vendavales romanos.

El pretendido relanzamiento del cristianismo se efectúa, de este modo, en clave de acoso interno y desbordamiento externo. La desmesurada propaganda de los viajes papales, el refrote de multitudes ante las narices de los disidentes o descreídos y la seguridad arrogante con que admoniza el camuflado Santo Oficio, no son sino las envolturas de graves conflictos interiores. Desajustes que van desde la cruda desavenencia interpretativa hasta el retorcimiento de la obediencia debida, pasando por la desazón que produce el desafortunado nacionalismo polaco que rezuma la misma administración vaticana. Este «catolicismo de asalto», como ha llamado el profesor Botti a la gestión pontificia, amenaza con embalsar y enfangar de nuevo las poderosas fuerzas liberadoras que, desde hace una centuria, están pidiendo sitio en el discurrir cristiano, hasta la próxima erupción.

Punitiva y nerviosa, la acción romana ha sellado los labios de la vena teológica con el entredicho aplicado a reconocidas figuras del moderno pensamiento católico, todavía vivo entre nosotros, como Küng, Schillebeeckx, Boff, etc. Ninguno de ellos ha conocido otra alternativa que el silencio o la incondicionalidad autocrítica que ya en sus tiempos exigía la Inquisición, bajo pena de hoguera pública. E incluso otros, como el norteamericano Curran, han tenido que escuchar de Ratzinger —el brazo doctrinal del Papa— que no resultaba «idóneo ni deseable» para enseñar en un centro católico.

Jesuitas complacientes, obispos obedientes

En cuanto a los hijos de San Ignacio, éstos se han visto «cogidos en la trampa» que el propio fundador estableció al votar la ciega e incondicional obediencia al solio. Una larga convivencia histórica, sin apenas cismas sustanciales entre el portador de la tiara y el llamado «papa negro», habían hecho de los jesuitas una nodriza de confianza para algunos papas, mientras que para otros se convertían en potenciales competidores. Esta última relación había comenzado a subrayarse, si bien de forma muy leve, con la llegada al generalato del vizcaíno Arrupe. La coincidencia con el viento en popa conciliar, la presencia de toda una generación de jesuitas jóvenes educados en el neoliberalismo de posguerra y la necesidad de no perder el contacto con la educación de la juventud, el empeño por excelencia de la Compañía, condujo al nuevo general a modificar un tanto el rumbo de Loyola.

Ligeras desavenencias entre Arrupe y Pablo VI, que no llegaron a profundizarse tal vez por falta de tiempo, sirvieron en cambio de aviso al sucesor polaco. En un intento de atajar cualquier posible desviación, Juan Pablo II aprovechó la oportunidad del relevo por enfermedad del superior jesuita para imponer en 1981 al anciano Paolo Dezza, hombre de su confianza, como delegado personal transitorio. Algunos miembros de la Compañía, entre los cuales el prestigioso Karl Rahner, quizá el teólogo más leído de nuestra época, elevaron su disconformidad y pidieron en un tono solícito y avenido, el respeto a la tradicional costumbre de no injerencia en los procesos electivos de todas las órdenes religiosas.

El Papa recibió la petición de muy mal talante y, ejerciendo de Wojtyla, incluso acentuó su presión sobre los jesuitas. Interviniendo personalmente en la congregación electiva, se aseguró la designación de un candidato moderado y complaciente —el holandés Piet Hans Kolvenbach— frente al padre O'Keefe, preferido por el propio Arrupe y los sectores más dinámicos de la Compañía.

Otro compromiso de obediencia al Papa obliga a los obispos de todo el mundo. Durante el reinado de Pablo VI este deber fue puesto a prueba entre el episcopado holandés, como ha quedado dicho más arriba. En el período de Juan Pablo II, sin que la desavenencia llegara a tener el mismo tinte, el caso de los mitrados estadounidenses está constituyendo un frente de preocupación para los intentos del centralismo vaticano.

La Iglesia católica norteamericana ha llegado a ser uno de los «rebaños» más poderosos de la cristiandad, en el que además se practica una religión de formas y contenidos muy influidos por la dinámica sociedad que la rodea. Se trata de un colectivo en el que las consideraciones éticas, por lo general, son más retorcidas y convulsas que en el resto del mundo. Sin embargo, la Iglesia católica de Estados Unidos predica en un país de escasa capacidad crítica global, con una gran tendencia al seguidismo o al consumo de conceptos espirituales rebajados y simples.

Satisfechos en lo material, la mayoría de los americanos del Norte padecen frecuentes quiebras espirituales que los conducen con facilidad al fanatismo o al abandono. Los obispos delegados de Roma han tenido que sortear en primer lugar el histórico enfrentamiento entre protestantismo y vaticanismo, con la dura competencia de las dinámicas sectas. Posteriormente el desarrollo del materialismo consumista y hedonista, para terminar con la mercantilización residual de las iglesias electrónicas. En semejante albañal, la defensa que de la fe cristiana han efectuado los católicos no ha estado exenta de una premiosa necesidad de independencia pastoral y de autonomía actuante frente a los designios eurocéntricos.

Desde los años ochenta esta actitud independiente tomaría cuerpo en el rechazo a la doctrina moral de la Iglesia. La fisura abierta ya por Pablo VI en 1968 con su restrictiva *Humanae vitae*, se fue agrietando en los años posteriores. La gran mayoría de los católicos se mostraba disconforme con la prohibición sobre la contraconcepción, obviamente porque ya la practicaban sin que por ello padecieran sus convicciones religiosas. De ese modo, la insistencia y las descalificaciones reiteradas del actual pontífice, en asuntos como el citado, la libertad sexual, las relaciones prematrimoniales, la homosexualidad o el divorcio, no hicieron sino terminar de cavar la fosa de la separación en la práctica moral.

El episcopado, alarmado ante lo que podía ser una pérdida irreparable, comenzó a denunciar en voz alta la creciente divergencia entre la realidad de la Iglesia norteamericana y la oficialidad vaticana. Algunas puntas de lanza de este pragmatismo católico norteamericano, como el arzobispo de Seattle, monseñor Hunthausen, que han dado muestras de una gran capacidad de adaptación a las exigencias de su país, han sido sin embargo reconvenidas por una Roma ciega y sorda ante la realidad de las estadísticas. A finales de los ochenta, más del 90 por ciento de los católicos norteamericanos se desmarcaban con claridad, en su vida sexual cotidiana, de los preceptos papales, a pesar de que una buena parte de ellos practicaba con regularidad los deberes dominicales. Esta proporción demuestra que, para los fieles estadounidenses, no resultan atractivas en exceso las enseñanzas morales que se sustentan desde el Vaticano y que se siguen considerando católicos y sin perder un milímetro de sus principales creencias esenciales, aunque no vivan de acuerdo con la moralina suministrada desde el otro lado del Atlántico.

Sin embargo, la reacción del Papa en el caso de Hunthausen suspendiéndole para la enseñanza moral, la docencia en seminarios o la doctrina de cuestiones como secularización de sacerdotes, separaciones matrimoniales o la liturgia, apenas registró algunas leves muestras de disgusto entre los obedientes obispos. Quedaron selladas entonces las claves de la situación, y saltó por los aires la presunta doctrina del *primus inter pares* que presume una igualdad colegiada entre todos los obispos, incluido el de Roma. Como se ha dicho, Juan Pablo II ponía al descubierto su carácter de auténtico «obispo del mundo», dejando bien sentado que el «verdadero» prelado de Seattle era él, mientras que el titular era un mero vicario, a quien se podía sustituir o remover en cuanto no respetara meticulosamente las advertencias oficiales.

EL CONCILIO QUE NUNCA EXISTIÓ

Nada había en el discurso programático del nuevo Papa, pronunciado el 17 de octubre de 1978, que no hiciera pensar en él como un miembro más de la sección progresista del Vaticano II. Los principales temas escogidos para esta declaración de intenciones fueron eminentemente conciliares: la libertad religiosa, la colegialidad de los obispos y la disciplina de la Iglesia. Sin embargo, muy pronto sus posteriores intervenciones —encíclica *Redemptor hominis*, de 1979, y alocución en el sínodo de 1980— hicieron sospechar que en el mensaje del Papa se trataba de otro concilio diferente. A partir de entonces su doctrina se fue explayando en una restauración de la pureza católica, sin detenerse en titubeos o agonías teológicas. La doctrina del cielo, infierno o purgatorio, la exaltación del sabor tradicional y anticuado del sacerdote en sus aspectos más superados o la actitud ante los problemas internacionales, iban a suponer un grave paso atrás y la calificación de gestión reaccionaria para el nuevo pontífice.

Algunas otras intervenciones, en cambio, adoptaban un aspecto diferente y su puesta en escena adquiría un tono de doble personalidad a lo doctor Jekyll. La encíclica *Labor excercens*, de 1981, asumía lo mejor de la tradicional doctrina social de Roma y llegaba a reafirmar la superioridad del trabajo sobre el capital. No obstante, ninguna barrera conceptual se oponía a la duplicidad condenatoria haciendo posible que hoy nos desayunemos con una admonición fulminante al sistema capitalista y mañana merendemos ante la descalificación más sonada del socialismo. Poco a poco la estrategia papal se abría camino, hacia el pasado, en dirección a una ideología de «refresco» procedente del siglo XIX. La «providencial» caída del mundo socialista y la persistencia del capitalismo en sus injusticias, permitían que asomara en el discurso pontificio el aire leonino de la *Rerum novarum* y su doctrina apergaminada por el uso o por el fracaso.

En la elección de sus hombres de confianza en la Curia cometía las mismas contradicciones, al combinar un Casaroli de talante abierto y en amistosas relaciones con la URSS, en la Secretaría de Estado, con intransigentes como Ratzinger en la Congregación para la Doctrina de la Fe, o el maquiavélico Marcinkus al frente de las finanzas vaticanas. El ambiente romano padecía algunas estrecheces de la moralina papal, con la que se desesperaban los sacerdotes romanos que recibieron la «recomendación» pontificia de usar en público alguna indumentaria que sirviera para identificar su dignidad.

Pero Wojtyla es, tal vez a su pesar, también un hombre conciliar. Aunque de un concilio particular y minoritario que quizá nunca existió. Muchos detalles lo delatan, entre los cuales no sólo esa calculada naturalidad en escena, que parece copiada del mismísimo Juan XXIII, sino algo más significativo y esencial situado en el centro de sus preferencias antropológicas. El Dios de Wojtyla es sin duda Jesucristo. Es decir, el Dios del concilio, también de Roncalli y de Pablo VI. El Dios de la nueva teología en suma. La Iglesia humanizada de problemas, que le dejaran Juan XXIII y el papa Montini, está más presente en el pensamiento de Juan Pablo II, que la preocupación por religarla con un orden superior. En el que quizá le gustaría flotar todo el tiempo. En esto traiciona sus instintos, pero cumple con el tributo al César de su tiempo.

No es casual que el primer mártir, no mártir en sentido estricto, el polaco Kholbe, haya sido canonizado sin algunos requisitos tradicionales por el actual Papa. Este sacerdote polaco, fusilado por salvar del pelotón de ejecución nazi a un padre de familia, es en realidad un mártir humanista. No cumple el condicionado de morir en defensa de su fe, sino por algo tan prosaico y humanizado como una familia. Un mártir laico, de hecho, que entraría de lleno en cualquier martirologio no específicamente religioso, a pesar de lo que oficialmente pueda decir el Vaticano. Sin embargo, Juan Pablo II con esta canonización no traspasaba los límites de su Vaticano II, puesto que lo verdaderamente correcto, ecuménico y trasconciliar hubiera sido simbolizar y santificar en Kholbe el sacrificio de tantos mártires de la humanidad, que murieron en defensa de sus ideas o creencias laicas o religiosas, pero benéficas para sus prójimos.

El concilio justificó y aprovechó también la existencia de un cristianismo para uso, o entretenimiento, de laicos y «progres». Un cristianismo que puede coquetear con el ateísmo sin tener necesidad de enfrentarlo abiertamente ni enemistarse con él. Pero el cristianismo del actual Vaticano sin duda no es un cristianismo para el diálogo o la ligereza. La carga credencial de esta doctrina se afirma en la superioridad que da la seguridad en sí mismo y, en el mejor de los casos, el paternalismo hacia los demás.

Se trata de una fe revelada, un mensaje que llega de lo alto a la humanidad para que lo acepte en su integridad, sin interpretaciones mundanas ni concesiones tibias. El único resquicio no es, por tanto, para la debilidad, sino en todo caso para el perdón del Todopoderoso. Así Dios deja otra vez de ser padre amantísimo, Cristo olvida ser hombre y aparece de nuevo Júpiter tronante.

Una doctrina, entonces, que se permite algunas abstracciones, entre ellas la de Jesús como personaje histórico. Salmodia que separa lobos y ovejas, aunque está dispuesta a admitir pecadores arrepentidos. Conciliándose así con la rancia prosapia catequística de los años pianos, recuerda, no muy de lejos, la práctica absolutoria de la Inquisición, traspasada y perpetuada en la fórmula sacramental de la confesión. Pero no da tregua a los que en lugar de erguirse con el orgullo de la autosuficiencia se doblan en la incertidumbre humanizada. Y deja desnudos o condenados a los de la duda, a los tibios de poca fe, y a los creyentes en el diálogo de la vida más que en el rayo de los anatemas.

Excursión al Sinaí

Resulta evidente, sin embargo, que la oferta teológica discutida en un plano libre de injerencias magisteriles, había producido unos resultados históricos muy poco compadecidos con el mantenimiento de la unidad y la disciplina doctrinal, con las que se sueña en Roma. El ejercicio del libre pensamiento, aplicado a una discusión sin trabas en la persecución de la verdad, por esos sembradores de dudas como se ha llamado a los teólogos críticos, incluye siempre la posibilidad de las alternativas, de la diferencia y obviamente del disenso.

Frente a ellas el Magisterio veía comprometida su autoridad y relajado su centralismo teológico. Por eso, de cuando en cuando los teólogos vaticanos «suben al Sinaí», para su exclusiva audiencia con Dios. Y bajan del monte celestial imbuidos de pureza moiseística, esgrimiendo, una y otra vez, las nuevas tablas de la Ley, amenazando con ellas las cabezas de los idólatras de todos los tiempos, que disfrazados de teólogos disidentes adoran a los becerros de los derechos humanos, la liberación, la disidencia o la duda.

Esta «excursión al Sinaí» resulta muy querida al oficialismo doctrinal de la Iglesia actual. Desde que Juan Pablo II asumiera todo el poder pétreo, al menos en tres ocasiones se han blandido las pesadas tablas sobre las tonsuras de díscolos y empecinados. En la última de ellas, por el momento, conocida a principio del verano de 1990, la Congregación para la Doctrina de la Fe publicaba una reglamentación, o vademécum, para uso de teólogos. Del mismo modo que se editan códigos de circulación o manuales del soldado de infantería, los pensadores católicos disponen ya de instrucciones precisas y de un método de reflexión y comportamiento teológico, elaborado desde la posesión de la verdad.

La «Instrucción sobre la vocación eclesial del teólogo», del 26 de junio de 1990, habla por primera vez, en tono de prontuario, a los teólogos como tales. Establece un estatuto del intelecto y, como en un crucigrama, señala las líneas verticales y horizontales por las que obligadamente tiene que pasar la interpretación del dogma. El problema del disenso, título de uno de los epígrafes de la Instrucción, constituye el núcleo central de la recomendación vaticana. En su tratamiento, la Congregación ataca la existencia de una teología paralela, o «magisterio paralelo» en el lenguaje de la Instrucción, a la que le faltaría matizar su investigación intelectual con un acto de fe. Pero sobre todo destaca la llamada al orden y a la disciplina, tipificada en el sacrificio de la libertad de expresión al impedirse a los teólogos utilizar los medios de comunicación para hacer públicas sus divergencias con la teología oficial.

La doctrina revelada y reconocida como única verdad por el magisterio oficial debe ser un elemento de discernimiento en la herramienta teológica y no objeto de crítica y motivo de desconfianza. De este modo, fuera de la fe oficial no hay ejercicio de la libertad, ni esperanza de verdad. La teología se politiza en esa supuesta búsqueda de la verdad, porque de lo que trata, en el fondo, es del acoso y derribo del disenso o de los grupos organizados en torno a él. Para Ratzinger la audacia del teólogo sólo está permitida cuando madura en la soledad del aislamiento purificador e inofensivo y se diluye con largos períodos de meditación, reflexión o autocrítica, antes de que pueda ser conocida en público. Es decir, cuando no es comunicada y no pone en peligro el monopolio «revelado» y verificado a los privilegiados visitantes del Sinaí.

Pliego de cargos

En materia de fe y de costumbres, la intervención romana gusta de ser contundente y no dejar lugar a incertidumbres, que sin embargo se renuevan como cada día el sol. Existe una amplia gama de asuntos sobre los que el pueblo de Dios ha mantenido tradicionales diferencias. Muchos de ellos, relatados en estas páginas, han sido atajados con más o menos intransigencia, pero siempre quedando a salvo la autoridad centralizada. Otros, en cambio, se retuercen constantemente en medio de una incesante revolución de las costumbres, produciendo todavía quiebras en los compromisos personales y dudas sangrantes en los colectivos, en la deriva terminal del siglo.

Asuntos como los derechos humanos exigidos al mundo y cuestionados en el seno de la Iglesia, o la permisividad sexual, aceptada entre la opinión de los países desarrollados como consustancial a los avances de la democracia y los derechos individuales. O la de la ética familiar, con el entramado del divorcio, el aborto o la paternidad deseada y responsable. También la polémica sobre la ordenación sacerdotal femenina o la intransigente posición vaticana sobre el celibato sacerdotal, rota sin embargo en el caso checoslovaco. Controversias como la defensa de la libertad de conciencia o la promoción y desarrollo de los pueblos y las clases desfavorecidas. Contradicciones de forma y fondo, como el mantenimiento del poder político de la Iglesia en manos reducidas y escamoteado a la participación mayoritaria, etc.

Penosos peregrinajes teologales en defensa y reivindicación de la libertad de investigación y del derecho a opinar habían llegado a formar una escuela católica practicante de una teología creativa, cuya cima y referencia era el Concilio y que ahora se ve amenazada. La muestra más reciente de esta escuela la ha constituido el Congreso Internacional de Teología, organizado en Lovaina por la revista *Concilium*, en el que participaron quinientos teólogos de cincuenta países. A pesar de no haberse producido unanimidad absoluta entre los miembros, las principales quejas y cargos de esta reunión coincidieron en señalar el rumbo regresivo de la Iglesia actual.

La política de nombramientos de la Iglesia, el estancamiento cuando no retroceso del proceso ecuménico, abierto en los pontificados anteriores, la actitud funcionarial y de escaso servicio a los fieles de la administración vaticana, el abandono de las prácticas de colegialidad episcopal son varios de los argumentos con que los teólogos de Lovaina rechazan la gestión papal. Si a ellos unimos otros más conocidos y también tratados en el Congreso, como el apoyo a movimientos religiosos intransigentes y fundamentalistas, la discriminación de la mujer o el rechazo a la labor de muchos sacerdotes del Tercer Mundo, tenemos una descripción sustantiva de las principales diferencias entre el diseño actual del catolicismo y las esperanzas despertadas en los años sesenta.

Las conclusiones de este Congreso eran un fiel reflejo del descontento y la rebeldía de un apreciable grupo de pensadores católicos, frente al autoritarismo romano. En palabras de Hans Küng, uno de los participantes más destacados, el Vaticano se está convirtiendo, tras las reformas políticas en el Este, en el «último Estado totalitario de Europa». Y haciendo gala de este totalitarismo, pretende dejar fuera de lugar lo que el jesuita cardenal Martini, presidente de la Conferencia Episcopal europea y arzobispo de Milán, llamaba hace poco «dialéctica teológica insustituible en el caminar del pueblo de Dios y en el proceso mismo del Magisterio para responder a las exigencias del hombre de hoy».

DUDA SOBRE LA FE, CERTIDUMBRE SOBRE EL HÁBITO

No es la primera vez que la doctrina vaticana parece marginar y desoír las íntimas exigencias de la naturaleza humana, sin prever ni atender a las consecuencias que de ello se pueden derivar o al carácter que adquieren estos intentos. Reducir la función del pensador a operaciones repetitivas y yermas o tratar con ellas de apoyar oficialmente el poder del magisterio, es convertir lo doctrinal en una ratio política, copiada de la razón de Estado del mundo laico y no de la mejor especie. Operación en la que introducir la fe y sus contenidos es cuando menos un sarcasmo. Porque lo que está en juego una vez más no es una polémica sobre la metodología teologal, ni siquiera una interpretación de la función sociológica del criterio teológico.

Lo que se varea, en este asunto, no es el árbol de la vida y de la fe, sino el del poder. Está en cuestión la afirmación de un dominio absoluto, que no puede existir sin las brasas de la autoridad indiscutida. Y lo que se juega el Vaticano, por enésima vez en su historia milenaria, es el reparto democrático de la verdad —sea ésta cual sea— y no su búsqueda. Porque si la disensión, teológica o política, pone en solfa el modelo de reparto, lo que se resiente no es la fe sino la costumbre. Es decir, no la creencia sino el hábito, la querencia e incluso el rito de controlar, manipular y monopolizar el caudal espiritual y material del hijo del carpintero. Así, parece decir el Vaticano, si liberalizamos las conciencias perderemos las costumbres. Si llegamos al libre albedrío, relajamos lo esencial. Es decir, el orden consumado, la comodidad establecida y el poder controlado.

El carisma cristiano que, en estricta doctrina teológica correspondería a todos los creyentes, ha sido secuestrado para ser convertido en guardaespaldas de palacio y aduanero de la verdad, en favor de los que tienen en exclusiva la facultad de interpretar la doctrina y el mensaje de lo alto. Al resto le queda la obediencia debida, la sumisión aceptada, o la participación en el rebaño que no todos los pastores pastorean, sino que algunos, como se duele Jeremías, «extravían con sus embustes y jactancias», incurriendo en las maldiciones del profeta y de los pueblos.

12

UNA IGLESIA PARA EL SIGLO

Muchas instituciones, costumbres y doctrinas que han sobrevivido al siglo XX, el capitalismo, la familia, el matrimonio, la democracia, el Estado, la nación, la religión, el Papado, etc., se preguntan ahora si aguantarán un siglo más. Estos interrogantes sin respuesta florecieron en los campos de la incertidumbre un día de 1989 cuando los habitantes de ambos lados de un dividido Berlín empezaron a despedazar el muro que había separado la mentira de la ficción, poniendo la primera piedra de otro desengaño. Se acababa así el siglo XX y se derrumbaba un mundo imperfecto y doliente, pero conocido y maniqueo, en el que cada cosa tenía su lugar, cada pueblo su problema y cada individuo su utopía.

La Iglesia que ha entrado en el siglo XXI, acompañada por un pontífice restaurador, no era neutral ante la caída de aquel obstáculo, ni ajena a las incertidumbres nuevas. Era, y es, también una Iglesia que se pregunta por su futuro en un mundo en el que los valores desaparecen o se banalizan, a la misma velocidad que cayó el muro. Las grandes cuestiones siguen en pie. El forcejeo entre la modernidad que nunca empieza y la tradición que siempre acecha se entreteje todavía en indiscretos debates sobre la verdad, la infalibilidad, la participación o la igualdad.

Una Iglesia que renunciara a su misión y al instrumento aprovechado de la autoinfalibilidad, poniendo a sus militantes a pensar y construir, ¿llegaría tal vez a cumplir otros cien años...? ¿Sería posible una asamblea universal católica, en la que todas las opiniones fueran escuchadas e incorporadas a una nueva voz? ¿Con quién se identificará la Iglesia del tercer milenio? ¿Con el absolutismo feudal, con la meritocracia burguesa o con la centralización global?

El presente siglo ha empezado peor que su predecesor. Lo cual no sólo era impensable para los espíritus más progresistas, sino un auténtico récord de maldad universal. Todos los afanes humanos, todas las querellas pendientes se han agravado antes de su primer lustro. Y cuando el mundo retrocedía y empeoraba, sólo la Iglesia permanecía invicta en sus posiciones. Todas las grandes cuestiones, como la infalibilidad, el ecumenismo, el celibato, el antifeminismo, la desigualdad, la incomunicación, los claroscuros financieros... han sobrevivido al pasado, colándose por la aduana del siglo en la guantera del papamóvil.

Es cierto que la Iglesia actual no oculta las vergüenzas de un mundo, al que no renuncia, y que le afectan en forma contradictoria. Condena el uso de preservativos, pero al mismo tiempo se acuerda de las víctimas del sida, defiende el derecho a la vida clamando contra el aborto, pero se estremece con la clonación y los experimentos científicos, reza por los embriones prohibidos y también por los inocentes que morirán de hambre o de sed, antes de su mayoría de edad, visita Cuba aunque predica incansable contra el ateísmo marxista, acaricia a un niño y fulmina con gesto de ricino a un cardenal díscolo, etcétera.

Juan Pablo II ha sido el Papa que ha vivido más de cerca la caída del comunismo y uno de los que más se ha preocupado por las libertades del mundo, porque en su juventud vivió su carencia en propia carne. Seguramente la Historia le recordará siempre, aunque sólo sea por eso. Y sin embargo sus disposiciones —léase el nuevo Código canónico de 1983— han hecho más por el centralismo y el absolutismo vaticano, que ninguna otra del mismo siglo. Con él, los centros de poder se han reforzado, las decisiones importantes se han individualizado, el autoritarismo en crisis de los sesenta se ha vigorizado. Las limitaciones para que la mujer supere, en la Iglesia, su habitual estado de marginación, los repudios continuos a ciertos aspectos de la actualidad (celibato opcional, homosexualidad etc.) o las instrucciones procesales contra algunos teólogos disidentes, han vuelto a sembrar la duda sobre la adecuación de la norma vaticana a la modernidad.

Dicen que los jóvenes se van de la Iglesia y ya no rezan el rosario como sus abuelos. Las vocaciones se ocultan, los seminarios se vacían y se venden a compañías hoteleras. La privatización de la fe es cada vez mayor. El laicismo y su lado más egoísta, el hedonismo, son los triunfantes iconos de la humanidad. Pero, al mismo tiempo, los viajes papales se rodean de nueva savia y fresco interés. La difusión mediática de peregrinaciones y cultos nos quiere enseñar que todavía hay quien busca en la certidumbre absoluta la respuesta al problema de vivir.

¿En cuánto ha contribuido el pontificado de Juan Pablo II a este fenómeno? ¿Qué ha dicho este Papa al siglo? ¿Cuál es el misterio de su determinación apostólica, de su popularidad y su carisma?

Es extremadamente difícil encontrar en la historia del papado un pontífice renovador o reformista. La propia definición del poder que ocupa parece impedirlo. Tal vez por eso, cuando en 1991, Juan Pablo II firmó su tercera encíclica social, la *Centesimus annus*, que conmemoraba el centenario de la, en su día polémica, *Rerum novarum*, su discurso se limitó a convalidar el nuevo mundo capitalista, que proporcionaba la caída del comunismo en Europa. Prácticamente lo mismo que habían hecho sus antecesores, pero ahora sin la innecesaria agresividad provocada por el marxismo, otrora ascendente.

La doctrina social de la Iglesia no necesitaba adecuación en un mundo que acababa de reducir a añicos los intentos revolucionarios. Por eso las propuestas papales se ceñían, en esta ocasión, a los tópicos neoliberales: aceptación de un capitalismo paternal y humano, en una sociedad subsidiaria que procurase un mejor reparto de los bienes creados. La tradicional defensa de la propiedad privada de los medios de producción, la creencia difusa en el mercado, el respeto a la iniciativa empresarial inspirada en las recomendaciones de la piedad católica, etc. En definitiva, otras tantas formas de aceptación de una religión que en su etapa fundacional había ayudado a liberar esclavos y luego servido para confundir a los reyes feudales con dioses. Y que desde el siglo XIX, después de una etapa inicial de oposición al liberalismo, se venía adaptando a las exigencias de un capitalismo multicolor.

No faltaron críticas a las crueles desigualdades, ni condenas a la persecución del beneficio material. No podían ignorarse los peores efectos de la globalización, la dañina concentración del poder económico. De todo ello hablaba la *Centesimus annus*... Pero, el problema no estaba en el diagnóstico, sino en la prescripción. Para aliviar la enfermedad del capitalismo, Roma proponía una difusa reconstrucción del sistema económico mundial sobre bases morales. Demasiado ingenuo o demasiado tarde para quienes padecen las consecuencias de una Economía Política, que como cualquier otra no tiene reglas morales entre sus fórmulas de intercambio y producción.

El papado, en suma, no supo aprovechar su proclamado triunfo sobre el comunismo para poner en juego una verdadera alternativa. Cien años después de la *Rerum novarum*, Roma seguía contemporizando con las ideas dominantes, que como ya se ha dicho no son otras que las ideas de las clases dominantes. Juan Pablo II, con los pontífices que le han precedido y los que le sucedan, cree en el sistema. Lo acepta, igual que muchos, como mal menor. Denuncia sus problemas e injusticias, confirma que puede ser mejorado, pero su doctrina no colisiona con el denunciado.

Una prueba objetiva de esta alineación católica con el modelo mundial dominante fue que las Naciones Unidas declararon esta encíclica «documento oficial», recomendando su lectura.

UNA VEZ HUBO UN CONCILIO

En este panorama de preguntas sin resolver, resulta significativo que quienes dentro de la Iglesia no se conforman con la contradicción en la doctrina, apenas levantan la voz. Y se les oye cada vez menos. Resulta curioso que todavía el Papa más recordado por la generación «rebelde» siga siendo un papa breve, Juan XXIII, cada vez más lejano y del que sólo se saben sus rasgos aperturistas. Un papa no tan distinto de los otros, como se especula, pero que tuvo la ocurrencia de dejarse aconsejar por elevación y puso en marcha el gran acontecimiento católico del siglo pasado.

Del mismo modo, se ha convertido en un tópico admitir que lo que ha quedado de aquel intento de reforma sólo son detalles circunstanciales de la liturgia, innovaciones que con el tiempo se han convertido a su vez en otros tantos rituales vacíos, tan dignos de ser reformados como sus antecesores. Y sin embargo, ningún bloqueo, ninguna regresión, hubiera sido posible sin una buena base previa.

La supuesta involución juanpablista tal vez no hubiera sido factible sin los cimientos postconciliares, diseñados ya por el gabinete de Pablo VI, que sin duda facilitaron el revival de los sectores vaticanos menos interesados en un pacto con el diablo de la modernidad. Cuando el papa Wojtyla consiguió la fumata blanca, la respuesta a la crisis ya estaba en marcha. Fueron necesarios apenas unos retoques, para que la fortaleza de orden y autoridad volviera a recobrar su aspecto tradicional.

Algunos autores han advertido que ya en 1967, el año de la *Populorum progressio*, se estaban produciendo frenazos y guiños nostálgicos «interiores», al mismo tiempo que la Iglesia apadrinaba la revolución en cocina ajena. Mientras los salmos populares mitificaban esta conocida encíclica, a lo largo y ancho del lejano tercer mundo, las normas de andar por casa reafirmaban la imposición del celibato para los ministros de Dios, provocando una de las mayores desbandadas de alzacuellos del siglo.

Un escalofrío autoritario recordó a los interesados que el preconcilio también existía y que no había cambiado la *auctoritas* del solio. Se habían abierto algunas puertas, pero las cerraduras seguían en su sitio y lo que era peor, los guardianes de las llaves eran los mismos. ¿Acaso el Papa podía dejar de ser infalible en materia de fe y de costumbres, cuando se había iniciado el reconocimiento y el intercambio de infalibilidades con otras creencias y otros papas? ¿Alguien pensó realmente que el Vaticano iba a entregar sus poderes a las asambleas, como cualquier grupo neoanarquista? ¿No sería éste el golpe de gracia, que estaban esperando los sempiternos enemigos?

No tardaron mucho los escritorios del Vaticano en producir otro documento perturbador: en 1968 la *Humanae vitae* rechazaba la contraconcepción en un mundo en el que uno de los problemas vitales era la abundancia de concepciones. Paradójicamente estos documentos consiguieron que la insumisión y la desobediencia privadas se convirtieran en un comportamiento natural del mundo católico, llegando a desvirtuar el antiguo respeto y el santo temor a Roma, que tanto practicaban nuestros mayores.

No hubo grandes disidencias. Y los que se revolvieron fueron quedando, poco a poco, marginados. A casi nadie le interesaba cambiar las cosas de forma tan mayúscula. Y siempre quedaba la solución individual compatible con sus necesidades y aconsejada en privado. El tiempo de las herejías y los cismas había pasado y la resistencia sólo fue sorda. Pero hubo tantas deserciones personales, voluntarias y libres, que el cuerpo de la Iglesia empezó a ser irreconocible desde entonces.

La gravedad de esta revolución «silenciosa», todavía sin resolver, no debería ocultarse ni desconocerse, porque si no serían ininteligibles los veinticinco años del magisterio juanpablista posterior. No había ningún argumento racional y social en aquella doctrina de finales de los sesenta, que empezaba a diagnosticar el final del Concilio. Sólo quedaba la apelación infalible a la enseñanza infalible de un magisterio, que Roma llama ordinario, y que muchos piensan tendría que ser cuando menos «extraordinario», para su uso y definiciones dogmáticas.

El postconcilio como meta

No se podían imaginar mejores precedentes para el desembarco, diez años después (16 de octubre de 1978) de un nuevo Papa, bien dispuesto a profundizar en la misma línea de disciplina postconciliar. Juan Pablo II ya no tenía por qué sostener la herencia del gesto reformista de Juan XXIII. Podía encaminar sus esfuerzos a restaurar la Iglesia, con los valores de la tradición, leyendo otro «verdadero» concilio.

En los años anteriores habían sido purgados los seminarios y se habían diezmado voluntariamente las creencias, de modo especial en los países desarrollados. Los que permanecieron a bordo de la gran desorientación buscaban un equilibrio, en el que reafirmar su certidumbre y su credo. En tanto, los grandes atrevidos de la duda se exiliaban al este del Edén. Entonces llegó un hombre providencial, venido del Este.

De este modo, Juan Pablo II pudo ser un Papa al que las posibilidades de poder y autoridad heredadas de su inmediato antecesor han favorecido su talante carismático natural y su envidiable currículum. Un hombre de su tiempo, que se ha limitado a cabalgar en el carruaje de la nueva certidumbre. Instrumento y protagonista de una firmeza que Roma había perdido en la guerra fría, arrastrada como los demás por los vientos bipolares. Fue el Papa del postcomunismo y la resurrección del espíritu, una vez vencida la carne, para lo que su mensaje estaba preparándose desde los duros días de Cracovia.

Cierto que sus críticos se fijaban en los viajes, las multitudes, el ritual mediático, los gastos cortesanos, las contradicciones de su doctrina... Es decir, en todo lo que era fácilmente denunciable y se compadecía mal con cualquier vocación profética. Pero nadie ha podido negarle que su gestión y su método interpretaban correctamente el papel que históricamente correspondía al Vaticano, como fiel reflejo religioso de un mundo que ya no nos pertenece y que creíamos huésped retirado, entre telarañas, de los libros de dogma y fe.

Juan Pablo II ha sido para el universo católico justamente lo que racionalmente tenía que ser: el representante de una enseñanza basada en la lectura del evangelio que siempre existió. Se ha llamado «retorno a la Iglesia», a la gestión de este Papa. Y en ello no hay ninguna contradicción, porque el problema de la doctrina seguramente no es el problema de las personas, sino el de la finitud de interpretaciones que tiene *per se* el dogma, por mucho que los buenos teólogos expulsados pretendan lo contrario.

Si en el seno de la Iglesia se ha producido una lucha de espíritus, el imaginario del *aggiornamento* nunca existió más que en el deseo de los perdedores. Porque la historia de la Iglesia es sobre todo una historia de perdedores y cismáticos. Pero esto no es lo esencial. La esencia que traduce lo preconciliar, lo conciliar y lo postconcilar del siglo XX, es que Roma descansa sobre «verdades reveladas». Y aunque esto sea ahistórico, es tan poderoso y persistente que no tiene ningún inconveniente «histórico» en recuperarse en mil formas distintas, tras cada embestida de las reformas.

No de otra forma se pueden interpretar reconocimientos tan

cargados de simbolismo como la revisión del juicio contra Galileo o la reconciliación a medias con los luteranos, sobre la base de poner fin a las diferencias acerca de la justificación: ¿por la fe?, ¿por las obras? Actos ambos, hoy mucho menos relevantes que cuando fueron motivo de grave cisma, y solventados con un guiño de tolerancia a problemas... de un pasado, tan poco amable como cualquier otro.

Y es que los teólogos disidentes, los que creen que la Iglesia no debe retroceder hacia la Edad Media sino todavía más atrás, hacia Jesucristo, piensan también que se trata solamente de una cuestión de interpretación. Pero en realidad la verdad revelada nunca se había ido del Vaticano, sólo esperaba que alguien capaz de no avergonzarse de ella, como Juan Pablo II, la descubriera con otro nombre. Y lo que ha puesto de moda este Papa es, sobre todo, que la verdad en realidad es la esperanza. Y tal como han hecho todos sus antecesores, a orillas del Tíber, no ha prometido pan y circo a sus pobres, sino esfuerzo y esperanza. Así que en un siglo desesperante, donde se sabía con certeza dónde estaban el pecado y la culpa, la solución inteligente consistía, una vez más, en esperar.

Es lo que se pide siempre a un pastor: que no lleve su rebaño por senderos y apriscos utópicos y desazonadores, sino que lo mantenga en el cómodo corral de la plegaria y la ilusión en la abundancia de los pastos celestiales. Por supuesto que es una solución conservadora, pero ¿acaso no han sido conservadores todos los papas? Nunca como ahora había sido tan cierta y de agradecer la honesta confesión cristiana: «Mi reino no es de este mundo». Y si un reino no es de este mundo... ¿por qué habría de ser cuestionado en él?

El puerto (o aeropuerto) de llegada escogido por nuestro Papa polaco fue precisamente el contradictorio de la crítica y la admiración, pero asfaltado con la eternidad de una ética agónica, que muchos creían olvidada. En la esencia del papado, como en cualquier otro poder, está el ser criticado y aplaudido, amado y denostado. No hay nada nuevo en esto. Pero lo que es nuevo en Juan Pablo II es que no teme usar el poder y proclamarlo en público, contra cualquier viento y cualquier marea. Y su propio convencimiento le permite mezclar, sin complejos, abundantes actos de perdón y humildad, con una firmeza sin límite.

Su determinación y su valor para muchas denuncias, su preferencia gestual por los pobres y los jóvenes, su indesmayable autoritarismo, su capacidad para situarse en esa tercera vía inconclusa entre el comunismo y el capitalismo, sus encuentros televisados con líderes religiosos, incluso sus reconocimientos de anteriores errores científicos o su preocupación doctrinal por las santas costumbres, son en realidad formas de un poder moral, cuyo ejercicio no le crea tribulación alguna. Nada que recuerde la imagen torturada de Pío XII, o la bonancible aureola de Juan XXIII, ni la patética mirada de Pablo VI... La firmeza y el gozo en el ejercicio del poder han ayudado a Wojtyla a crear ese icono popular, que fascina hasta la extenuación a sus incondicionales y que perturba a los menos vigorosos de fe.

Juan Pablo II ha traído a Roma lo que sus fieles llamaron revolución de la esperanza. Ha puesto en pie nuevas legiones espirituales, sumandos de fe acérrima e interminables intentos de razonarla, inspiradas en la necesidad de encontrarse con valores pasados para una interpretación nueva. Sin embargo, lo que sorprende es que este vigoroso pontificado, sereno y recopilador de la doctrina, no haya producido un pensamiento renovado, y se haya limitado a sistematizaciones autorizadas y televisadas. A un *copyright* del tiempo anterior, para desautorizar la crisis. La crisis, en efecto, había terminado. Pero sólo en los seminarios, bibliotecas y sacristías... Lo que no sabemos es por cuánto tiempo.

Entretanto no cesa la cabalgada del mundo occidental hacia un laicismo radical, quc algunos tcólogos llaman incluso atcísmo práctico. El esfuerzo doctrinal y gestual de Roma, los innumerables viajes papales, los importantes actos simbólicos de este pontificado, con peticiones de perdón y reconciliación, revelación del ya inofensivo misterio de Fátima, reconocimiento de errores o con apreciables actos de acercamiento a luteranos y ortodoxos, mezclados con diatribas contradictorias, no han tenido ningún efecto espectacular en una Iglesia que sigue perdiendo terreno en el hemisferio norte y que no ha sabido aprovechar el vacío espiritual creado por el derrumbe comunista.

Parece que el Vaticano, decidido al fin a ajustar cuentas con parte de su propia historia, se ha enfrascado en una carrera de autoflagelación, quemando inútilmente antiguos cartuchos autoritarios, para intentar de ese modo desviar los problemas del presente. Cuando ya nada parece suficiente, esta humildad parcial de Roma no hace sino provocar renovadas protestas de personas y colectivos (teólogos disidentes, judíos, homosexuales etc.) que siempre esperan ver cómo los reconocimientos despegan de los siglos antiguos y alcanzan a nuestros días.

La moneda del César, en un Estado sin estadísticas

Es sorprendente que a nadie le sorprenda que el Vaticano sea un Estado sin apenas datos oficiales, sin cifras, ni estadísticas publicadas. Un Estado internacionalmente reconocido, con un poder espiritual indiscutible y no exento de poder material. Un Estado que representa a una de las mayores religiones de la historia y en quien están puestos los ojos de millones de personas, de quien se dicen demasiadas cosas financieras y que, sin embargo, guarda celosamente la mayoría de sus datos. Un Estado que en la era de la información desinforma con afectado descuido.

Los que presumen de conocer el estado de la cuestión de este Estado, o así lo escriben, citan siempre fuentes inestables y oficiosas para resolver esta incógnita. Pero nadie sabe con exactitud ni siquiera cuántas personas viven en el Vaticano, ni sus nombres, o su censo. Cuántos son hombres y cuántas mujeres, cuántos asalariados pertenecen a la nómina pontificia, cómo son sus sueldos, cuáles sus profesiones.

En este Estado oficialmente no hay ningún nacimiento, pero se dice que tiene no menos de 1.100 ciudadanos, para casi 45 hectáreas de territorio. También se cuentan otras 3.400 personas, que trabajarían en las sedes pontificias o en pequeñas empresas intramuros. Se sabe que la primera sindicación reconocida oficialmente de empleados del Vaticano no llegó hasta 1979, precisamente bajo Juan Pablo II, y que en 1982 se convocó la primera manifestación de trabajadores. Unos trabajadores que, según declaraciones de su líder sindical al Papa, sólo querían que la empresa santa «aplicara los principios de la *Rerum novarum*... Aquella encíclica de 1891, que tanta conmoción provocó por su reconocimiento de los derechos de los obreros, casi cincuenta años después del Manifiesto Comunista y cien después que la Revolución francesa abriera las primeras libertades.

Lo que se conoce sobre las finanzas de la Iglesia es todavía menos y más especulativo. Sus inversiones en Suiza, en América... Sus riesgos financieros, sus pérdidas o ganancias, las empresas o bancos que participa o controla, los problemas de los años ochenta con gente como Calvi o Sindona. «Banqueros de Dios», condenados por la Justicia de los hombres. La gestión del controvertido Marcinkus, el prelado que dirigía la dolarización de las finanzas cristianas, desde el *Instituto para las Obras de Religión*, nombre oficial del Banco del Vaticano.

El entramado económico de la Santa Sede no debe de ser muy sencillo, pero tampoco inalcanzable para las modernas contabilidades informáticas. Los cardenales aseguran, evangélicamente, que no entienden de economía ni finanzas. Pero de ser ciertas las cifras del poder financiero que «poseen», o con las que se especula, deberían empezar a preocuparse por reducir este déficit de conocimiento.

La liquidez financiera del Vaticano, según diversas fuentes, puede ir de 10.000 a 30.000 millones de dólares. Una diferencia tan estruendosa como para no confiar demasiado en ella. Hay otro capítulo proverbialmente incalculable: las propiedades inmobiliarias, los edificios del patrimonio, los objetos de arte que, obviamente, son las más históricas de las propiedades del Papa. Sin embargo, desconocemos sus otros activos no tan históricos, de los que también se habla: terrenos, edificios, viviendas, acciones, etc., en Roma y otras ciudades del mundo.

Por otra parte, las finanzas de Roma no acaban de cuadrarse a satisfacción de todos. En 1991, el Papa convocó a todos los presidentes de las Conferencias Episcopales para tratar en una reunión monográfica el problema del déficit económico de la Santa Sede. Entonces se pudieron saber algunas particularidades como, por ejemplo, que ciertas diócesis como Colonia (Alemania) tenían más presupuesto que el propio Vaticano.

Para corregir esta situación se planteó el cumplimiento del

Código de Derecho Canónico, formalizándose la colaboración financiera de las Conferencias Episcopales en el sufragio de algunas funciones realizadas por Roma. Fue una forma discreta de atajar el desequilibrio económico y de cerrar los problemas surgidos a partir de los escándalos del Instituto para las Obras de Religión en sus relaciones con la Banca Ambrosiana.

En aquella reunión también se dieron a conocer otros datos, como la ayuda oficial vaticana a países subdesarrollados a través del Consejo *Cor Unum*, estimada en varios millones de dólares con el fin de atender algunas necesidades perentorias en las zonas más degradadas de continentes como África.

Pero de los presupuestos oficiales del Estado Vaticano, ingresos y gastos corrientes, tampoco se conoce gran cosa. Se nos hace ignorar prudentemente las cotizaciones de bolsa, los momentos de crisis, las especulaciones con beneficio, los superávit o déficit, las inversiones en constructoras, las importantes ayudas que seguramente ha recibido de países prósperos (Estados Unidos, Canadá, Alemania...). La moneda del César, que hoy se llama dólar o euro, sigue siendo del César, aunque algunos bancos tengan a Dios por accionista.

En los Pactos de Letrán (1929), como ya hemos anotado anteriormente, el Estado italiano pagó al Vaticano una apreciable cantidad. Una buena parte de ella, 750 millones de liras, fue empleada en la creación de la Radio Vaticana. Pero parece que ahí se acabó la inquietud por la modernidad informativa. Hoy la política de comunicación e información de Roma pertenece a un pasado anterior a Letrán. Una falta de modernidad, un absoluto secretismo feudal rodea el mundo papal estadístico. Tanto, que lo único que hace es estropear la imagen vaticana, cuando más necesita de ella y cuando, con seguridad, no hay tanto que ocultar como muchos han terminado por creer, por culpa de esta torpeza informativa.

Los jesuitas, el Opus y los santos

Algunos autores han relacionado el actual declive de la Compañía de Jesús con la llegada de Juan Pablo II al papado. Aunque en realidad la crisis de Loyola es anterior y doble. Además estaría compartida con otras órdenes y congregaciones, en especial las de origen europeo, que de un lado acusaban la escasez de vocaciones y de otro la caída en picado de su influencia romana.

Por razones nunca bien confirmadas, se viene enfrentando esta decadencia al ascenso vaticano de otro grupo religioso: el Opus Dei. Es temerario afirmar cómo funcionan los centros de presión en la Curia. Si lo hacen de forma colectiva o si se valen sólo de alguno de sus individuos. O siquiera, si existen tales grupos y tales individuos, con semejante poder. Pocas noticias, y menos contrastadas, trascienden de las posibles maniobras y querellas intramuros, por lo que a menudo hay que dejarse guiar más por las consecuencias que por las causas, para conocer los intercambios fundamentales del poder católico.

La supuesta rivalidad entre jesuitas y opusdeístas es uno de los tópicos intracatólicos, más manoseados, de los últimos decenios del siglo XX. Como antes lo fue el de jesuitas y dominicos. Se insiste en hablar de una nunca probada hostilidad, de pequeñas escaramuzas y rencores, ninguno de los cuales parecen de entidad suficiente, para abonar tal desavenencia. Algunas polémicas periodísticas, celos universitarios o disputas intelectuales, que se han creído descubrir, coincidieron ya con el pontificado de Pablo VI. Probablemente el período más crítico para la Obra. Pero no está probado ningún interés vaticano en su desaparición, ni se conocen momentos de tensión o presiones especiales, encaminadas a semejante actitud.

La posición pública de muchos jesuitas del siglo veinte, presionando a favor de los judíos perseguidos, apoyando las reformas conciliares, reivindicando más tolerancia, militando en movimientos de curas obreros o predicando la Teología de la Liberación, cambió la imagen reaccionaria que nos había legado el siglo XIX sobre los hijos de san Ignacio, con su defensa ultramontana del papado y del absolutismo o su enfrentamiento al pensamiento libre. Y, al mismo tiempo, sirvió para una fácil comparación con algunos numerarios del Opus, conocidos por su talante antiliberal.

En el momento en que relevantes socios de la Obra colaboraban en primera línea con el gobierno de Franco, mediado el siglo XX, el jesuita-tipo era ya un ejemplo de progresismo y modernidad tolerante, inspirado en una filosofía conciliar que se resumía en las palabras de Arrupe:

> Si buscamos caminos para resolver esta crisis, en manera alguna daremos con la solución en la mera adhesión a los criterios antiguos y la resistencia contra el nuevo estado de cosas.

No era difícil encontrar entre los ignacianos, marxistas enmascarados, militantes obreros, liberales confesos, críticos y progresistas, que proyectaban la mejor imagen —muchas veces no merecida— de toda la institución. Después se produciría la intervención del propio Papa, las tensiones y la dimisión, no aceptada, de Pedro Arrupe. Finalmente su enfermedad y sustitución en 1982. Para entonces, y desde 1965, nueve mil jesuitas habían dejado la disciplina de la Compañía.

Hoy todavía los jesuitas, junto a otras órdenes, siguen siendo un grupo muy influyente en el universo católico. Pero sin duda sus mejores momentos pertenecen al ayer y, entre ellos, los más reconocidos fueron aquellos que pusieron en juego grandes dosis de talento y capacidad de adaptación, derivadas del mensaje fundacional, pero animados por gestiones como la de Arrupe. Sin embargo estas nuevas cartas de presentación, que estaban siendo bien recibidas por antiguos adversarios, no eran la mejor recomendación para los tiempos que se avecinaban tras el relevo pontificio de 1978.

Cuando se produce la crisis ignaciana de los años sesenta del siglo XX, ya hay una bancada de repuesto. El Opus Dei, desde su creación en 1929, venía preparándose, instintiva y conscientemente, para gestionar el vacío en esta influencia o para competir con ella. Una simplificación de esta rivalidad histórica con los jesuitas se traduciría en la creencia de que con Juan Pablo II los «operarios» de Dios habrían sustituido a las «aristocráticas» milicias de Loyola en el favor pontificio, aunque no de una manera tan traumática como siempre se cree.

Este relevo se producía, no por casualidad, en un siglo en el que la clase media, la clase ascendente desde 1945, constituía la reserva espiritual y el futuro de la religión. El elitismo jesuita que había durado cuatro siglos, sobreviviendo a la ofensiva revolucionaria del XIX, resucitando de expulsiones y disoluciones, acusará su crisis definitiva con la lucha entre el marxismo de postguerra y el hiperhedonismo tecnocrático de los sesenta.

El Opus, sin embargo, traía a Roma el darwinismo ilustrado de su impagable afán de superación espiritual, su bien hacer eclesial y su competencia burocrática, con una dedicación *full time*: del trabajo al altar, pasando por la reunión y la familia cristiana. El mensaje de monseñor Escrivá empezaba a constituir un recambio eficaz y salvador, para un cristianismo increíble que sacaba fuerzas de su propia crisis. La savia popular de la Obra, que añadía nueva salud y mejor riego a la anquilosada endogamia romana, seducirá con su honestidad primitiva a la gran burguesía. Y cuando Arrupe rompió el pacto ya era demasiado tarde. Sus soldados de élite se desperdigaban por un sorprendente sur, que redescubrían como tierra de misión siglos después de haber acompañando a la colonización, en su primera visita.

Pero ahora había un Papa con resabios mesocráticos, que miraba desconfiado la sangre «azul» de los ignacianos con sus desviaciones de tolerancia y socialismo. Y a quienes, además, necesitaba menos. Un pontífice que tenía otros planes y otras contundencias, en las que no cabían la flaqueza social, el agnosticismo moral o la duda doctrinal. Era el momento del cruce y el relevo. Con él llegó, inconcluso y discutido, un nuevo modelo de santidad.

La turbosantidad, santidad al microondas o devaluación de los méritos santificantes, ha sido otro de los rasgos del pontificado de Juan Pablo II, coincidente con este relevo sordo en la corte vaticana. El Papa polaco, entre otras cosas, contará en la crónica de la Iglesia por el desacostumbrado número de santos que elevó a los altares.

Hasta 1969, la tendencia era la contraria. La Iglesia de Pablo VI incluso suprimió del santoral a un importante número de titulares, cuya existencia y santidad resultaban harto improbables a los ojos de la época. Algunos casos fueron llamativos, por su popularidad, como el de santa Bárbara, san Valentín o san Cristóbal, aunque su desaparición no hiciera demasiada mella en la veneración de los creyentes. En suma fueron más de cincuenta los nombres que desaparecieron del calendario católico oficial, en un intento de racionalizarlo y universalizarlo.

Con el papa Wojtyla el proceso y las actitudes cambiaron, recuperándose los viejos motores de santidad, acortando exageradamente los plazos o aligerando las exigencias. Los expedientes colectivos o individuales para esta promoción recobraron su antiguo vigor medieval. Una de las santidades más controvertida por su rapidez fue, precisamente, la que proclamó digno de los altares al fundador del Opus Dei, José María Escrivá de Balaguer. Paralelamente fue culminado positivamente otro medio millar de expedientes de santidad o beatificación de algunos españoles, muchos de los cuales presentaban como mérito el haber sido religiosos víctimas de la guerra de 1936, de uno de los dos bandos.

Otro supuesto de inusitada rapidez procesal fue el de la beatificación de Teresa de Calcuta, tan sólo cinco años después de su muerte. Por el contrario, la beatificación de Juan XXIII fue mucho más lenta y discreta (siendo acompañada además por la de Pío IX, que fue protestada desde algunos círculos). El número de santos y beatos, reconocidos en este pontificado, es el mayor en la historia de la Iglesia.

En los años de su papado, y hasta 2003, Juan Pablo II había elevado el santoral cristiano a 2.500 personas. Al pontífice actual se deben, de momento, 1.324 beatificaciones y 476 santidades, en una política de acumulación, que muchos critican por su extraña precipitación. Y que resulta tanto más llamativa si advertimos que sucede en unos años especialmente denunciados por el Vaticano, como de pérdida general de santidad y relajamiento espiritual.

En este proceso, y según estas críticas, la santidad habría perdido el carisma y el peso específico, que tenía antes en las biografías de los afectados. De algún modo se habría desvirtuado la historia de los santos, se habrían reducido las exigencias para sus actos y milagros, poniendo el listón al alcance de cualquiera. Finalmente, tampoco parece que ello haya redundado en beneficio general para el cristianismo. Parece que Roma pretendiera remediar la indolencia espiritual de una centuria, dejando a las generaciones posteriores la falsa impresión de que el XX ha sido un siglo de santos y beatos.

¿Otra Iglesia es posible?

Los teólogos de la otra posibilidad están persuadidos del futuro de la Iglesia de Cristo en el siglo XXI, a condición de que supere la etapa actual de verdades reveladas, infalibilidad autoritaria, centralización del poder, negaciones democráticas, etc. Este pernicioso dogmatismo, abierto en el siglo XIX como reacción ante la ofensiva humanística y liberal, que ha sido remozado en el pontificado actual contra el socialismo o el neoliberalismo, es para muchos un quebradero de conciencia, problema de comunicación y cierre de cualquier posibilidad de renovación verdadera.

El breve paréntesis del Concilio de los años sesenta es el agarradero de este convencimiento, entre quienes creen que la figura de Juan Pablo II es tan «excepcional» en la historia del siglo XX, que no puede repetirse en la centuria siguiente. Nadie tan imperturbable y seguro de su doctrina, reflejada en un activismo pontifical irrepetible, puede aspirar a liderar ninguna religión en un mundo mucho más libre, más autocrítico y participativo, como el que necesitan los humanos de hoy.

Cuando había cumplido casi veinticinco años de pontificado, Juan Pablo II presentaba un currículum de verdadera excepción: es el tercer Papa que más tiempo ha regido la Iglesia, ha promulgado más de un centenar de documentos doctrinales, entre ellos catorce encíclicas, exhortaciones, constituciones, etc. Ha realizado casi un centenar de viajes oficiales y visitado unos ciento treinta países, ha concedido más de mil audiencias, ha nombrado cerca de 2.800 obispos de un total de 4.000, ha sufrido varios intentos de atentado. El más grave se consumó el 13 de mayo de 1981, cuando recibió varios disparos en la plaza de San Pedro. Incluso su historial clínico no deja de tener interés, con varias enfermedades y operaciones, algunas calificadas de graves.

Por el momento los debates sobre Juan Pablo II son a corto plazo y de breve alcance. Es decir, lo que permite su avanzada edad y su largo magisterio. Se centran casi todos en la especulación sobre la salud papal, sobre su dimisión voluntaria o forzada, sobre el relevo más o menos próximo. También, acerca de quién puede sucederle, bajo qué influencias y compromisos llegará al solio, etc.

Pero no es esto lo más importante. La cuestión fundamental es saber si con Juan Pablo II se han tapado en exceso las fuentes naturales de una evolución positiva y necesaria, hasta el punto de que la represa actual termine rompiendo los pilares del contenedor. La cuestión palpitante es si se pueden reproducir indefinidamente virtudes viejas y errores nuevos, sin provocar peores remedios.

O si se puede, comprender al mundo desde la retórica del cardenal Ratzinger:

> La Iglesia debe hablar de Dios. (...) El discurso de la Iglesia no debe ser anuncio de dogmas ni de prescripciones, sino anuncio de Dios que se nos revela en Cristo.

El recurso a la metafísica tomaba vuelo en pleno descenso de vocaciones y crisis espiritual, en especial en los países materialmente más desarrollados, cuando el catolicismo se estancaba en Europa o América de Norte. Y mientras el escepticismo religioso, coqueteando con el ateísmo práctico, se extendía ante la impotencia doctrinal del Vaticano, una parte importante de los creyentes se mostraba partidaria de reformas basadas en una mayor liberalidad de las propuestas dogmáticas.

En los años noventa, las encuestas más fiables (Gallup, 1992) confirmaban las alarmas vaticanas. Los católicos USA estaban a favor de una mayor libertad doctrinal y en contra, por tanto, de la pragmática papal. El 87 por ciento opinaba que se debía optar libremente en asuntos de natalidad. Un 75 por ciento era favorable al matrimonio de los sacerdotes o a la elección directa de sus obispos por los propios feligreses. También eran mayoría amplia, un 85 por ciento, los partidarios del aborto terapéutico o del uso del preservativo para evitar enfermedades incurables como el sida.

Mientras el Papa recibía una cálida e inesperada bienvenida en Cuba, donde la palabra que más se oía era «¡Libertad!», en Austria, Alemania y otros Estados europeos se recogían firmas reclamando otras ansiedades. En esta línea, el movimiento «Nosotros somos Iglesia» reunía más de dos millones de adhesiones a favor de una mayor tolerancia sexual.

Contra esta marea ascendente, Juan Pablo II y sus colaboradores luchaban denodadamente mediante una asombrosa producción doctrinal, con continuas exhortaciones y condenas, o cientos de viajes y visitas pastorales que se limitaban a reafirmar la vetusta dogmática romana. Pero al mismo tiempo, el Vaticano se empleaba a fondo en una contraofensiva menos dialéctica y más proselitista, dando juego a nuevas milicias. Se trataba de aprovechar la frescura de reserva de algunas espiritualidades poco estrenadas, como la latinoamericana, o de relanzar otras europeas. Y con todas ellas poner pie en zonas cada vez más desafectas, a quienes se devolvía la visita misionera de los antiguos siglos.

Desde los aledaños de San Pedro se favorecía la implantación indiscreta y firme de estas nuevas fuerzas. Se trataría de renovados ejércitos papales como la fundación mexicana de los Legionarios de Cristo, Comunión y Liberación, o los neocatecumenales de Kiko Argüello, entre otras variedades coincidentes con el conservadurismo romano.

Con una catequesis esotérica y rancia, desembarcaban lo mismo entre las conciencias desprevenidas que entre algunas capas dirigentes, enarbolando las devociones favoritas del Papa. Su rápido avance, cosechado en estratos sociales indefensos, llegaba también a ciertos individuos de la élite política, universitaria o financiera, como una copia cutre del modelo Opus. La tradicional aspiración de ganar para Cristo a los líderes del mundo y a sus obreros, presente en estos movimientos, junto a sus *happenings* americanizados a la moda de los tecnopredicadores, confieren un cierto aspecto «freak» a esta evangélica reacción.

Sin embargo, un Papa de hierro en una Iglesia de plata, que se adorna todavía con verbo de oro (en veinte años se ha publicado más doctrina que en veinte siglos), debería de abrir pasos de nueva conciliación, si quiere mantener el mejor sentido de la fundación cristiana. Servir a los demás, acompañar la vida de la gente, redimir a la humanidad de pecados propios y ajenos, predicar reformas morales y sociales en progreso, dar testimonio no sólo de Dios, como quiere Ratzinger, sino también de los humildes, de los pobres o de los reprimidos. Y más allá de las palabras, renunciar y denunciar, expulsar a los mercaderes de los templos del padre, estar a la llamada de las necesidades vitales de los nuevos humanismos.

Estas metas son todavía, veinte siglos después, las grandes aventuras incompletas de un espíritu cristiano, que hasta ahora ha justificado su ejercicio religioso, su proyección civil y su profecía, en un ambiguo y doliente tránsito, demasiado terrenal, demasiado precario y no siempre compartido.

Muchos esperan un nuevo Papa, en el mejor sentido del término. Muchos creen que es precisa una verdadera transición conciliar, en la que Roma ya no sea martillo de herejes, inquisición para los débiles, ni faro de «verdades» incontestables o anuncios de revelaciones rancias, sino que se despoje de sayos y sandalias dirigentes y que encuentre la verdad en la auténtica comunión ecuménica, volviendo los ojos a un siglo que ya ha superado los tiempos de mojigatería y beatitud.

Por eso todos esperamos una voz que siga dando la misma luz que alumbró aquel revolucionario «amaos los unos a los otros», todavía hoy de actualidad universal. Y que ayude a los humanos a conocer la verdad de todos, no sólo la suya. Una verdad cuyo fin no sea sólo el mero propósito de hacernos libres, sino también verdaderos, auténticos. Que es la forma natural de la libertad.

LOS PAPAS DEL SIGLO XX

León XIII. Vicenzo Gioacchino Pecci nació en Carpineto, Anagni, el 2 de marzo de 1810. Estudió con los jesuitas en Viterbo y en el Colegio Romano, ingresando en 1832 en la Academia de Nobles Eclesiásticos. Fue elegido Papa el 20 de febrero de 1878 y murió en Roma el 20 de julio de 1903. Elegido en un cónclave de tres días, el más breve hasta entonces de la historia del papado, gobernó la Iglesia durante casi veintiséis años. Antes de ser papa había sido nuncio en Bruselas, obispo de Perusa y cardenal camarlengo desde 1877.

Pío X. Giuseppe Sarto nació en Riese, Treviso, el 2 de junio de 1835, siendo elegido Papa el 4 de agosto de 1903 y murió en Roma el 20 de agosto de 1914. Es uno de los pocos papas que no procede de la cantera intelectual vaticana. Su currículum ofrece, en cambio, un recorrido por todo el escalafón sacerdotal. De familia humilde, fue capellán, párroco, canónigo y vicario general. En 1884 sería nombrado obispo de Mantua y en 1893 cardenal y patriarca de Venecia. Fue canonizado por Pío XII en 1954.

Benedicto XV. Giacomo della Chiesa nació en Génova, el 21 de noviembre de 1854, en el seno de una familia de la nobleza italiana. Alumno del seminario Capranica, estudia teología en la Gregoriana, donde se doctora en 1879, para pasar después por la Academia de Nobles Eclesiásticos, el centro de formación de la diplomacia vaticana. Estuvo en la nunciatura española con el cardenal Rampolla, que en 1887 le llevó a Roma al ser elegido secretario de Estado. Después de Rampolla mantuvo su puesto con Merry del Val hasta que en 1907 fue destinado como arzobispo a Bolonia. En 1914 sería elevado al cardenalato y muy poco después elegido Papa. Gobernó la Iglesia desde el 3 de septiembre de 1914 hasta la fecha de su muerte el 22 de enero de 1922.

Pío XI. El papa Ratti, Achille Ratti, era natural de Desio, Monza, donde nació el 31 de mayo de 1857. Sería elegido Papa el 6 de febrero de 1922 y murió en la Ciudad Eterna el 10 del mismo mes de 1939. Fue estudiante en el seminario de Lombardía y en las clases de la pontificia Universidad Gregoriana.

En 1907 alcanzó la prefectura de la Ambrosiana de Milán, donde permaneció hasta 1912 en que se traslada a Roma, para ocupar el cargo de viceprefecto de la Biblioteca Vaticana, en la que dos años más tarde era nombrado prefecto. En 1919 es destinado como nuncio a Varsovia y en 1921 regresa a Italia para ocupar la sede arzobispal de Milán, cargo en el cual sería elegido pontífice.

Pío XII. Eugenio Pacelli, nieto, hijo y hermano de altos funcionarios del Vaticano, había nacido en Roma el 2 de marzo de 1876. Estudió en la Gregoriana y en el Apolinar, el seminario de Roma. Su ascenso fue uno de los más rápidos de la historia vaticana. En 1917 era ya nuncio en Munich, después de haber estado bajo la protección del secretario de Estado Merry del Val, y en 1925 trasladado a Berlín. En 1929 es nombrado cardenal y sólo un año después secretario de Estado. El 2 de marzo de 1939 era elegido Papa en una sola sesión del cónclave, después de tres votaciones. Murió en Roma el 9 de octubre de 1958.

Juan XXIII. Angelo Giuseppe Roncalli nació en Sotto il Monte, Bérgamo, el 25 de noviembre de 1881. Elegido Papa el 28 de octubre de 1958 moriría en Roma el 3 de junio de 1963. De familia campesina, estudió y se doctoró en teología en el seminario de Roma, tras de lo que fue secretario del obispo de su diócesis y profesor en el seminario de Bérgamo. En la primera gran guerra fue movilizado como soldado de sanidad y capellán castrense.

Durante nueve años, desde 1925, permaneció en Bulgaria como visitador apostólico, tras lo cual sería destinado a la misma función en Turquía y Grecia. En 1944 alcanza la nunciatura de París, desde donde viaja en 1953 a Venecia para ocuparse de la silla arzobispal de la ciudad de los canales. En el otoño de 1958 viaja a Roma para el cónclave que le elegirá Papa. El 11 de octubre de 1962 inauguró las sesiones del Concilio Vaticano II, que no pudo ver concluido.

Pablo VI. Giovanni Battista Montini nació en Concesio, Brescia, el 26 de septiembre de 1897. Elegido Papa el 21 de junio de 1963, tras cinco votaciones, murió en Roma el 6 de agosto de 1978. Hijo de un político y periodista, obtuvo los doctorados de derecho y teología tras estudiar en Milán y en la Gregoriana. Después de lo cual acude a la Academia Diplomática Pontificia, desde la que accede a la Secretaría de Estado en 1922. Entre 1925 y 1933 es asistente general de la Asociación de Estudiantes Católicos de Italia.

En 1937 es nombrado sustituto, trabajando a las órdenes directas del entonces secretario de Estado cardenal Pacelli. En 1952 es nombrado prosecretario de Estado y en 1954 enviado a la diócesis de Milán como arzobispo. Hubo de esperar hasta 1958 para ser nombrado cardenal por Juan XXIII. Siendo pontífice, clausuró el Concilio Vaticano II en 1964.

Juan Pablo I. Albino Luciani, nacido en Canale d'Agordo, Belluno, el 17 de octubre de 1912 y muerto en Roma el 28 de septiembre de 1978, es el Papa de más breve pontificado en lo que va de siglo. Elegido el 26 de agosto de 1978, fue encontrado muerto en su lecho un mes después, en circunstancias quc han servido para desatar diversas especulaciones más o menos infundadas.

De familia modesta, se conoce la filiación socialista de su padre, estudió y se doctoró en teología en la Gregoriana con una tesis sobre Rosmini, el pensador modernista. Fue vicerrector de seminario, precanciller y vicario general de la diócesis de Belluno. En diciembre de 1958 fue consagrado obispo de Vittorio Veneto y en 1969 patriarca de Venecia.

Juan Pablo II. Karol Wojtyla nació en Wadowice, Cracovia, el 18 de mayo de 1920, hijo de un soldado profesional polaco. En 1938 comienza sus estudios de filosofía, que interrumpe la guerra.

Participa en una compañía de teatro y trabaja en una cantera y en una fábrica de productos químicos. En 1942 inicia estudios de teología y en 1946 es ordenado sacerdote. Poco después se doctora en Roma en el Angelicum, buscando una carrera más breve que la exigida en la Gregoriana, para pasar a trabajar como vicario en Cracovia y como profesor en la Universidad de Lublín. En 1963 era nombrado arzobispo de Cracovia.

Durante las sesiones del Vaticano II destacó en defensa de la libertad religiosa. Aspecto que volvió a subrayar en su primer discurso, tras ser elegido Papa el 16 de octubre de 1978, después de ocho votaciones. Su elección constituyó una sorpresa considerable, puesto que era el primer Papa no italiano desde 1522. Ha sido objeto de un grave atentado el 13 de mayo de 1981, cuando se encontraba entre los fieles en plena plaza de San Pedro.

CRONOLOGÍA DE LA HISTORIA DE LA IGLESIA CONTEMPORÁNEA

PONTIFICADO DE LEÓN XIII (1878-1903)

1878	
20 de febrero	Elección de León XIII.
1878-1892	
	Política de conciliación de León XIII con la segunda República francesa.
1878	
	Organización de la Iglesia católica de Escocia.
1879	
Julio	Bélgica: ley de la escuela elemental laica.
Agosto	Encíclica *Aeterni Patris* sobre Santo Tomás de Aquino.
1880	
	Alemania: primera ley de mitigación. Comienzo del fin de la *Kulturkampf*.
Julio	Francia: expulsión de los jesuitas.
	Bélgica: ruptura diplomática con el Vaticano.

1881

Portugal: nueva organización de las diócesis.

1882

Francia: ley sobre la enseñanza elemental.

1884

Bélgica: derrota electoral liberal y ascenso al poder de los católicos.

1886

Italia: fundación de la Asociación Juvenil Italiana.

1886-1887

Alemania: fin de la *Kulturkampf* y normalización de relaciones con el Vaticano.

1886

Suiza: solución del problema del Tesino.

1887

Vaticano: el cardenal Mariano Rampolla es nombrado secretario de Estado.

1888

España: nacimiento del integrismo como escisión del carlismo.

1889

Países Bajos: ley escolar.

1890

Estados Unidos: incidente de Lucerna.
Suiza: fundación de la Universidad Católica.

1890	
Noviembre	Francia: brindis del cardenal Lavigerie *(Le ralliement)*.
1891	
15 de mayo	Encíclica *Rerum novarum* sobre el problema social.
1892	
Febrero	Encíclica *Au milieu de solicitudes* sobre la colaboración con la República francesa.
Diciembre	Encíclica *Cum multa* a los católicos españoles.
1893	
	Encíclica *Providentissimus* sobre los estudios exegéticos y la investigación científica.
1896	
	Países Bajos: fundación del Katholike Staatsparty (Partido Católico).
1899	
Enero	Condena del americanismo por León XIII (carta *Testem inocentiae*).
1899-1914	
	Francia: era radical.
1901	
Julio	Francia: ley sobre las congregaciones religiosas.
1902	
	Filipinas: fundación de la Iglesia filipina independiente por Gregorio Aglipay.
1902-1905	
	Francia: gobierno Émile Combes.

1903	
20 de julio	Fallecimiento de León XIII.

PONTIFICADO DE SAN PÍO X (1903-1914)

4 de agosto	Elección de san Pío X.
1904	
Julio	Italia: fin de la «Opera dei Congressi».
1905	
Julio	Ruptura de relaciones diplomáticas entre Francia y la Santa Sede.
Diciembre	Francia: ley de separación de la Iglesia y el Estado.
1906	
	Suiza: fundación del Partido Socialcristiano.
Febrero	Encíclica *Vehementer nos* contra la separación de la Iglesia y el Estado en Francia.
Junio	Constitución *Sapienti Consilio* sobre la reforma de la curia romana.
1907	
Julio	Decreto del Santo Oficio *Lamentabili* contra el modernismo.
Septiembre	Encíclica *Pascendi* contra el modernismo.
1909	
Julio	Francia: ley sobre la libertad de enseñanza.
1910	
Agosto	Encíclica «Nuestra carta apostólica» sobre la disolución del movimiento Sillon en Francia.

1911	
Abril	Portugal: ley de separación de la Iglesia y el Estado.
1914	
	Motu proprio *Doctoris Angelici* sobre el tomismo.
20 de agosto	Fallecimiento de san Pío X.

PONTIFICADO DE BENEDICTO XV (1914-1922)

1914	
3 de septiembre	Elección de Benedicto XV.
1917	
Junio	Promulgación del Código de Derecho canónico.
Agosto	Proposiciones de paz de Benedicto XV.
1919	
Enero	Fundación del Partido Popular italiano (antecesor de la Democracia Cristiana).
Noviembre	Encíclica *Maximum illud* sobre las misiones.
1920	
Enero	Checoslovaquia: proclamación de la Iglesia nacional checa.
1922	
22 de enero	Fallecimiento de Benedicto XV.

PONTIFICADO DE PÍO XI (1922-1939)

1922	
6 febrero	Elección de Pío XI.

Mayo	Concordato con Letonia.
Diciembre	Encíclica *Ubi arcano* sobre la Acción Católica.
1924	
Marzo	Concordato con Baviera.
Febrero	Concordato con Polonia.
1925	
Diciembre	Encíclica *Quas primas* sobre la realeza de Cristo.
1926	
Febrero	Encíclica *Rerum Ecclesiae* sobre las misiones.
Noviembre	Carta al cardenal Bertram sobre la Acción Católica.
1927	
Mayo.	Concordato con Rumanía.
Septiembre	Concordato con Lituania.
1928	
Enero	Encíclica *Mortalium animos* sobre el ecumenismo.
Febrero	Modus vivendi con Checolosvaquia.
1929	
Febrero	Tratados de Letrán.
	Concordato con Italia y fin de la cuestión romana.
Junio	Concordato con Prusia.
Diciembre	Encíclica *Divini illius magistri* sobre la educación cristiana.
1930	
Diciembre	Encíclica *Casti connubii* sobre el matrimonio cristiano.

1931	
Mayo	España: quema de conventos.
	Encíclica *Quadragessimo anno* sobre el problema social.
Junio	Encíclica *Non abbiamo bisogno* contra el fascismo.
1932	
Enero	España: disolución de los jesuitas.
Mayo	Encíclica *Caritate Christi* sobre la crisis económica.
Octubre	Concordato con Baden.
1933	
Junio	España: ley de congregaciones religiosas.
	Concordato con Austria.
Julio	Concordato con la Alemania nazi.
1935	
Junio	Encíclica *Vigilanti cura* sobre el cine.
	Concordato con Yugoslavia (no ratificado).
Diciembre	Encíclica *Catholici sacerdoti* sobre el papel social del sacerdote.
1937	
Marzo	Encíclicas *Firmissimam constantiam* contra el laicismo mexicano, *Mit brennender sorge* contra el nazismo y *Divini Redemptoris* contra el comunismo.
1 de julio	Pastoral colectiva del Episcopado español sobre la guerra civil.
1939	
10 de febrero	Fallecimiento de Pío XI.

PONTIFICADO DE PÍO XII (1939-1958)

1939	
2 de marzo	Elección de Pío XII.
Octubre	Encíclica *Summi pontificatus* sobre la paz.
1940	
Mayo	Concordato con Portugal.
Junio	Encíclica *Saeculo exeunti* sobre la paz.
1941	
	Creación de la jerarquía de la Iglesia del Japón.
Junio	Acuerdo entre la Santa Sede y España.
1942	
Abril	Concordato con Colombia.
1943	
Junio	Encíclica *Mystici Corporis* sobre la Iglesia como Cuerpo Místico de Cristo.
1946	
	Creación de la jerarquía de la Iglesia de China.
1947	
Noviembre	Constitución *Sacramentum Ordinis* sobre el Sacramento del Orden.
1948	
	Fundación del Consejo Ecuménico de las Iglesias.
1950	
	Convenio misional entre la Santa Sede y Portugal sobre la Iglesia de la India.
1 de noviembre	Proclamación del dogma de la Asunción de María.

1951	
Junio	Encíclica *Evangelii praecones* sobre las misiones.
1952	
	España: Congreso Eucarístico de Barcelona.
1953	
Agosto	Concordato con España.
1954	
Junio	Concordato con la República Dominicana.
1954-1955	
	Argentina: conflicto entre la Iglesia y el régimen de Juan Domingo Perón.
1955	
	I Conferencia General del CELAM en Río de Janeiro.
1958	
9 de octubre	Fallecimiento de Pío XII.

PONTIFICADO DE JUAN XXIII (1958 1963)

1958	
28 de octubre	Elección de Juan XXIII.
1959	
25 de enero	Convocatoria del Concilio Vaticano II por Juan XXIII.
1960	
	Sínodo Romano.
Junio	Tratado entre la Santa Sede y Austria.

1961	
Mayo	Encíclica *Mater et magistra* sobre el problema social.
Junio	Creación de la jerarquía eclesiástica de Indonesia.
1962	
Marzo	Creación de la jerarquía de la Iglesia de Corea.
1962-1965	
	Concilio Vaticano II.
1962	
11 de octubre	Apertura del Concilio Vaticano II.
1963	
Abril	Encíclica *Pacem in terris* sobre las relaciones internacionales.
3 de junio	Fallecimiento de Juan XXIII.

PONTIFICADO DE PABLO VI (1963-1978)

1963	
21 de junio	Elección de Pablo VI.
1964	
Enero	Viaje de Pablo VI a Tierra Santa.
Junio	«Modus vivendi» con Túnez.
Agosto	Encíclica *Ecclesiam suam*. Programática.
Septiembre	Protocolo entre la Santa Sede y Hungría.
Octubre	Canonización de los mártires de Uganda.
1965	
Enero	Creación de la jerarquía eclesiástica en Birmania.

Mayo	Encíclica *Mense maio* sobre la Virgen.
Julio	Concordato con la Baja Sajonia (RFA).
Septiembre	Encíclica *Mysterium fidei* sobre la Eucaristía.
	«Motu proprio» *Apostolica solicitudo* por el que Pablo VI crea el Sínodo de los Obispos.
8 de diciembre	Clausura del Concilio Vaticano II.
Diciembre	Creación de la jerarquía eclesiástica de Tailandia.
1966-1970	
	Concilio pastoral de la Iglesia de los Países Bajos.
1966	
Febrero	España: Creación de la Conferencia Episcopal.
Junio	Protocolo con Yugoslavia.
	Creación de la jerarquía eclesiástica en Polinesia, Micronesia y Melanesia.
Octubre.	Acuerdo con la República Argentina.
Noviembre	Creación de la jerarquía eclesiástica en Nueva Guinea (Papúa-Nueva Guinea e Irian Occidental indonesio) y en las islas Salomón.
1967	
Marzo	Encíclica *Populorum progressio* sobre el problema social.
Mayo	Peregrinación de Pablo VI a Fátima.
Junio	Encíclica *Sacerdotalis caelibatus* sobre el celibato sacerdotal.
Julio	Viaje de Pablo VI a Turquía.
15 de agosto	Constitución *Regimini Ecclesiae Universalis* sobre la reforma de la Curia romana.
Septiembre	I Sínodo de los Obispos.
Octubre	Mensaje de Pablo VI a los pueblos africanos.

1968	
	España: fundación de la Comisión «Justicia y Paz».
Julio	Encíclica *Humanae vitae* sobre la propagación de la vida humana y el control de la natalidad.
Agosto	Viaje de Pablo VI a Colombia.
	II Conferencia General del CELAM en Medellín (Colombia).
1969	
Junio	Viaje de Pablo VI a Ginebra a la sede de la OIT con motivo del cincuentenario de la organización.
Julio-agosto	Viaje de Pablo VI a Uganda.
Nov.-dic.	Viaje de Pablo VI a Extremo Oriente.
Octubre	II Sínodo de los Obispos.
1970	
Febrero	Carta de Pablo VI al cardenal Villot sobre el celibato sacerdotal.
Abril	Viaje de Pablo VI a Cerdeña.
Mayo	Declaración común de Pablo VI y del *Catholicos* de los armenios Vazguen I.
Noviembre	«Motu proprio» sobre la edad de los cardenales.
	Constitución apostólica sobre el oficio divino.
Nov.-dic.	Segundo viaje de Pablo VI a Extremo Oriente.
1971	
Abril	Fundación del movimiento de «Cristianos por el Socialismo».
Mayo	Carta apostólica *Octogessima adveniens* sobre el problema social.
Agosto	Carta «De la vida religiosa» de Pablo VI sobre la vida religiosa.
Septiembre	III Sínodo de los Obispos.

	España: Asamblea Conjunta de Obispos y Sacerdotes.
1972	
21 de febrero	Promulgación del nuevo oficio divino.
Junio	Constitución apostólica *Episcoporum Poloniae* sobre la organización de la Iglesia polaca en los territorios alemanes anexionados a Polonia.
Septiembre	Viaje de Pablo VI a Udine y Venecia.
1973	
Febrero	Concordato con Colombia.
1974	
Febrero	España: caso Añoveros.
Septiembre	IV Sínodo de los Obispos.
	Viaje de Pablo VI a Roccaseca.
1976	
Junio	Suspensión *a divinis* de monseñor Lefebvre.
Julio	España: acuerdos con la Santa Sede.
1977	
Sept.-oct.	V Sínodo de los Obispos.
1978	
6 de agosto	Fallecimiento de Pablo VI.

PONTIFICADO DE JUAN PABLO I (1978, 26 DE AGOSTO-28 DE SEPTIEMBRE)

1978	
26 de agosto	Elección de Juan Pablo I.
28 de septiembre	Fallecimiento de Juan Pablo I.

PONTIFICADO DE JUAN PABLO II (1978-)

1978	
16 de octubre	Elección de Juan Pablo II.
1979	
Enero	España: acuerdos con la Santa Sede.
Marzo	Encíclica *Redemptor hominis* sobre la redención.
	III Conferencia General del CELAM en Puebla (México).
Octubre	Recepción de Juan Pablo II en la ONU.
1980	
Enero	Sínodo particular de los obispos en los Países Bajos.
Marzo	El Salvador: asesinato del arzobispo de San Salvador, monseñor Óscar Arnulfo Romero.
Junio	Recepción de Juan Pablo II en la UNESCO.
Sept.-oct.	VI Sínodo de los Obispos.
Noviembre	Encíclica *Dives in misericordia* sobre la misericordia de Dios.
1981	
13 de mayo	Atentado contra Juan Pablo II en Roma.
28 de mayo	Polonia: fallecimiento del cardenal Stefan Wyszynsky, cardenal primado de Polonia (1948-1981).
Julio	Francia: Congreso Eucarístico de Lourdes. Creación de una comisión de quince cardenales para la inspección de las finanzas del Vaticano.
Noviembre	Encíclica *Laborem exercens* sobre el problema social.
Diciembre	Exhortación apostólica *Familiaris consortio* sobre la familia.

1982	
Febrero	Visita de Juan Pablo II a África.
Mayo	Visita de Juan Pablo II a Gran Bretaña y Portugal.
Junio	Visita de Juan Pablo II a Argentina.
	Recepción de Juan Pablo II en la sede de la OIT en Ginebra.
Octubre	Visita de Juan Pablo II a España.
Noviembre	Elevación del Opus Dei a prelatura personal.
1983	
	Visita de Juan Pablo II a América Central.
Enero	Promulgación del nuevo Código de Derecho canónico.
Junio	Viaje de Juan Pablo II a Polonia.
Septiembre	XXXIII Congregación General de la Compañía de Jesús.
Diciembre	VII Sínodo de los Obispos.
	Roma: Juan Pablo II predica en un templo protestante.
1984	
Abril	Perú: apoyo del episcopado del Perú al teólogo de la liberación Gustavo Gutiérrez.
Mayo	Viaje de Juan Pablo II a Asia.
Junio	Recepción de Juan Pablo II en el Consejo Ecuménico de las Iglesias (Ginebra).
Agosto	Instrucción del CDF «sobre algunos aspectos de la teología de la liberación».
Septiembre	Visita de Juan Pablo II a Canadá.
Octubre	Mediación del Vaticano entre Argentina y Chile sobre la resolución del problema del canal de Beagle.
1985	
Junio	Escala de Juan Pablo II en Casablanca (Marruecos) para asistir a una reunión de jóvenes musulmanes.

	Encíclica *Slavorum apostoli* sobre la evangelización de los eslavos.
Agosto	Viaje de Juan Pablo II a África.
Nov.-dic.	Sínodo extraordinario de los obispos sobre el Concilio Vaticano II.
1986	
Febrero	Viaje de Juan Pablo II a la India.
Marzo	Instrucción «sobre la libertad cristiana y la liberación».
Abril	Carta a los obispos del Brasil sobre la «teología de la liberación».
	Visita de Juan Pablo II a la Gran Sinagoga de Roma.
Mayo	Encíclica *Dominumet vivificantem* sobre el Espíritu Santo.
Octubre	Encuentro internacional por la paz en Asís.
1987	
Febrero	Instrucción *Donum vitae* sobre la biotecnología.
Marzo	Encíclica *Redemptoris mater* sobre la Virgen María.
Junio	Viaje de Juan Pablo II a Polonia.
	Carta apostólica sobre el seiscientos aniversario del bautismo de Lituania.
Octubre	VIII Sínodo de los Obispos.
1988	
Enero	Carta apostólica *Euntes in mundum* sobre el milenario del cristianismo en Rusia.
Febrero	Mensaje *Magnum baptismi donum* sobre el milenario de la Iglesia de Ucrania.
	Encíclica *Sollicitudo rei socialis* sobre el desarrollo y el problema social.
Junio	Visita de Juan Pablo II a Austria.

	Constitución apostólica *Pastor bonus* sobre la reforma de la Curia romana.
30 junio	Consumación del cisma de Ecône: monseñor Lefebvre se separa de la obediencia a Roma.
2 de julio	«Motu proprio» *Ecclesia Dei afflicta* sobre la excomunión del arzobispo y sus seguidores.
Agosto	Carta apostólica *Mulieris dignitatem* sobre la dignidad de la mujer.
1989	
5-9 de junio	Viaje de Juan Pablo II a los países escandinavos (Noruega, Dinamarca, Suecia y Finlandia).
17 de julio	Restablecimiento de relaciones diplomáticas entre la Santa Sede y Polonia.
19-21 de agosto	Peregrinación de Juan Pablo II a Santiago de Compostela.
30 de sept.	Recepción en Roma al arzobispo de Canterbury, doctor Runcie.
6-16 de octubre	Viaje de Juan Pablo II a Corea e Indonesia.
16 de noviembre	Asesinato de los jesuitas de la UCA en San Salvador (El Salvador).
1 de diciembre	Entrevista en el Vaticano de Juan Pablo II y el líder soviético Mijaíl Gorbachov.
1990	
25 de ene.-1 de feb.	Viaje de Juan Pablo II a África.
29 de enero	Uagadugu: llamamiento de Juan Pablo II contra la pobreza en África.
21-22 de abril	Viaje de Juan Pablo II a Checoslovaquia.
6-13 de mayo	Viaje de Juan Pablo II a México.
25-27 de mayo	Visita de Juan Pablo II a Malta.
26 de junio	Instrucción sobre la vocación eclesial del teólogo.
Septiembre	Quinientos teólogos de cincuenta países se reúnen en un congreso en Lovaina, en el vigésimo quinto aniversario de la revista *Concilium*.

1991	
15 de enero	Juan Pablo II escribe a Bush y a Sadam Hussein intentando evitar una guerra en el Golfo. Invasión de Irak por tropas norteamericanas.
5 de febrero	Lech Walesa es recibido en el Vaticano, como nuevo presidente de Polonia. Muere Pedro Arrupe, ex general de los jesuitas.
4 de marzo	Reunión del Papa con los obispos de países implicados en la guerra del Golfo Pérsico.
1 de mayo	Encíclica *Centesimus annus*, en el centenario de la *Rerum novarum*, en la que el Papa se pregunta cómo hacer que los bienes materiales y espirituales «puedan llegar a todos de modo equitativo».
13 de mayo	Viaje papal a Fátima (Portugal), donde advierte del peligro de sustituir el marxismo, por el secularismo y el materialismo consumista.
1 de junio	Viaje a Polonia, donde pide a los polacos que no se dejen seducir por el materialismo occidental. Algunos medios criticaron las admoniciones papales.
28 de junio	Nombramiento de veintidós nuevos purpurados.
7 de septiembre	El Vaticano establece relaciones con el nuevo régimen de Albania.
5 de octubre	Celebración ecuménica en Roma, en el sexto centenario de la canonización de Santa Brígida de Suecia. El Papa reza en público con dos obispos protestantes.
	El Papa recibe a los obispos españoles, en visita *ad limina*, ante quienes denuncia la «paganización» de España, donde se había producido un menoscabo notable de la fe.
28 de noviembre	Sínodo extraordinario, para estudiar la situación de Europa tras la desaparición formal de los estados comunistas. Autocrítica de car-

	denales franceses, inculpándose por no haber condenado las dictaduras del Este. El arzobispo de Moscú afirma, repitiendo una idea del propio Papa, que se ha cumplido en Rusia la profecía de Fátima, sobre la conversión al catolicismo.
1992	
1 de enero a 8 de febrero	La Santa Sede reconoce a la Federación Rusa, Croacia, Eslovaquia y Ucrania.
28 de mayo	Frenazo al diálogo ecuménico. Carta del cardenal Ratzinger a los obispos afirmando que los luteranos están separados del tronco de la Iglesia.
	La Iglesia anglicana aprueba el sacerdocio femenino. Críticas anglicanas al Papa, por su condena de los anticonceptivos.
	Crisis entre los teólogos sobre doctrina sexual, el aborto o el celibato.
Octubre	Viaje del Papa a África y a la República dominicana. IV Conferencia Episcopal Latinoamericana, con escaso peso de los grupos liberacionistas. Elogios del Papa a los misioneros de la colonización.
	Restablecimiento de relaciones diplomáticas con México.
	Reconocimiento de Galileo Galilei, condenado por la Iglesia en el siglo XVI.
	Beatificación criticada, por algunos sectores, de Escrivá de Balaguer, el fundador del Opus Dei. En este acto, el Papa pidió a sus seguidores que no olvidaran a los pobres.
11 de octubre	Se publica el Catecismo de la Iglesia Universal, el segundo desde el Concilio de Trento.
1993	
9 de enero	Acto mundial de oración en Asís, con partici-

	pación de líderes religiosos mundiales y ausencia de los ortodoxos.
3-10 de febrero	Viaje papal a África.
14 de abril	La OTAN interviene en la guerra de Yugoslavia.
25 de abril	Viaje a Albania.
12-17 de junio	Viaje a España. Congreso Eucarístico Internacional en Sevilla. Inauguración de la catedral de la Almudena, en Madrid.
9-16 de agosto	El Papa viaja a tierras americanas. Concentración en Denver de un millón de católicos, ante los cuales Juan Pablo II condena el aborto.
4-10 de septiembre	Visita del Papa a las repúblicas bálticas (Estonia, Lituania y Letonia). Encíclica *Veritatis splendor*, reafirmando los principios de la moral católica.
30 de diciembre	Acuerdo del Vaticano con el Estado de Israel, para normalizar la presencia católica en Tierra Santa.

1994

1 de enero	El Papa expresa su preocupación por la guerra en Bosnia.
3-5 de marzo	Relaciones diplomáticas del Vaticano con Jordania y Sudáfrica.
15 de junio	Establecimiento de relaciones diplomáticas con Israel.
Septiembre	Conferencia de El Cairo para la Población y el Desarrollo, los representantes vaticanos intervienen en contra del aborto.
2-29 de octubre	Sínodo dedicado a la vida consagrada, que examina la crítica situación religiosa en los países occidentales.
	Enfrentamiento entre la CLAR (Conferencia Latinoamericana de Religiosos) y el CELAM (Conferencia Episcopal Latinoamericana),

	por diferencias sobre la educación bíblica. El general de los jesuitas dirige una carta a los miembros de la Compañía en Iberoamérica, prohibiendo que publicasen nada sin permiso de los superiores inmediatos.
	El Papa escribe la carta apostólica *Ordinatio sacerdotalis*, dirigida a los obispos y reafirmando la disciplina religiosa tradicional.
25 de octubre	Relaciones diplomáticas con la Autoridad Palestina.
18 de noviembre	La Congregación para la Doctrina de la Fe, que dirige Ratzinger, declara «irrevocable e infalible» lo dicho en la *Ordinatio sacerdotalis*. En otro documento, la misma Congregación reafirma la condena del divorcio y la indisolubilidad del matrimonio.
1995	
11-21 de enero	Viaje del Papa a Filipinas, para participar en la Jornada Mundial de la Juventud junto a varios millones de jóvenes.
25 de marzo	Encíclica *Evangelium vitae*, con nuevas condenas del aborto y la eutanasia. El teólogo Hans Küng critica este documento.
30 de mayo	Encíclica *Ut unum sint*, dedicada a los problemas que plantea el ecumenismo como una necesidad evangélica.
29 de junio	«Carta a las mujeres» elogiando el papel de la mujer en la religión y en la humanidad, aunque reafirmando el monopolio masculino del sacerdocio.
4-15 de septiembre	La Iglesia católica participa en la Conferencia Mundial sobre la Mujer, con recomendaciones contra el aborto. La delegación estuvo presidida por primera vez en la historia de la Iglesia por una mujer, la norteamericana Mary Ann Glendon.

14 de septiembre	Exhortación papal *Ecclesia in Africa*, que elogia la labor misionera y los valores de la cultura africana.
5 de octubre	Mensaje del Papa en la ONU, en defensa de los derechos humanos.

1996

26 de febrero	Constitución Apostólica *Universi dominici gregis*, donde se establece la normativa sucesoria en el Vaticano, muy similar a la anterior de 1975. La elección será por votación directa entre los miembros cardenales, con exclusión de los mayores de ochenta años. Para escoger un nuevo papa se requiere mayoría de dos tercios, salvo que no se llegue a este resultado en treinta escrutinios. En este caso bastaría con mayoría simple. Esto hace posible, por vez primera en la historia, la elección con la mitad más uno. Es decir, un papa sin consenso como hasta ahora. En este documento se establece también la posibilidad de una «sede vacante» por dimisión papal.
25 de marzo	Exhortación apostólica *Vita consecrata* en la que el Papa insiste en la búsqueda de la santidad como misión del sacerdocio.
19 de noviembre	Entrevista de Juan Pablo II con Fidel Castro (Cuba), en el Vaticano.
19 de diciembre	Visita de Arafat a Juan Pablo II.

1997

20 de marzo	Audiencia al presidente español José M.ª Aznar.
12-13 de abril	Viaje papal a Sarajevo (Bosnia).
10-11 de mayo	Viaje de Juan Pablo II a Líbano.
31 de mayo	Viaje a Polonia.
	Viaje a París y celebración de la Jornada Mundial de la Juventud.

5 de septiembre	Muere la madre Teresa de Calcuta.
2-6 de octubre	Viaje a Río de Janeiro, al II Encuentro Mundial de las Familias.
	La Doctrina de la Fe publica las normas para la elección de profesorado en los seminarios y facultades de Teología de la Iglesia, subrayando la necesidad del juramento para explicar la doctrina y rechazar las teorías contrarias al Magisterio.

1998

	Se cumplen veinte años del pontificado de Juan Pablo II.
21-26 de enero	Viaje del Papa a Cuba, que inicia una etapa de mayor tolerancia con la Iglesia católica.
12 de marzo	El Vaticano pide perdón por la actitud de algunos cristianos durante la persecución nazi contra los judíos.
21-23 de marzo	Viaje a Nigeria.
Mayo	Documento *Apostolos suos*, delimitando las competencias de las Conferencias Episcopales.
19-21 de junio	Viaje del Papa a Austria, en medio de una campaña del movimiento «Nosotros somos Iglesia» a favor de la aceptación de la homosexualidad y el fin del celibato sacerdotal.
2-4 de octubre	Viaje a Croacia.
15 de octubre	Encíclica *Fides et ratio*, en la que la Iglesia aprecia el esfuerzo racional y la filosofía como ayuda para la fe.

1999

	Especulaciones sobre la salud del Papa y sus posibles sucesores.
22 de enero	Viaje del Papa a México y a Estados Unidos.
7-9 de mayo	Visita a Rumanía. Declaración con la Iglesia ortodoxa.

5-17 de julio	Viaje a Polonia.
Octubre	Segundo sínodo dedicado a Europa, en el que se examinaron algunas claves de la crisis religiosa: caída de vocaciones, ateísmo práctico, materialismo...
31 de octubre	Firma de una declaración conjunta con la Iglesia luterana y levantamiento de las excomuniones del Concilio de Trento.
5-9 de noviembre	Viaje a la India.

2000

	El presidente de los obispos alemanes declara que Juan Pablo II debería admitir que no puede desempeñar su tarea, provocando reacciones encontradas en el seno de la Iglesia.
18 de enero	Acto ecuménico en Roma. Juan Pablo II, el arzobispo de Canterbury y un metropolitano ortodoxo abren la puerta santa de la basílica San Pablo Extramuros.
12 de marzo	La Comisión Teológica Internacional promulga «Memoria y Reconciliación: la Iglesia y las culpas del pasado», en el que se hace un gesto de asunción de las culpas y se reconoce la utilización de medios dudosos en el pasado.
20-26 de marzo	El Papa visita Tierra Santa: Belén, Nazaret, Jerusalén y el Muro de las Lamentaciones, reclamando los derechos palestinos y la paz para todos.
	Visita a Fátima y revelación del llamado secreto de Fátima, interpretado como el martirio sufrido por miles de cristianos en el siglo XX.
3 de septiembre	Beatificación de Pío IX y Juan XXIII.
5 de septiembre	Declaración *Dominus Iesus*, sobre la divinidad de Jesucristo, reafirmando también la prima-

	cía de Roma en el mundo cristiano. Protestas de los luteranos y anglicanos, que hablaron de retroceso ecuménico.
31 de octubre	Santo Tomás Moro proclamado patrono de los políticos.

2001

6 de enero	Clausura de la puerta santa de la basílica de San Pedro, que pone fin a las celebraciones jubilares. Se publica la carta apostólica *Novo millennio ineunte*, haciendo un balance los problemas actuales de la Iglesia.
21 de febrero	Nombramiento de cuarenta y dos nuevos cardenales.
11 de marzo	Beatificación de doscientos treinta y tres mártires de la guerra española de 1936.
4 de mayo	Viaje del Papa a Siria, Grecia y Malta. Visita a la mezquita de los Omeyas. Damasco.
	Consistorio del Papa con 155 cardenales, para analizar el nuevo milenio.
23-27 de junio	Viaje a Ucrania.
22-27 de septiembre	El Papa visita Kazajstán y Armenia.
30 de septiembre-27 de octubre	Sínodo de Obispos, en el que surgieron críticas contra el centralismo romano y se pidieron revisiones.

2002

24 de enero	Reunión de líderes religiosos en Asís para rezar por la paz.
11 de marzo	Recepción en el Vaticano de una delegación ortodoxa griega, por primera vez desde el cisma del año 1054.
Agosto	Viaje del Papa a Polonia.
6 de octubre	Canonización de José María Escrivá de Balaguer.

2003

14 de enero	Condena explícita del Papa al posible ataque a Irak.
6 de marzo	Presentación de un libro de poemas de Juan Pablo II.
17 de abril	Encíclica *Ecclesia de Eucaristía.*
3-4 de mayo	Viaje de Juan Pablo II a España. En Madrid se reúne con más de 700.000 jóvenes y hace un llamamiento a la paz. Canonización de cinco santos españoles ante un millón de personas.
Julio-agosto	El Papa expresa su deseo de que en el proyecto de Constitución europea se reconozcan las raíces cristianas de la historia de Europa.
29 de septiembre	El Papa prepara su sucesión nombrando a 31 nuevos cardenales.
16 de octubre	25 años de pontificado de Juan Pablo II, el tercero más largo de la historia.

2004

24 de marzo	El Papa recibe el premio internacional Carlomagno, por su compromiso europeo.
18 de mayo	Presentación del libro de Su Santidad *¡Levantaos! ¡Vamos!*
21 de junio	Juan Pablo II recibe al presidente español José L. Rodríguez Zapatero, a quien expresa su disgusto por la permisividad española en materia de aborto, divorcio y homosexualidad. Y también por la redacción constitucional europea, que acaba de ser aprobada sin incluir ningún reconocimiento a la religión cristiana, como propia del viejo continente.

BIBLIOGRAFÍA

ACQUAVIVA, S. S., *Il seme religioso della rivolta*, Milán, 1979.

ALBERIGO, G., *Papa Giovanni*, Roma, 1987.

ALCOVER, N.: *Viento del Este*, Bilbao, 2003.

ALGISI, L., *Juan XXIII*, Santander, 1960.

ALPERI, V., *Los papas del siglo XX*, Barcelona, 1966.

ARIAS, J., *El enigma Wojtyla*, Madrid, 1985.

AUBER, R., «Vaticano I», en *Historia de los concilios ecuménicos*, n.º 12, Vitoria, 1970.

Autores varios, *Pensadores católicos contemporáneos*, antología recopilada por A. Robert Caponigui, t. I y II, México, 1964.

—, *Historia del movimiento obrero cristiano*, Barcelona, 1964.

—, «Actas del IV Congreso de Teología», en *Misión abierta*, n.os 5-6, diciembre, vol. 77, Madrid, 1984.

—, «El programa 2000 a debate», en *Iglesia Viva*, n.os 140-141, marzo-junio, Valencia, 1989.

—, *Solidaridad, nuevo nombre de la paz. Comentario interdisciplinar a la encíclica* Solicitudo rei socialis, Bilbao, 1989.

—, «Iglesia y derechos humanos», en *Actas del IX Congreso de Teología*, Madrid, 1989.

—, *Fonti e documenti*, n.os 1-17, Rimini, 1990.

—, *Anuario de la Iglesia en España 1990*, Madrid, 1990.

BENAVIDES GÓMEZ, D., *Democracia y cristianismo en la España de la Restauración (1875-1931)*, Madrid, 1978.

BIHLMEYER, K.-TUECHLE, H., *Storia della Chiesa*, IV: «L'epoca moderna», Brescia, 1988.

BOFF, L., *Iglesia, carisma* y *poder. Ensayos de eclesiología militante*, Santander, 1982.

BOTTI, A., *La Spagna e la crisi modernista. Cultura, societá civile e religiosa tra otto e novecento*, Brescia, 1987.

BRU, M. M., *Testigos del espíritu*, Madrid, 1998.

CÁLVEZ, J.-Y., y PERRIN, J., *Église et société économique. L'enseignement social des papes de Léon XIII a Pie XII (1878-1958)*, París, 1959.

CÁMARA, H., *Para llegar a tiempo*, Salamanca, 1972.

—, *Cristianismo, socialismo, capitalismo*. Salamanca, 1974.

—, *Las conversiones de un obispo*, Santander, 1980.

CASTELLA, G., *Historia de los papas*, t. II, Madrid, 1970.

CHOLVY, G., e HILARIE, Y.-M., *Histoire religieuse de la France contemporaine (1930-1988)*, Toulouse, 1988.

COMBY, J., *La historia de la Iglesia*, II: «Del siglo XV al XX. Estella, 1988.

COMÍN, A., *España, ¿país de misión?* Barcelona, 1966.

—, *Cristianos en el partido, comunistas en la Iglesia*, Barcelona, 1977.

Comisión de Estudios de Historia de la Iglesia en Latinoamérica (CEHILA): «Por una historia de la Iglesia en América Latina», en *El sentido de la Historia*, n.º 10. Barcelona, 1975.

DAVIS, C., *A question of conscience*, Londres, 1967.

DELGADOS, A., *Resultados del sondeo de opinión en la comunidad universitaria sobre la visita de Juan Pablo II a México y las relaciones Estado-Iglesia*, Universidad Iberoamericana, México, 1990.

DE ROSA, P., *Vicarios de Cristo. La cara oculta del papado*, Barcelona, 1989.

DESROCHE, H., *Sociología y religión*, Barcelona, 1972.

DÍAZ SALAZAR, R., *Iglesia, dictadura y democracia. Catolicismo y sociedad en España (1953-1979)*, Madrid, 1981.

—, *El capital simbólico. Estructura social, política y religión en España*, Madrid, 1988.

DUGUOC, C., *Liberación y progresismo. Un diálogo teológico entre América Latina y Europa*, Bilbao, 1989.

DUSSEL, E. D., «Historia de la Iglesia en América latina. Coloniaje y liberación: 1492-1972», en *El sentido de la Historia*, n.º 5, Tortosa, 1972.

ELLACURÍA, I., *Teólogo, mártir por la liberación del pueblo*, Madrid, 1979, y SOBRINO, J.: *Misterium liberationis*, Madrid, 1990.

Equipo Vida Nueva, *Del papa Montini al papa Wojtyla*, Bilbao, 1979.

EQUIZA, J.; URIARTE, J. M.; AGUIRRE, R., e INIESTA, A., *¿Cómo construir la Iglesia del futuro?* Bilbao, 1980.

FERRAROTT, F.; DE LUTIIS, G.; MALIOTI, M. I., y CATUCCI, L., *Studi sulla produzione sociale del sacro*, I: «Forme del sacro in un'epoca di crisi», Nápoles, 1978.

FLICHE-MARTIN, X., *Historia de la Iglesia*, vols. XXIV-XXX, Valencia, 1974.

FLORISTÁN, C., y TAMAYO, J.-J., *El Vaticano II, veinte años después*, Madrid, 1985.

FOSSATI, R., *E Dio creò la donna. Chiesa, religione e condizione femminile*, Milán, 1977.

FRIEDLANDER, S., *Pie XII et le IIIe Reich. Documents*, París, 1964.

GARAUDY, R., *Del anatema al diálogo*, Barcelona, 1968.

GARCÍA DE CORTÁZAR, F., «La Iglesia en España: organización, funciones y acción», en *Enciclopedia de Historia de España*, t. III, dirigida por Miguel Artola, Madrid, 1988.

—, y LORENZO ESPINOSA, J. M.ª, *Historia del mundo actual*, Madrid, 1990.

GELMI, J., *Los papas. Retratos y semblanzas*, Barcelona, 1986.

GÓMEZ BORRERO, P., *A vista de paloma*, Barcelona, 2004.

GONZÁLEZ DE CARDEDAL, O., *España por pensar. Ciudadanía histórica y confesión católica*, Salamanca, 1985.

GONZÁLEZ RUIZ, J. M.; COMÍN, A. C., y otros, *La carta del padre Arrupe: réquiem por el constantinismo*, Barcelona, 1967.

GUICHARD, A., *Los jesuitas*, Barcelona, 1974.

GUICHARD, J., *Iglesia, lucha de clases y estrategias políticas*, Salamanca, 1973.

GUTIÉRREZ, G., «Teología de la liberación», Lima, 1971.

GUTIÉRREZ GARCÍA, J. L., *La concepción cristiana del orden social*, Madrid, 1972.

HÄRING, B., *Fede storia morale*, Roma, 1989.

—, *La no violencia*, Barcelona, 1989.

HENRI LEVY, B., *El testamento de Dios*, Buenos Aires, 1979.

JEDIN, H. y REPGEN, K., *Manual de historia de la Iglesia*, vol. IX, n.º 170, Barcelona, 1984.

JIMÉNEZ LOZANO, J., *Juan XXIII*, Barcelona, 1985.

JOHNSON, P., *La historia del cristianismo*, Buenos Aires, 1989.

JUAN PABLO II, *¡Levantaos! ¡Vamos!*, Barcelona, 2004.

KÜNG, H.; GREINACHER, N.; HAAG, H.; DENZLER, G.; BOFF, L.; JOSSUA, J. P., y otros, *Contro il tradimento del Concilio, Dove va la Chiesa cattolica?*, Turín, 1987.

—, *Teología para la postmodernidad*, Madrid, 1989.

—, *La Iglesia católica*, Barcelona, 2002.

LADRIÈRE, P., y LUNEAN, R., *Le retour des certitudes. Événements et orthodoxie depuis Vatican II*, París, 1987.

LEITA, J., *El fundamento irreligioso de la Iglesia*, Salamanca, 1972.

LENZENWEGER, J.; STOCKMEIER, P.; AMON, K., y ZINNHOBLER, R., *Historia de la Iglesia católica*, Barcelona, 1989.

LESTAVEL, J., *Les prophetes de l'église contemporaine*, París, 1969.

LEWY, G., *La Iglesia católica y la Alemania nazi*, México, 1965.

LORTZ, J., *Historia de la Iglesia. En la perspectiva de la historia del pensamiento*, II: «Edad Moderna y Contemporánea», Madrid, 1982.

LUSTIGER, J.-M., *La elección de Dios*, Barcelona, 1989.

MARTÍN, S., *Juan Pablo II. El Papa de la esperanza*, Madrid, 2002.

MARTINA, G., *La Iglesia de Lutero a nuestros días*, vol. IV: «Época del totalitarismo», Madrid, 1974.

MARTÍNEZ DE VELASCO, J., *Los legionarios de Cristo*, Madrid, 2002.

METZ, J. B., *Más allá de la religión burguesa*, Salamanca, 1982.

MIRET MAGDALENA, E., *El nuevo rostro de Dios. El porvenir de la religión*, Madrid, 1989.

NEUVECELLE, J., *Historia de la Iglesia.*, t. II, vol. XXVII.

—, *Dos mil años de cristianismo. La aventura cristiana, entre el pasado y el futuro*, t. IX, Madrid, 1979.

OTMAR VON ARETIN, K., *El papado en la Historia. Una visión serena y desapasionada de la Iglesia en el mundo*, Madrid, 1984.

POSTIUS y SALA, J., *El código canónico aplicado a España*, Madrid, 1926.

POULAT, É., *Histoire, dogma et critique dans la crise moderniste*, París, 1979.

PUENTE OJEA, G., *Imperium crucis. Consideraciones sobre la vocación de poder en la Iglesia católica*, Madrid, 1989.

RAHNER, K. y VORGRIMLER, H., *Diccionario teológico*, Barcelona, 1966.

RAWLINSON, P., *The jesuit factor*, Londres, 1990.

REYES MATE, M., *El ateísmo, un problema político*, Salamanca, 1973.

—, *El precio de la libertad*, Madrid, 1977.

RHODES, A., «El Vaticano en la era de los dictadores: 1922-1945», en *Historia y tiempo*, Barcelona, 1975.

RICCARDI, A., *Il potere del papa da Pio XII a Paolo VI*, Roma, 1988.

ROGIER, L. J.; AUBERT, R., y KNOWLES, M. D., «Nueva Historia de la Iglesia», en *La Iglesia en el mundo moderno (1848 al Vaticano II)*, Madrid, 1977.

SEGUNDO, J. L., *Liberación de la teología*, Montevideo, 1975.

—, *El hombre de hoy ante Jesús de Nazaret*, t. I y II, Madrid, 1982.

SORGE, B., *Uscire dal tempio. Intervista autobiográfica a cura di Paolo Ginntella*, Génova, 1989.

TRIGO, P., *Creación e historia en el proceso de liberación*, Madrid, 1988.

VALENZUELA, J., *El partido de Dios*, Madrid, 1989.

VERUCCI, G., *La Chiesa nella societá contemporanea*, Roma, 1988.

VEKEMANS, R., *Iglesia y mundo político*, Barcelona, 1971.

WALSH, M., *The secret world of Opus Dei*, Londres, 1989.

WEIGEL, G., *Biografía de Juan Pablo II. Testigo de esperanza*, Barcelona, 1999.

WOODROW, A., *Los jesuitas. Historia de un dramático conflicto*, Barcelona, 1985.

YNFANTE, J., *La cara oculta del Vaticano*, Madrid, 2004.

ZIZOLA, G., *La restauración del papa Wojtyla*, Madrid, 1985.

—, *Giovanni XXIII. La fede e la politica*, Roma, 1988.

ÍNDICE ANALÍTICO

B

E

J

K

L

M

N

O

Q

R

S

T

U

V